KB233097

중국 현대희곡 연구 및 번역 총서 5

조우의 희곡창작의 길

중국 현대희곡 연구 및 번역 총서 5

조우의 희곡창작의 길

양해근 저 / 한상덕 역

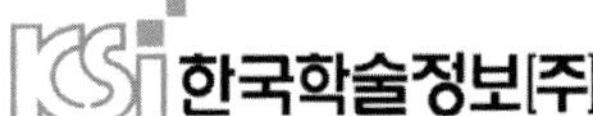
한국학술정보[주]

　중국의 셰익스피어라고 불리기도 하는 조우(曹禺)는 중국 현대 희곡사에서 중요한 위치를 차지하고 있는 걸출한 극작가이다. 그는 1910년에 태어나 1996년 12월 이 세상을 떠나기까지 중국 현대희곡의 발전을 위해 여러 측면에서 크나큰 공헌을 하였다.

　조우는 중국 문학의 우수한 전통을 바탕으로 하면서도 새로운 차원에서 출발, 자신의 작품이 선명한 민족성을 가질 수 있도록 하였을 뿐만 아니라, 또 외국 희곡의 진수들을 폭넓게 이해하고 수용하여 중국 독자와 관중들에게 신선한 표현기법을 보여주고자 많은 노력을 경주한 작가로 평을 받고 있다. 그는 작품 창작 외에도 배우가 되거나 연출자가 되어 활발한 연극활동을 하였고, 또 교단에서 교육자가 되어 많은 희곡관련 종사자들을 배출해 내기도 하였으며, 중화인민공화국이 성립되고 나서는 사회 활동가로서 중외(中外) 문화교류를 위해 분주한 시간을 보내기도 하였다.

　이 책은 바로 위와 같은 조우의 역정을 중국 상해사범대학에 있는 양해근(楊海根) 교수가 ≪조우의 극작의 길(曹禺的劇作道路)≫이란 제목으로 기술한 것을 번역한 것이다.

　작자는 이 책을 쓰기 위해 개인적인 연구도 많았지만 여러 차례 조우와 그의 가족들을 만나 더욱 직접적인 정보를 얻고자 애를 쓰기도 하였다. 그래서 양교수는 책 후기에서 "이 책은 조우의 직접적인 관심 아래 쓰여진 책"이라고 말하고 있다.

　이 책의 특징은 조우가 어떻게 극작가가 될 수 있었는지에 대한 이야기로부터 시작하여 그가 일생동안 쓴 주요 작품들을 중심으로

창작 배경이나 내용·주제·인물분석·공연상황·에피소드 등등을
마치 소설을 읽는 것처럼 쉽고 재미있게 적고 있다는 점이라 하겠
다. 그래서 짧은 시간에 조우의 희곡생애에 대한 총체적인 모습을
한 번 조감해 보고자 하는 독자에게는 상당한 도움이 되리라 생각
한다.
　부족한 가운데 번역된 것이라 잘못된 곳이 많으리라 생각된다.
여러분들의 따뜻한 지도를 부탁드린다.

2007년 10월
한상덕 삼가 씀

동년 시절과 연극활동

　　조우(曹禺)의 존재는 중국 희곡 분야에서의 영광이요, 중국인의 자랑이기도 하다. 반세기가 넘는 오랜 세월을 통해 그는 망아(忘我)의 정신으로 자기의 출중한 재능과 지혜를 중국 현대희곡 사업에 바쳤다. "만가보(萬家寶)의 붓에는 천둥을 놀라게 하는 바가 있었다."[1] 중국을 진동시켰던 <뇌우(雷雨)>로부터 동방의 서광을 표현한 <일출(日出)>에 이르기까지, 망망한 대지를 개척한 <원야(原野)>로부터 사회 변혁을 동경한 <태변(蛻變)>에 이르기까지, 구시대와의 결별을 선언한 <북경인(北京人)>으로부터 봉건예교를 폭로한 <가(家)>에 이르기까지, 신생활을 노래한 <명랑한 날(明朗的天)>로부터 역사정신을 굴착해 낸 <담검편(膽劍篇)>·<왕소군(王昭君)>에 이르기까지 그는 붓으로 중국을 위해 하나의 금빛 찬란한 희곡의 큰 빌딩을 구축해 내었다.

　　조우는 극작을 통해 신민주주의 혁명시기에는 작열하는 애국주의 격정으로 구시대에게 상종(喪鐘)을 울려줌으로써 반제(反帝) 반봉건(反封建) 투쟁에 하나의 기폭제가 되어 주었고, 사회주의 혁명시기에는 또 신생활의 구호를 열정적으로 불어 넣어줌으로써 중화민족의 영광스런 전통을 가송하고 인민들로 하여금 희망 가득한 포부를 가지고 전진할 수 있도록 고무해 주었다.

　　조우는 중국 현대희곡사에서 아주 중요한 지위를 차지하고 있을 뿐만 아니라, 외국의 희곡계에서도 아주 높은 명성을 누리고 있다. 그리하여 조우는 "중국의 셰익스피어"로 칭송되고 있는데, 중국에서 아직까지 그와 같은 극작가는 한 명도 없었다. 15세부터 연극

---

1) 吳祖光: ≪讀<王昭君>≫, ≪人民日報≫ 1979年 1月14日.

조우의 희곡창작의 길

활동에 참가하기 시작하여 23세에 희곡창작을 시작하고 신흥 연극 사업에 60여 년의 정력을 쏟음으로써 중국 현대희곡의 개척자 중의 한 사람이 되었다.

태어날 때부터 재기(才氣)를 가진 사람은 없다. 천재도 반드시 고난의 연습을 거쳐야 하는 것이다. 우리가 그의 발자취를 훑어보면 조우가 얼마나 어려운 역경을 거치고 그 애로를 잘 극복하였는지를 알 수가 있다. 이런 역경 속에서 한 걸음 한 걸음 희곡 창작의 길을 걸음으로써 비로소 놀라운 역량을 발휘할 수 있었던 것이다.

조우는 1910년 음력 8월 21일에 출생하였다. 원명은 만가보(萬家寶)이며 자는 소석(小石)으로 원적(原籍)은 호북성(湖北省) 잠강현(潛江縣)이다. 조부 만계문(萬繁文)은 향촌에서 사숙으로 글을 가르치는 선생이었으며, 가정은 상당히 빈곤하였다. 부친 만덕존(萬德尊)은 자가 종석(宗石)으로 어려서는 조부에게서 글을 배우다가, 뒤에 청나라 정부가 신정(新政)과 양무(洋務)를 행하게 되자 이러한 조류를 따라서 장지동(張之洞)이 창립한 양호서원(兩湖書院)에 가서 공부를 하였다. 1906년 일본에 파견되어 일본사관학교 제4기생이 되었다. 뒤에 산서성(山西省)의 군벌이 되었던 염석산(閻錫山)은 바로 그의 동기동창이다. 귀국 후에 그는 천진(天津)에서 표통(標統)류의 무관을 지냈다. 민국 이후에는 육군중장ㆍ장군부(將軍府) 장군직을 맡았으며, 선화현수사(宣化縣守使)가 되었다. 여원홍(黎元洪)이 총통이 되었을 때, 만덕존은 총통비서를 지냈다. 집은 천진 하동의조계(河東意租界) 2마로(二馬路) 36호 — 지금의 민주도(民主道) 23호 — 에 있는 서양식 이층집이었다. 이것이 바로 당시 유명하였던 만씨(萬氏) 공관이었다. 만덕존은 첫째 아내인 연씨(燕氏) 부인과 1남 1녀를 낳았는데, 사내아이의 이름은 가수

(家修)였고, 계집아이는 진수(珍珠)였다. 둘째 부인인 설씨(薛氏)는 아름답고 현숙하였으나 조우를 낳은 지 3일 되는 날에 산욕열(産褥熱)로 세상을 떠나고 말았다. 당시 이 병은 불치병이었다. 후에 세 번째 부인을 맞이하였는데, 이는 바로 조우 모친의 여동생인 설영남(薛泳南)이었다.

처음에는 공부를 하다가 뒤에 가서 무(武)를 익혔던 만덕존은 서생으로서 싸움도 할 줄 몰랐으며, 한 번도 전장에 나가보지 못한 사람이었다. 여원홍이 물러나고 나자 그는 집에서 한가한 생활을 하였다. 그는 글재주가 뛰어나 글을 잘 썼으며, 시와 대련도 잘 지었고, 문언으로 소설을 쓰기도 하였다. 그리하여 시사(詩詞)·대련(對聯)·소설 등을 모아 ≪잡화포(雜貨鋪)≫라는 책을 출판하기도 하였다. 그는 마치 회재불우(懷才不遇)의 타락한 문인과도 같이 늘 가슴에 불만이 가득하였다. 그러나 그는 또 군인출신의 관료였기에 성격과 고집이 아주 강하였고 전횡을 부리기도 하였다. 관리 사회에서 받은 스트레스를 늘 자녀들에게 풀곤 하였다. 특히 큰아들인 가수(家修)에 대해서는 항상 잘못된 점을 찾아내어 트집을 잡았고, 늘 밥상머리에서 자녀들에게 설교를 하였다. 언젠가 한 번은 반찬이 마음에 들지 않는다고 요리사를 너무나 심하게 꾸짖어 모두 기분이 상하기도 하였다. 마흔이 되었을 때 그는 일을 그만두고 아내와 함께 늘 집에서 아편을 피우며 한가한 시간을 보냈다. 밤새 아편을 피우다가 날이 밝을 무렵에야 잠자리에 들었다가 저녁 무렵이 되어서 기상하였다. 조우는 자신의 가정을 회고할 때 이렇게 말한다. "나는 윤택한 가정에서 성장하였지만 뒤에 가서는 몰락한 가정이 되고 말았다. 자녀들은 각자 자기의 심부름꾼이 있었고, 자기의 서재가 따로 있었다. 사는 곳은 상당히 편했지만 무

조우의 희곡창작의 길

척 답답하였다. 집안 전체 분위기는 가라앉아 있었고 매일 들을 수 있는 것이라고는 아주 어지러운 이야기들이었다. 예컨대 주복원(周樸園)이 번의(蘩漪)에게 약을 먹이는 그런 일은 친척이나 친구들의 입을 통해 늘 들을 수가 있었다."2) 조우는 어려서부터 관료가정의 생활을 보면서 자랐다. 조우가 초기에 쓴 극본의 창작소재는 대부분 그의 집과 친척·친구의 가정생활에서 취한 것들이다.

조우를 계몽시켜준 스승은 동년(童年)을 함께 지내온 보모 단씨(段氏) 어멈이었다. 단씨 어멈은 동북(東北)에서 온 목불식정의 농촌 부인이었지만, 감동적인 이야기를 많이 해 주었다. 그래서 조우는 배고픔도 졸림도 잊고 늘 이야기에 빠져들었다. 특히 그녀의 비극적 조우(遭遇)는 어린 조우에게 아주 깊은 인상을 주었다. 북양 군벌이 통치하던 시기 단씨 어멈의 남편은 지주에게 맞아 죽었고, 아이는 오랫동안 피부 궤양에 시달리다 죽었다. 친정집 식구들은 모두 굶어 죽었으며, 그녀만 도망을 나왔다. 단씨 어멈은 또 늘 조우에게 가난한 사람들이나 농민들을 파산시킨 재주(財主)의 횡포 등도 이야기를 해 주었다. 지금도 조우는 그 단씨 어멈을 회상하며 그녀의 신세와 조우(遭遇)를 이야기할 때면 감정이 북받쳐 눈물을 보이곤 하였다.

조우의 계모 설영남은 얌전하고 아름답고 다정다감한 신여성이었다. 그녀는 문학적으로 아주 수양이 깊었고, 또 연극 감상을 좋아하여 극장에 특별석을 정해놓을 정도였다. 조우가 세 살 때 계모는 조우를 안고 담흠배(譚鑫培)의 작품을 관람하였다. 조우가 연극을 이해할 때쯤 되어서는 후영규(侯永奎)·공운보(龔雲甫)·진덕림(陳德霖)·양소루(楊小樓)·여추암(余秋岩)·왕장림(王長林)·

---

2) 張葆辛: ≪曹禺同志談劇作≫, ≪文藝報≫ 1957年 第2期.

구계선(裘桂仙)·유홍성(劉鴻聲) 등이 출연한 연극 작품들을 보기도 하였다. 양소루의 대사는 아주 분명하였고 동작이 아주 우미(優美)하였으며, 그가 맡은 배역 황천패(黃天覇)는 무예 실력이 아주 대단했으나 아주 교활하고 흉악하였다. 양소루는 이 인물의 성격이 잘 부각되도록 하여 마치 살아있는 것 같았다. 유홍성은 목소리가 높고 창(唱)을 아주 잘 했는데, 한 번 소리를 내면 만장한 관객들이 갈채를 보냈다. 후영규는 <임충야분(林衝夜奔)>에서 혼자 무대에 서서 40분 동안이나 침통 비장한 임충의 역을 생생하게 보여주었다. 조우는 특히 ≪삼국연의(三國演義)≫에서 소재를 취한 연극을 즐겨 보았다. 특히 지혜로운 제갈량(諸葛亮), 의심 많은 주유(周瑜), 교활한 조조(曹操)와 같은 이런 인물들의 각기 다른 성격들은 모두 그에게 깊은 인상을 주었다. "연극이란 원래 이렇게 사람을 사로잡는 것이로구나!" 하는 감탄의 소리를 내지 않을 수 없었다. 조우가 가장 많이 본 것은 문명희(文明戲)였다. 문명희, 즉 신극(新劇)은 바로 중국 초기의 현대 연극으로써, 이는 신해혁명(辛亥革命) 전에 일본 신파극의 영향을 받아 탄생된 것으로 조우가 출생했을 당시 상해(上海)와 한구(漢口) 등의 도시에서 한창 성행을 하였다. 이 때 연속적으로 문명희가 가장 많이 보여주었던 공연은 황제생활이나 벼슬 승진과 관련된 이야기, 그리고 슬픈 내용의 애정극 등이었다. 문명희 중에는 또 "언론정생(言論正生)"이라는 것이 있었는데, 무대에서 격앙되고 강개(慷慨)에 찬 대사를 던지면 관중들은 이에 답하여 열렬한 박수를 보내곤 하였다. 소생(小生)은 전문적으로 애정을 얘기하는 배역이다. 일반적으로 언정(言情)과 애염(哀艶) 등을 내용으로 한 작품들은 모두가 구식투였다. 이런 공연들은 무대와 객석 모두가 혼연일체가 되었고, 연기자는 관중들과 감정적으로 완전한 교감을 이루었다. 유명한 연기자들은 모두 관중들을 사로잡는 특기를 가지고 있었다.

어린 조우는 이미 연극에 도취가 되었다. 그는 연극을 보고 돌아와서는 어린 친구들과 함께 분장을 하여 때로는 연극 속의 스토리에 따라 연기도 해 보고 때로는 스스로 각색을 하여 연기를 해 보기도 하였다. 그래서 그는 훗날 회고하기를, "어렸을 때 나는 너무나 연기자가 되고 싶었으며, 평생토록 연기를 하고싶었다."[3]고 말한다.

그의 계모는 또 늘 조우에게 역사 이야기와 신화·전설, 그리고 각종 희곡·소설 등의 이야기를 들려주면서 조우를 계발시켜 주었다. 계모는 연극 방면으로 크고 깊은 영향을 주었다. 어렸을 때 뿌린 뜨거운 연극의 씨앗이 훗날 풍성한 열매로 여물게 된 것이다.

조우는 신식 소학교에 들어가 보지를 못하였다. 그는 처음에 문화 지식을 사숙 선생인 유기가(劉其珂)로부터 전수를 받았다. 그가 매일 배우는 것이라고는 "공자왈 학이시습지면" 하는 식의 재미없는 사서오경과 같은 것이었다. 그러나 그의 부모는 그렇게 완고한 편은 아니었다. 그가 규정된 과목을 다 공부하고 나면 그 외의 시간에 조우가 "심심풀이 책"을 읽는 것을 허락해 주었다. 때로는 적극적으로 조우에게 봐도 될 만한 소설 등을 소개해 주기도 하였다. 집에는 적지 않은 책이 있었고, 조우는 늘 고서 등이 꽂혀 있는 방에서 책을 읽었다. 이렇게 하여 그는 문학에 흥미를 키워 갔다. 그는 ≪홍루몽(紅樓夢)≫·≪수호전(水滸傳)≫·≪서유기(西遊記)≫·≪봉신방(封神榜)≫·≪삼국연의(三國演義)≫·≪요재지이(聊齋志異)≫·≪경화연(鏡花緣)≫·≪노잔유기(老殘游記)≫ 등을 읽었고,

---

3) 張葆莘: ≪曹禺同志談劇作≫, ≪文藝報≫ 1957年 第2期.

또 만청(晚淸)의 견책소설(譴責小說)인 ≪이십년목도지괴현상(二十
年目睹之怪現狀)≫·≪관장현형기(官場現形記)≫ 등도 읽었다. 이
런 문학 작품들은 그에게 아주 큰 영향을 주었다. 특히 청말 견책
소설을 읽은 다음 그는 구세력에 대항하여 목숨을 걸고 한 번 붙
어보고 싶은 생각이 들기도 하였다. 당시 임금남(林琴南)이 문언문
으로 번역한 설부총서(說部叢書)가 아주 큰 인기를 얻고 있었는데,
조우 역시 이를 읽고 서구문학 작품과 접촉을 하기 시작하여 문학
의 시야를 확대하였다.

1922년 가을, 조우는 전국에서 이름난 남개중학(南開中學) 초중
2학년에 입학하였다. 그는 남개중학에서 7년 동안 공부를 했는데,
이 중 1년은 병으로 인하여 휴학을 하였다. 그는 1928년 여름에
졸업을 함으로써 이 학교의 21회 졸업생이 되었다. 이전의 가정생
활과 각종 희곡 작품 등에서 받은 훈도 및 영향력이 그에게 희곡
의 씨앗이었다고 한다면, 7년의 중학생활은 훗날 그가 평생토록
희곡 창작에 종사하는데 필요한 튼튼한 기초가 되어 주었다고 할
수 있다.

남개중학은 조우를 연극사업에 종사하게 한 요람이었다. 남개학
교(남개대학과 남개중학·남개여중의 총칭)의 교장 장백령(張伯苓)
이 조직한 남개신극단은 초기의 북방 연극운동의 중요한 한 분지
(分支)로써, 이는 중국의 현대 연극사에서 중요한 작용을 하였다.
구 중국에서 신극을 위해 가시밭길을 헤치고 무에서 유를 창조한
선구자들 중에는 춘류사(春柳社, 1907년)·춘양사(春陽社, 1907년)·
진화단(進化團, 1910년)과 그리고 그 주요 발기인이었던 증효곡(曾
孝谷)·왕종성(王鐘聲)·임천지(任天知) 외에, 장백령도 그 중의 한
사람이라고 할 수 있다. 물론 남개신극단의 출발이 가장 빨랐던 것

조우의 희곡창작의 길

은 아니다. 조사에 따르면 장백령의 각색과 연출 아래 남개 사생(師生)들이 같이 공연을 한 3막 신극 <용비소학(用非所學)>이 광서(光緒) 34년 겨울, 즉 1908년 말 혹은 1909년 초에 공연이 되었다. 만일에 춘류사가 1907년 일본에서 <춘희(茶花女)>·<흑노유천록(黑奴籲天錄)> 등을 공연한 것을 중국 현대연극의 발단이라고 한다면, <용비소학>은 중국에서 최초로 공연된 현대연극이라고 할 수 있다. 주목할 만한 사실은 남개신극단은 당시 유일하게 시종일관 현대연극을 한 단체였다. 즉 신해혁명 직전부터 시작하여 오사운동을 거치고 신극이 정식으로 "화극(話劇)"이라는 이름을 가지게 되는 북벌 전쟁 후까지 계속되었다. 중국 현대연극사에서 이 극단만이 유일하게 현대연극으로 넘어오는 과도기 속에서 계속 전진한 연극 단체였다. 이 때문에 호적(胡適)은 1919년 3월 15일 출판한 ≪신청년≫ 제6권 제3기에 <희곡 번역을 논함(論譯戲劇)>이란 글을 발표하여 이렇게 평론하였다. "천진의 남개학교에는 아주 훌륭한 신극단이 하나 있다. 그들이 공연한 <일원전(一元錢)>·<일념차(一念差)> 등은 모두가 '과도기적인 연극'이었지만, 새롭게 각색한 <새로운 촌장(新村正)>은 상당히 신극의 맛을 보여주었다. 그들에게는 몇 명의 회원 — 교직원이 많음 — 이 있는데, 그들은 연극을 하는데 아주 훌륭한 재능을 가지고 표정이나 대사에 뛰어난 모습을 보였으며, 무대 배경에도 아주 신경을 썼다. 그들은 7, 8년간의 사전 준비가 있었으며, 또 7, 8년간의 경험을 가지고 있다. 그래서 아주 만족스런 효과를 거둘 수가 있었다. 내가 아는 바로는 이 신극이 중국에서 가장 훌륭할 것으로 안다."고 하였다. 이대소(李大釗)는 1919년 9월 12일 천진 청년들의 진보조직인 각오사(覺悟社) 멤버들과 좌담회를 가졌을 때, 남개 신극운동은 "신문화 운동의 튼튼한 하나의 날개였으며", "민기(民氣)를 격려하고 낡은 것을 버리고 새로운 것을 펴는 날카로운 무기였다"고 이야기를 하였다. 남개신극단의 이와 같은 큰 업적은 우선 장백령의 용기와 인내, 그리고 그가 솔선수범 했던 것에 그 공을 돌려야 할 것이다. 많은 진보적 성향의 극본들은 모두가 그의 지도에 따라 빛을 보게 되었던 것이다. 학교 검열부가 통과를 시켰다고 가능한 것만은 아니었다. 마지막에는 반드시 그가 허락을 해야만 가능했던 것이다. 그 다음으로 공을 돌릴 사람은 신극 지지자와 참여자들이었다. 주은래(周恩來) 등 각오사 멤버들은 남개신극단의 중심인물들이었다. 주은래는 신극단에 관계되는 많은 논문과 소개의 글을 썼는데, 예를 들면 <우리학교의 신극관(吾校新劇觀)>과 같은 글들이 바로 이것이다. 그는 중국 초기 연극예술에서, 오사 신문화 운동의 부흥을 위한 중요한 계몽자였다. 주은래는 남개학교 재학 중 극단의 무대 설치 부장을 맡았고, 동시에 각색과 공연 활동에도 참여하였다. 그는 <일원전>·<일념차>·<새로운 촌장>·<신소년> 등의 극본을 각색하고 공연하는데 참가하였다.

이런 신극은 사회로부터 깊은 관심과 환영을 받았다. 남개학교 ≪교풍(校風)≫에는 공연 효과에 대한 많은 반향을 실었는데, 그 주요 내용으로는 다음과 같은 것들이 있다. "북경 청화학교(淸華學校) 사생 10명이 특별히 북경에서 완행열차를 타고 와서 <일념차>를 구경하고 다음날 돌아갔다."(1916년 10월 21일) "사회교육회 총책임자인 임묵청(林墨靑) 선생이 와서 봄방학 기간에 남개신극단이 <일념차>·<화아전(華娥傳)>을 좀 공연해 줄 것을 요청하였다."(1917년 3월 14일) "북경대학에서는 서비홍(徐悲鴻)의 화법 연구회 주비 자금을 위해 구정 자선회를 열고 <새로운 촌장>을

조우의 희곡창작의 길

공연하였다."(1919년 3월 2일) 당시 교육부 사회교육을 맡고 있던 사첨사(司僉事)와 북경대학의 교수 노신선생은 신극의 충실한 관중이었다. 그는 일기 중에 "밤에 둘째 동생인 주작인(周作人)과 함께 제일무대에 가서 학생들의 연극을 보았는데, <종신대사(終身大事)> 1막은 호적의 작품이었고, <새로운 촌장> 4막은 남개학교본(南開學校本)이었다."4)고 적고 있다. 이로부터 우리는 "오사"를 전후하여 남개학교의 신극은 이미 북경과 천진에서 지식계로부터 폭넓은 관심을 받았음을 알 수 있다. 조우는 남개신극단 혁명전통의 훈도 하에서, 또 이 연극의 요람에서 성장했던 극작가이다.

조우는 <뇌우·서>에서 "이 극본은 나의 지도교사였던 장팽춘(張彭春) 선생에게 바친다. 그는 내가 연극에 가까이 나아갈 수 있도록 계발시켜준 사람이었다."라고 하였다. 장팽춘은 장백령의 동생이다. 그는 일찍이 미국에서 유학을 하였고 연극을 특별히 좋아하였다. 그리하여 적극적으로 신극단을 지도하는데 참여하였고, 신극단의 부단장 겸 연출가를 맡았다. <새로운 촌장>은 바로 그와 남개학교의 사생들이 함께 각색한 것으로, 그는 이 신극운동이 남개학교에서 진일보 발전하는데 큰 공헌을 하였다. 장팽춘은 연극에 대하여 아주 높은 안목을 가지고 있었다. 조우는 그에게 아주 큰 영향을 받았기에 그를 아주 존경하였다.

조우는 남개중학 제2학년에 들어가서 남개신극단에 참가하였다. 그는 남개학교에서의 공부가 첫 번째 일이요, 연극이 두 번째 일이라고 하였다. 그는 거의 매년 연기를 하였다. 조우가 배역을 맡았던 연극은 비교적 많았다. 1924년에 정서림(丁西林)의 단막극

---

4) ≪魯迅日記≫ 1917年 6月 19日, ≪魯迅全集≫ 第14卷, 人民文學出版社 1981年版.

<압박(壓迫)>을 공연할 때 그는 처음으로 무대에 섰는데 극중의 여자 손님 배역을 맡았다. 1925년에 공연한 독일 극작가 호프드민의 <직공(織工)>에서는 극중의 직공 딸 역을 맡았다. 1926년 노르웨이의 극작가 입센의 <국민공적(國民公敵)> 중에서는 사다크망 의사의 딸 배터라 역을 맡았다. 1927년 프랑스 극작가 몰리에르의 <인색한 사람(慳吝人)> 중에서는 아파공 역을 맡았다. 1928년에는 입센의 <인형의 집(玩偶之家)> 중에서 여주인공 노라 역을 맡았다. 당시에는 남자와 여자가 함께 무대에 설 수가 없었기 때문에 여자 배역도 모두 남자가 분장을 해야만 했다. 조우는 극중에서 여러 차례 여자 배역을 맡았다. 이런 공연활동은 모두가 장팽춘 선생의 제창과 지도 하에서 이루어진 것이라, 장팽춘은 조우에게 많은 도움을 주었다. 예를 들자면 입센의 <국민공적>을 리허설 할 때, 장팽춘은 조우에게 극본 마지막 구절을 강조하게 하였다. "세계에서 가장 역량 있는 사람은 가장 고립된 사람이다."라고. 그는 또 조우에게 말하기를 입센은 개인분투를 제창한 사람이 아니라, 개인 영웅주의를 제창한 사람이라고 이야기 해 주었다. 그는 시비(是非)를 모르는 어두운 사회에서는 개인이 독립된 견해를 가지고 있어야 한다고 주장하였다. 다수가 이익을 얻기 위해서는 그런 자기 스스로가 가장 훌륭하다고 여기는 오합지졸들에게 저항을 해야 한다고 하였다. 이런 계시와 인도는 조우에게 아주 깊은 인상을 주었고, 심지어는 그의 이후 창작에까지 영향을 주었다.

입센의 <인형의 집>에서 노라 역을 맡았던 조우는 아주 성공적으로 배역을 소화해 내었다. 따라서 그의 연기력은 관중들로부터 극찬을 받았다. ≪남개쌍주(南開雙週)≫ 제2권 제3기에 기재된 문장에서는 이렇게 적고 있다. "이 극은 의의가 아주 깊다. 연기자들

조우의 희곡창작의 길

은 거의 프로 수준이었는데, 가장 뛰어났던 두 주인공 만가보(萬家寶)와 장평군(張平群) 선생은 관중에게 아주 호평을 받았다." 공연이 이렇게 성공을 거둘 수 있었던 원인은 조우를 비롯한 그들이 반가순(潘家洵)의 번역본을 근거로 하여 구어로 고쳤었기 때문이었다. 당시에는 무대 언어를 곱고 낭랑하게 해야하고, 구어체로 해야하고, 리듬감이 있게 하고, 음악성이 뛰어나도록 해야한다는 그런 의식이 별로 없었다. 하지만 어떻게 하면 좋은 효과를 거둘 수 있고, 또 어떻게 하면 좋은 반응을 얻을 수 없다는 사실 정도는 잘 알고 있었다. 그들은 또 장팽춘의 지도에 따라 노라의 성격 특징을 잘 파악하였다. 조우는 훗날 이렇게 옛날을 회상하며 말한다. "<인형의 집>을 연기할 때 나는 사람이란 반드시 독립적인 생활을 해야 한다고 생각을 하였다. 노라의 생활은 남편인 하이얼무에게 의지를 했는데, 하이얼무는 그녀를 업신여기지는 않았지만 그녀를 노리개로 삼았다. 그녀는 남편이 자기를 좌지우지하는 것에 대해 참을 수가 없어서 그녀는 인격의 독립을 요구하여 마침내는 집을 나가고자 한 것이다." 이런 공연 활동은 그로 하여금 연극에 대한 흥미와 무대 감각을 익히게 하였을 뿐만 아니라, 사상적으로도 아주 큰 영향을 주었다.

공연을 하는 중에 조우는 초보적으로나마 연극의 사회적 효과에 대하여 이해를 하게 되었다. 1926년 신극단이 학교 창립 23주년을 기념하기 위해 입센의 <국민공적>을 준비하였는데, 생각지도 않게 "이 때 천진시 군정(軍政) 당국에서는 이 제목을 싫어하였다. 그들은 이 극이 정치선전을 할 것이라고 의심하고, 공연 전날 밤 학교 측에 공연을 불허한다고 통고하였다. 군벌의 엄위(嚴威) 아래 있던 당시로써는 어쩔 수가 없어서 숨을 죽이고 공연을 정지하는 수밖에 없었다."5) 이 사건은 이 젊은 연기자(그 때 조우의 나이 불과 17세)에게 아주 깊은 인상을 주었다. 그는 이렇게 회억한다. "천진의 군벌 저옥박(褚玉璞)은 역(易)이란 성을 가진 한 청년이 <국민공적>이란 작품을 써서 자신을 '혁명'의 적이라 매도한다고 여기고, 독판공서(督辦公署)의 수하를 파견하여 사생들의 공연을 막도록 명하였던 것이다." "사람이 자유롭게 호흡하기 위해서 모두가 혼신의 힘을 필요로 했던 것 같다!"6) 1928년에 와서 입센 탄생 100주년 기념 때 이 극을 <강퍅한 의사(剛愎的醫生)>라는 이름으로 바꾸어 공연을 할 수 있었다.

공연을 하는 중에 조우는 또 관중의 정서와 관중의 요구와 관중의 기대 등을 몸소 체험하였다. 훗날 그는 말하기를 "이런 공연활동은 나에게 아주 도움이 되었다. 이를 통해 나는 관중이 무엇을 좋아하고 무엇을 싫어하며 무엇을 보고자하고 무엇을 보기 싫어하는지를 이해하게 되었다. 연극이 관중에게 교육이 되게 하려면 연기를 하고 작품을 쓰는 사람이 우선 관중을 잘 이해해야 한다."7)는 결론을 얻게 되었다.

조우는 남개에서 공부를 하는 동안 연기 외에 또 세 작품을 각색하였다. 하나는 몰리에르의 <재광(財狂)>(요즘은 <인색한 사람>이라고 번역함)이고, 또 하나는 골스화쓰의 <쟁강(爭强)>(요즘은 <투쟁>이라 번역함)이었다. 그는 이 두 작품을 중국식으로 각색하여 중국 관중들이 더욱 쉽게 이해할 수 있도록 하였다. 그리고 또 하나는 남개신극단의 재연 레퍼토리인 <새로운 촌장>이었다. 스토

---

5) 陸善忱 : <南開新劇團略史>, ≪南開校友≫ 1935年 第1卷 第3期.
6) 顔振奮 : <曹禺創作生活片斷>, ≪劇本≫ 1957年 第7期.
7) 王育生 : <曹禺談'雷雨'>, ≪人民戲劇≫ 1979年 第3期.

조우의 희곡창작의 길

리는 이러하다. 백성들이 악패(惡覇)인 오신(吳紳)에게 이를 갈며 그를 총살시켜버릴 수 없음을 한스러워 하였다. 그러나 이 악패는 반동 세력의 비호 하에서 오히려 새로운 촌장이 되었다. 극본은 신해혁명이 철저하지 못하였음을 폭로하고, 농촌에 깊이 뿌리를 내리고 있는 봉건세력의 심각성과 봉건주의에 투쟁할 임무가 막중함을 보여주는 내용이었다. 조우는 극본 구성을 완전히 새롭게 조정하고 언어는 더욱 힘찬 구어로 다듬었던 것이다. 극본을 각색하는 과정은 역시 일종의 창작 훈련이 되었다. 이를 통해서 각색자는 인물 묘사와 극본의 구성을 배울 수 있었던 것이다.

조우는 남개신극단에서 많은 연극 활동을 하면서 앞으로 종신토록 희곡 창작을 위한 견실한 걸음마를 시작하였던 것이다. 세계적으로 훌륭한 극작가들은 거의가 다 이러한 길을 걸었던 것이다. 셰익스피어는 처음에 극단에서 프롬프터나 해 주는 조수였다. 그는 아주 세세하게 연기자들의 동작과 대사를 관찰한 후 연기자가 되었고, 뒤에 가서는 극장을 위해 극본을 써 주기 시작하다가 마침내는 엘리자베스 시대 희곡의 가장 대표적인 인물이 되었던 것이다. 몰리에르는 내부공봉(內府供奉)의 세습 명의를 그의 형제들에게 넘겨주고 자기는 사람들에게 멸시를 받는 "천직(賤職)" — "연극배우" — 가 되기를 원하여 후에는 프랑스 고전주의 시기의 가장 걸출한 극작가가 된 것이다. 조우는 배우는 과정에서 무대 작업에 종사할 수 있게 되었으니, 이는 그의 성장에서 참으로 귀중한 천재일우의 기회였던 것이다.

조우는 남개에서 연기와 각색 작업을 하는 그 외에 또 우수한 외국 극본들을 수없이 읽었던 것이다. 그의 동급생 말에 의하면 당시 그가 두 손으로 도서관에서 빌린 책들을 안고 기숙사로 돌아올 때, 앞에서 보면 책만 보일 뿐 사람은 보이지 않았다고 한다. 여기서 조우가 아주 책을 많이 빌려 보았음을 알 수 있다. 그는 외국어를 열심히 공부하였던 결과 외국 원본의 극본과 소설들을 쉽게 읽어 갔다. 장팽춘이 그에게 준 영문판 <입센전집>을 그는 영어사전을 도움 삼아 전부 다 읽었던 것이다. 그의 말에 의하면 그 당시 내용을 완전하게 이해할 수는 없었지만 책에서 희곡예술에는 그렇게도 많은 표현방법이 있고, 인물은 그토록 진실적이고 그토록 복잡하다는 것을 이해할 수가 있었다고 한다. 조우는 와터의 명저 <원더미얼 부인의 부채(溫德米爾夫人的扇子)>를 각색한 홍심(洪深)의 <아씨의 부채(少奶奶的扇子)>를 끼고 다니면서 책이 다 닳아버릴 정도로 읽었다고 한다. 이야기에서 우리는 그가 얼마나 열심이었는지를 가히 알 수가 있다. 그는 디컨스의 <괴육여생(塊肉余生)>을 읽고 감동하여 눈물을 흘리곤 하였다. 그는 외국 명배우 아이룬·텔러가 <햄릿>에서 대사를 읽는 테이프를 반복해서 들었으며, 이는 셰익스피어를 이해하는데 아주 큰 도움이 되었다.

남개학교 재학 시절 조우의 창작 재능은 이미 두각을 보이기 시작하였다. 그는 적지 않은 소설·시가·잡문 등을 창작하였으며, 모파상의 소설을 번역하고 몇 몇 극본을 각색하기도 하였다. 지금 알 수 있는 것으로는 소설 <오늘 밤 술은 어디에서 깨나(今宵酒醒何處)>8) 가 있는데, 이는 욱달부(郁達夫)로 대표되는 창조사 작가들로부터 영향을 받아 농후한 감상적 낭만주의 색채를 보이고 있다. 시로서는 <임중(林中)>·<"국화(菊)" "술(酒)" "서풍(西風)">9)·<사월말에, 한 아름다운 행인을 보내며(四月梢, 我送別一個美麗的行人)>10)·

---

8) ≪庸報≫副刊 ≪玄背≫ 1926年 第6期부터 第10期까지.
9) 上同, 1926年 第13期.

조우의 희곡창작의 길

<불장구, 불장구(不長久, 不長久)>[11]·<남풍곡(南風曲)>[12] 등이 있는데 시의 의경(意境)이나 언어 및 격조 면에서 모두가 고전 시사(詩詞)의 영향을 받고 있음을 알 수가 있다. 잡문으로 <잡감(雜感)>[13]이 있는데, 이는 학생시기 조우의 사상경향을 이해하는데 아주 큰 도움을 준다. 그는 결코 책이나 읽고 연극이나 하면서 사회에 대하여는 아무런 관심이 없었던 그런 사람이 아니었다. 그는 사회에 대하여, 생활에 대하여 민감하고 비판적인 격정을 가지고 있었으며, 이런 사회를 비판하는 태도는 또 직설적이었고 솔직하였다. 이 때 조우는 모파상의 원작을 근거로 하여 <주인집 아줌마(房東太太)>[14], <한 독신자의 자질구레함(一個獨身者的零零碎碎)>[15]이란 소설을 번역하였다. 또 두 편의 외국 극본을 개역(改譯)하였는데 <부인(太太)>[16]과 <겨울밤(冬夜)>[17]이 바로 그것이다. 그는 극중의 인명을 모두 중국의 이름으로 바꾸고 무대 배경도 중국식으로 바꾸었으며, 특히 대사에는 거의 번역의 흔적이 보이지 않도록 하였다. 이 두 극본은 출판이 된 후 아주 좋은 반향을 일으켰다. 1935년 12월 8, 9일자 천진 ≪익세보(益世報)≫에는 "<부인>과 <겨울밤>(만가보 역) 등은 모두 지금 북경과 천진의 극단 및 각 학교에서 보편적으로 채용되고 있다"고 기록을 하고 있다.

---

10) ≪南開雙週≫ 1928年 第1卷 第1期.
11) 上同, 1928年 第1卷 第2期.
12) ≪南開雙週≫ 1928年 第1卷 第4期.
13) ≪南中週刊≫ 1927年 第20期.
14) ≪國聞週報≫ 1927年 第4卷 第22期.
15) 上同, 1928年 第5卷 第7期.
16) ≪南大週刊≫ 1929年 第74期.
17) 上同, 1929年 第77期.

1926년에 소설 <오늘밤의 술은 어디에서 깨나>를 발표하면서 만가보는 처음으로 필명 "조우(曹禺)"를 사용하였다. 이 필명의 유래는 그의 성씨 "萬"자를 아래 위 두 부분으로 나누어 "艹禺"로 만든 것이다. "曹"와 "艹"(초두머리의 "草")는 발음이 같으므로 "曹禺"라고 하게 되었는데, 그 의미는 역시 "萬"인 것이다.

조우의 중학시절은 오사운동으로부터 제1차 국내 혁명전쟁 전후까지의 시기였다. 이 시기 전국에서는 반제 반봉건 투쟁이 중국공산당의 영도 아래 힘차게 전개되고 있었고, 공농 군중의 혁명운동이 신속하게 고조되고 있었으며, 이런 형세는 직접 간접적으로 조우에게 큰 영향을 주었다. 1925년 "5·30" 참안(慘案)이 발생한 후 반제 애국운동은 전국을 뒤덮었고 남개학교의 사생들은 바로 "남개중학 5·30 후원회"를 조직하였다. 신극단은 체호프만의 <직공>을 서둘러 연습하는 외에, 또 사생들은 직접 작품을 쓰고 각색을 한 여러 종류의 연극들을 공연하였다. 조우는 적극적인 태도로 반제 애국활동에 참가하였다. 1926년의 "3·18" 참안은 그에게 반항열정을 불러 일으켜 주었다. 이런 열정은 조우가 편집을 맡고 있던 《남개쌍주》에 모두 반영이 되었다. 그는 학생시절의 생활경험을 회억할 때 그 감정을 억제하지 못하고 이렇게 말한다. "학생시절에 겪은 몇 몇 사건들은 뒤에 내가 창작을 하는데 영향을 주었다. 하나는 이대소(李大釗) 동지의 죽음이다. (이대소는 1927년 4월 6일 군벌 장작림(張作霖)에게 체포가 되었다가 4월 20일 북경에서 죽었다.) 기억이 너무나 생생하다. 나는 《신보(晨報)》에서 이 소식을 들었던 것이다. 첫 장에 굵은 검은 글씨의 표제자 아래에는 이대소와 그의 동료들이 함께 희생된 이야기가 상세하게 적혀 있었다. 그 기사에는 숭고하고 애통한 감정이 충만해 있어서

조우의 희곡창작의 길

사람으로 하여금 억제할 수 없는 비분을 느끼게 하였다. 이 사건은 나에게 아주 깊은 인상을 주었다. 또 하나의 사건은 바로 초중 3학년 때의 한 동급생이 나에게 준 영향이었다. 그의 이름은 곽중감(郭中鑒)으로, 평소에 경솔하게 웃거나 말을 많이 하지 않았지만 그는 사람들에게 친절하였고 성실하였다. 그는 우리 반 반장을 하였는데 말을 했다 하면 일사천리로 말을 잘 하였다. 그 때 나는 너무 어려서 그가 하는 이야기를 이해하지 못하였다. 그러나 그가 나에게 준 인상은 성숙한 하나의 '어른'이었으며 범상한 사람이 아니었다는 점이다. 한 번은 선생님이 강의하는 것을 그가 받아쓰는 것을 옆에서 보았는데 글씨를 너무나 예쁘고 가지런하게 잘 써서 감탄한 적이 있다. 그는 우리 반에서 가장 성적이 좋은 학생이었다. 그런데 고등학교 첫 번째와 두 번째 학기가 시작된 봄에 그가 보이지 않았다. 내가 고2 때 그는 체포가 되었던 것이다. 듣자 하니 북양 군벌이 그를 혹독하게 고문하였지만, 그는 아주 강한 모습으로 끝까지 굴복하지 않았다고 하였다. 그는 나에게 별로 말을 많이 한 적도 없지만 나는 그에게 큰 영향을 받았다. 당시 이런 사람을 공산당이라고 했는데, 세상에는 강권도 두려워하지 않고 생사도 아랑곳하지 않고 사회를 바꾸고자 결심한 이런 사람도 있다는 것을 알게 되었다."18)고 조우는 말한다. 이런 공산당인(共産黨人)의 영웅적 기질은 그가 이후에 희곡을 창작하는데 영향을 주었고, 그가 희곡을 무기로 하여 사회변혁을 위한 활동에 적극적으로 참여토록 하는데 격려가 되었다.

오사 신문학의 전투적 전통이 조우에게 준 영향 역시 상당히 컸다. 오사 신문학의 주요 특징은 용감하게 현실을 직시하고 용감하

---

18) 張葆辛: <曹禺同志談劇作>, ≪文藝報≫ 1957年 第2期.

게 모순을 폭로하고 애증을 분명하게 하는 것이었다. "장광자(張光慈)·호야빈(胡也頻)과 같은 사람들은 정말 대단한 혁명작가들이며", "곽말약의 장편시 <봉황열반(鳳凰涅槃)>에서 쓴 것은 바로 구사회를 타도하고 새로운 제도를 건설하자는 내용이다. 즉 봉황이 죽을 때 불을 품어 자기를 태워 재로 만든 다음 한 마리의 새로운 봉황으로 되어 부드럽게 날아오르는 것이다." 조우는 오사 신문학의 전투적 전통을 직접 먹고 성장한 극작가라고 우리는 이야기 할 수 있다. 그는 이미 사상적으로 신문학 혁명 현실주의의 전통을 계승하고 또 예술표현 영역에서 새로움을 개척한 사람이라고 할 수 있다. 그의 이후 창작 실천을 볼 때, 그가 쓴 작품 사상은 확실하게 오사 신문학과 초기 희곡의 혁명적 전통과 일맥상통하고 있다.

걸출한 예술적 창조는 척박한 예술적 토양에서 탄생되기 어려운 것이다. 두터운 문학 수양은 예술의 독창성을 만들어내는데 필수적인 조건이다. 조우의 창작준비는 이미 초보적으로 완성이 되었으며 이 위대한 희곡의 거장은 곧 그의 붓으로 놀랄 만한 작품을 토해 낼 것이다.

조우의 희곡창작의 길

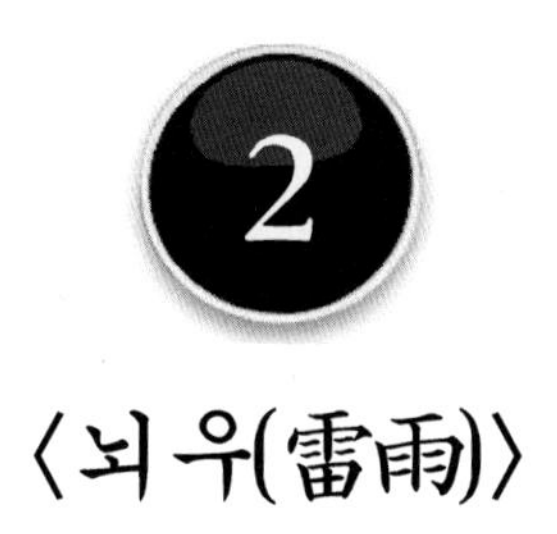

〈뇌우(雷雨)〉

1928년 가을, 조우는 남개중학 고등학교를 졸업하였다. 그는 우수한 성적이었기에 시험을 치르지 않고 남개대학 정치경제학과에 입학을 하여 비교정치와 비교경제학을 공부하였다. 다음해 2월 9일(음력 섣달 그믐날 밤)에 그와 부친 만덕존은 함께 목욕탕에 목욕을 하러 갔다. 목욕을 마치고 이발을 하려는데 만덕존은 두통을 느꼈다. 집에 돌아와 담뱃대를 들어 담배를 피우려고 하는 순간 갑자기 숨이 끊어지고 말았다. 원래 이는 두 번째의 중풍이었다. 2년 전 만덕존은 중풍에 걸려 반신불수가 되었다가 치료를 하고 난 다음에야 걸을 수가 있었던 것이다. 조우는 정치경제학을 공부하는데 흥미가 없어서 1930년 가을 손육당(孫毓棠) 등 남개 동급생 8명과 함께 청화대학(淸華大學)으로 전학을 가서 공부를 하였다. 그는 서양문학과 2학년으로 편입을 하였다. 같은 해, 그는 ≪청화주간(淸華週刊)≫ 문예편집을 맡았고, 입센의 <인형의 집>을 연습하는데 참가하여 극중의 주인공 노라 역을 맡았다. 1931년 5월, 그는 청화대학의 교장 오남헌(吳軒南)을 쫓아내는 운동에 적극적으로 참가하였고, 또 남경(南京)으로 가서 담판을 하는 대표로 추대가 되었다. "학생들이 수업을 거부함으로써 항의를 표시하였고, 나는 조금도 망설이지 않고 그들과 함께 하였다."[1] 그는 또 손육당·손호연(孫浩然) 등과 함께 ≪구망일보(救亡日報)≫를 창간한 후 글을 써서 항일구국을 선전하였다. "9.18" 사변이 폭발한 후 일본 제국주의는 대규모로 중국의 동북을 침략함으로써 중국인민의 민족의분을 불러일으켰고, 항일구국의 고조를 이루게 하였다.

---

1) 烏韋·克勞特: <戲劇家曹禺>, ≪人物≫ 1981年 第4期.

조우의 희곡창작의 길

청화대학도 역시 동급생 항일회를 조직하였는데 조우가 위원 겸 항일선전대 대장으로 추대가 되었고, 청화선전대를 이끌고 하북(河北) 보정(保定)으로 가서 구국(救國)을 위한 연극을 공연하였다. 보정으로 가는 열차 안에서 조우는 한 노동자를 만나게 되었는데 이 노동자는 약 30세 가량으로 아주 침착하고 친절하였다. 학생들에게 수많은 시사적인 이야기와 이치 등을 이야기 해 주었는데 아주 정곡을 찌르는 이야기들이었다. 이 노동자는 지식이 풍부하여 마치 대학의 교수와도 같았다. 하지만 이야기는 간단명료하고 이해하기가 쉬워서 마치 일상적인 일을 이야기하는 것과 같았다. 이 만남으로 조우는 고생하는 노동자들 중에는 두뇌가 아주 뛰어난 사람도 있으며 이런 사람을 일러 "산업노동자"라고 부른다는 것을 알게 되었다. 이렇게 모호하기는 하였지만 또 머릿속에 깊은 인상을 주어 훗날 <뇌우>를 창작하는데 아주 큰 도움이 되었다. 1933년 봄, 그는 청화대학의 일본 여행단을 따라 일본에 1개월 간 여행을 갔으며, 동경에서 가무기(歌舞伎)의 명배우 미상국오랑(尾上菊五郎)이 연기하는 <의경천본앵(義經千本櫻)>을 보았다. 국오랑이 맡은 배역은 이성을 그리워하는 한 소년이었다. 그는 봄비가 부슬부슬 내리고 벚꽃이 활짝 핀 어느 날 한 아름다운 소녀를 만나게 되었는데 마음을 너무나 깊이 빼앗겼다. 더 이상 참을 수가 없다고 생각되었을 때 갑자기 그 소녀가 보이지 않았다. 국오랑은 손으로 종이 우산을 들고 꽃길을 따라 고개를 숙이고 배회를 하듯이 춤을 추며 관중들 쪽으로 걸어왔다. 소년이 방황하며 끝없이 마음 아려하는 정감을 너무나 잘 연기해 보여서 마치 살아있는 듯이 생생하였다. 조우는 국오랑의 수준 높은 연기 기교에 깊은 인상을 받았다. 이로부터 일본 연극의 심오한 현실주의 전통은 그로 하여금 끊임없이 마음에서 맴돌게 하였다. 그가 귀국하였을 때는 마침 중국 군대가 장성(長城)의 희봉구(喜峰口)·고북구(古北口) 일대에서 일본 침략군에 항격을 하고 있었다. 조우는 즉시 동급생들과 함께 고북구로 가서 항적 장사병들을 위문하는 한편 구호활동에 참가를 하였다. 전선에서 그는 한 부상병을 만났는데, 앞가슴이 모두 새빨간 피로 얼룩져 있었다. 그는 부상병을 잘 붙잡아 상처를 정성껏 동여매 주었다. 그는 해진 호주머니에서 다 떨어진 종이조각을 어렵게 끄집어내 주면서 "여기 …… 돈 20전이 남아 있는데 가져가 목욕이나 하시오"라는 말 한 마디를 남기고는 바로 죽어버렸다. 조우는 말한다. "이 인상은 너무나 생생하게 나의 머릿속에 남아 있어서 아직까지도 잊을 수가 없다. 생기발랄한 중국 사병인 그가 비록 전장에서 국가를 위해 죽기는 하였지만, 그와 그의 영혼은 영원히 우리들의 마음속에 살아 있다."2)고 하였다. 항적 장사병을 위로하면서 그의 정서는 또 도야가 되었다.

당시 북방 문예계에는 적지 않은 변화가 있었다. 파금(巴金)과 정진탁(鄭振鐸)이 상해에서 북평(북경)으로 와서 신인들을 발굴하는 것을 낙으로 삼으면서 적지 않은 시간과 정력을 쏟았다. 북해(北海) 3좌문대가(三座門大街) 14호가 바로 문학활동 중심이 되었다. 조우는 이곳을 늘 드나들면서 파금·정진탁·빙심(氷心) 등 유명한 문학가들과 교제를 하였다. 이와 동시에 그는 마치 독서에 굶주린 사람처럼 수많은 외국작가의 작품들을 읽으며 독후감을 썼다. 그는 이이스클러스의 웅위(雄偉)하고 질박하고 온후한 감정을 너무 좋아하였고, 올리피터스의 현실을 관찰하는 재능과 현실주의의 표현수법을 흠모하였고, 유진 오닐의 구성과 결구의 완전함을

---

2) ≪戰時戲劇講座·編劇術≫, 重慶正中書局 1940年 1月版.

조우의 희곡창작의 길

즐겼고, 셰익스피어의 웅장한 기백과 풍부한 색채를 좋아하였으며, 특히 체호프의 시처럼 우미한 정조와 풍격을 찬탄하였다.

1933년 상반기, 조우의 창작준비는 점차 성숙이 되어갔다. 중학 때부터 구상을 하기 시작하여 5년 간이나 머릿속에서 빚어온 <뇌우>는 마침내 출산준비를 하게 되었다. 그는 학교의 특별한 배려를 받아 작품을 썼다.

> 도서관의 칸막이 외국 잡지실에서 오직 나 혼자 하루 내내 쉬지 않고 작품을 썼다. 구성을 마치고 나니 인물이 머릿속에서 모두 살아 움직였다. 그들은 아주 선명하였다. 이 때 극을 쓰는 것이 참으로 즐거웠다. 그 반년은 참으로 어떻게 세월을 보냈는지 알 수가 없다. 천당이었는지 아니면 지옥이었는지.3)

> 낮이고 밤이고 꼭 같은 의자에 앉아서 학교의 종소리도 완전히 잊고 있었다. 나는 당시 창작이란 참으로 즐거운 일이지, 이맛살을 찌푸리고 하는 고생스런 일이 아니라는 생각이 들었다. 왜냐하면 소재를 찾았고 결구가 정해졌으며, 작품의 줄거리를 짜는 등의 이런 힘든 일은 이미 지나갔고 또 인물들이 이미 생생하게 나의 머릿속에 살아 움직이고 있었기 때문이었다.
> 극을 다 쓰고 한숨을 쉬고 나니 4, 5년 간 조석으로 늘 생각하던 일이 마침내 끝난 것 같았다. 그러나 어떻게 발표를 해야 할지를 몰라서 원고를 나의 어릴 적 친구 장근이(章靳以)에게 주었다.4)

전후 반년의 시간에 걸쳐, 1933년 8월에 그의 처녀작인 4막극 <뇌우>가 완성되었다. <뇌우·서>에서 그는 내심의 기쁨과 흥분을 억누르지 못하고 격정에 찬 말투로 이렇게 이야기한다.

---

3) 曹禺: <曹禺談'雷雨'>, ≪人民戲劇≫ 1979年 第3期.
4) 曹禺: <簡談'雷雨'>, ≪收獲≫ 1979年 第2期.

마치 해빙(解氷) 후의 봄날에 활발한 한 어린아이가 햇빛 아래서 펄쩍펄쩍 뛰어 노는 것을 보는 것처럼, 혹은 맑고 깨끗한 연못가에서 우연히 청개구리의 울음소리를 듣는 것 같은 그런 희열을 가지고 나는 <뇌우>를 사랑하고 있었다. 나는 이런 작은 생명들이 나에게 다소의 영감을 주고 나에게 어떤 흥분을 주게 하였다.

조우가 직접 이야기한 것처럼 <뇌우>를 다 완성한 후, 그는 극본을 동급생인 장근이에게 주었다. 당시 장근이와 정진탁이 편집장으로 있던 ≪문학계간(文學季刊)≫에서 파금과 사빙심이 편집위원을 맡고 있었다. 장근이와 조우는 아주 친한 사이었다. 장근이는 의심을 피하기 위해 <뇌우>를 받아 두기만 하였다. 한 번은 근이와 파금이 조우에 대해 이야기를 하다가 조우에게 좋은 작품이 하나 있다는 것을 이야기하였다. 파금은 극본을 가져가서 다 보고 난 후 극찬을 아끼지 아니하며 즉시 발표를 하자고 하였다. 이에 근이는 당연히 동의하였다. 이렇게 하여 <뇌우>는 1934년 7월 1일 북평에서 출판된 ≪문학계간≫ 제1권 제3기에 정식으로 발표가 되었다. 1936년 1월에는 상해 문화생활출판사가 단행본으로 출판을 하였다. 말하자면 파금은 <뇌우>의 열렬한 최초 독자였다. 그의 혜안으로 인하여 <뇌우>는 발표가 될 수 있었고, 조우 역시 중국 극작가의 행렬에 진입할 수가 있었던 것이다.

<뇌우>는 조우의 처녀작이다. 이 걸출한 현실주의 비극은 금세기 20년대 초, 서로 다른 주(周)·노(魯) 두 가정을 중심으로 한 8명의 인물들 간에 존재했던 30년 간의 복잡한 관계를 그리고 있다. 극본에서는 번의(蘩漪)와 주복원(周樸園)의 갈등을 주요 충돌로 하여, 번의가 주복원의 정신적 압박에 반항하는 것을 통하여 주복원의 추악한 영혼과 그가 통치하는 봉건가정의 죄악을 폭로하였으며, 이

조우의 희곡창작의 길

가정에서 일어나는 만악(萬惡)의 구사회를 편달하였고, 봉건적 전
제주의 및 그 허위적인 도덕에 대하여 아낌없는 풍자와 비평을 가
하였다. 이는 조우가 극본의 서에서 말한 것과 꼭 같다. "은은하게
어떤 일종의 용솟음치는 정감이 나를 충동질하는 것 같아, 나는 피
압박의 분만(憤懣)을 발설하고 중국의 가정과 사회를 규탄하고 있
었다."고 하였다. <뇌우>에는 적극적인 주제가 있을 뿐 아니라, 능
숙한 기교가 있다. 여기에는 또 "정절(情節)이나 기교 면에서의 성
공은 물론이고, 이전 중국 극단에서는 참으로 찾아보기 힘들었던
가작으로, 이는 1934년의 문단에서 가장 커다란 수확이었다."5)

<뇌우>와 같이 이렇게 주제가 선명하고 내용이 심오하며, 예술
형식이 완벽한 극본이 당시 중국에서 나오기 위해서는 무대와 시
간 두 방면에서 검증을 거쳐야만 했었다. 그러나 시간이 더 흘러
가고 공연이 계속됨에 따라 예술매력을 갖춘 정품(精品)으로 더욱
두드러져 갔다.

<뇌우>가 막 발표되자, 외국희곡에 열을 올리고 있던 수많은 극
단들은 이 작품으로 인하여 사람들의 주의를 끌 수가 없었다. 이
에 파금은 감탄하여 말한다.

> 나는 <뇌우>를 좋아한다. <뇌우>는 나를 네 번이나 눈물을 흘리게 하
> 였다. 아직까지 나를 이렇게 감동시킨 극본은 없었다. 나는 <뇌우>를
> 처음으로 좋아한 사람이었는데, 이제는 정말로 많은 사람들이 다 <뇌
> 우>를 좋아하게 되었다. <뇌우>가 ≪문학계간≫에 발표된 후 일 년 간,
> 한 명의 비평가도 이 작품에 대해 주의를 기울여 주지 않았고, 작품을
> 위해 몇 마디라도 해 주지 않았다. <뇌우>는 그 자체의 역량에 의해 독
> 자와 관중들을 정복한 것이다."6)

---

5) 徐慕雲: ≪中國戲劇史≫, 世界書局 1938年 12月版.

1935년 4월 27일 <뇌우>는 일본 동경의 신전일교강당(神田一橋 講堂)에서 처음으로 공연이 되었다. 이 공연은 중화화극동호회(일본에서 유학하고 있는 중국학생들의 연극단체)가 주선한 것으로 두훤(杜萱)·오천(吳天)·유여례(劉汝醴)가 연출을 맡고, 가병문(賈秉文)이 주복원을, 진천군(陳倩君)이 번의를, 형진탁(邢振鐸)이 주평(周萍)을, 형진건(邢振乾)이 주충(周沖)을, 왕위치(王威治)가 노귀(魯貴)를, 교준영(喬俊英)이 노시평(魯侍萍)을, 오옥량(吳玉良)이 노대해(魯大海)를, 용서천(龍瑞茜)이 사봉(四鳳)을 맡고, 무대촬영은 왕임지(王任之)가 담당하였다. 공연은 3일 동안 매일 밤 한 번씩 공연을 하였다. 공연에서 서막과 종막은 삭제되었다. 공연 시간의 제한과 일본 경찰의 개입으로 공연 중 일부 다른 부분도 삭제를 했다. 파금은 지금까지도 이 때 공연한 사진과 설명서를 가지고 있다. 이 진귀한 자료를 50년 동안을 보관해 왔는데, 이 기간 중에는 항일전쟁·해방전쟁, 그리고 10년의 동란이 있었는데도 잃어버리거나 혹은 좀이나 쥐에게 상하지도 않았으니 정말로 다행이라 아니할 수 없다. 처음으로 공연이 되고 난 얼마 후 영삼랑(影三郎)에 의해 <뇌우>는 일본어로 번역되어 출판이 되었다. 번역본에는 일본의 좌익작가 추전우작(秋田雨雀)이 쓴 소개 문장과 당시 일본에 있던 곽말약의 서(序)를 실었다. 곽말약은 서에서 <뇌우>를 아주 높게 평가하였다.

> <뇌우>는 참으로 보기 어려운 수작이다. 작자는 극 전체의 구조, 스토리의 진행, 대사의 운용, 영화수법을 무대예술에 도입한 것 등에 막대한 심혈을 기울였지만, 모두가 너무나 자연스럽고 빈틈이 없어서 아주 고심한 흔적이 보이지 않는다.

---

6) 巴金: <雄壯的景象>, ≪大公報≫ 1937年 1月 1日.

조우의 희곡창작의 길

<뇌우>가 중국에서 직업극단에 의해 처음으로 공연이 된 것은 1936년이었다. 이 해 가을, 당괴추(唐槐秋)가 조직하고 영도하던 중국 여행극단(旅行劇團)이 천진(天津)에서 공연을 한 것이다. 당괴추가 주복원으로, 조혜심(趙慧深)이 번의로, 도금(陶金)이 주평으로, 장만평(章曼萍)이 사봉으로 분장을 하였다. 조혜심은 비교적 높은 문학적 조예와 예술적 수양을 가지고 있어서 봉건가정의 속박과 봉건예교의 박해에 대하여도 깊은 감각이 있었다. 그는 아주 젊었음에도 불구하고, 번의라는 이 배역의 사상감정과 심리활동에 대해 아주 깊이 이해를 하고 있었기 때문에 연기를 할 때 내심의 격정이 충만해 있었고, 아주 함축미를 가졌으며, 또 풍부하고 세심하게 이 박해받는 부녀의 복잡한 심리를 아주 선명하게 표현해 내었다. 공연은 성공적으로 끝나 당시의 극단을 뒤흔들어 놓았다.

1937년 구정에 조우·대애(戴涯)·마언상(馬彦祥)·곡정륜(谷正倫) 등이 조직한 중국 희곡학회가 남경의 신가구(新街口) 세계대극원(世界大劇院)에서 공연을 하였는데, 그 때 그 연극이 바로 <뇌우>였다. 총 14회 공연을 하였는데, 매번 객석을 가득 메웠고, 관중들은 칭찬을 아끼지 않았다. 조우와 마언상이 연출을 맡았다. 조우가 주복원으로, 마언상이 노귀로, 정로이(鄭露伊)가 번의로, 대애가 주평으로, 이홍(李虹)이 사봉으로 분장을 하였다. 조우는 극작자에 연출가에 또 연기자가 되었다. 멋진 공연을 위하여 그는 고생을 아끼지 않았다. 극중 인물의 성격·무대 분위기·음향효과와 조명 등을 모두 주도면밀하게 안배하였다. 조우는 번의로 분장한 정로이에게 이 인물의 특수한 성격을 제대로 파악할 수 있기를 요구하였다. 번의는 아주 재능이 있고 아주 동정을 할 만한 여자로서, 만일에 생활환경이 바뀌었더라면 그녀는 아주 좋은 성과를

가질 수 있는 여성이 되었을 것이라고 조우는 여겼다. 그러나 주씨 가정이란 이 감옥 같은 곳에서 압박을 받아야만 했다. 그녀는 자유를 갈망했으나 얻을 수가 없었다. 그리하여 그녀의 심정은 우울하고 성격이 괴팍하게 되었다. 그녀의 사상성격이 형성된 원인을 파악한 후, 다시 이해를 하고 체득을 해야만 비로소 좋은 연기를 해 보일 수 있는 인물이다. 연극 중간에는 번의가 주평에게 자기를 데려가 달라고 애걸하는 장면이 있다. 그녀는 말을 하다가 갑자기 주평을 향해 웃으며, "이리 와, 넌 뭐가 무섭니?" 라는 말을 한다. 이렇게 복잡한 감정을 정로이가 파악을 하기가 쉽지 않았다. 이 때 조우는 그녀를 위해 세심하게 당시 주평에 대한 그녀의 태도와 심리 상태를 분석해 줌으로써 마침내 그녀가 이 대목을 성공적으로 연기해 낼 수 있게 하였다. 제4막에는 번의가 막 행화항(杏花巷) 10호에서 비를 맞고 돌아오는 장면이 있다. 무대효과를 실감나게 하기 위해 그녀가 등장하기 전에 조우는 정노이에게 물을 뿌려주었다. 한겨울인 이 때, 짧은 소매의 홑치마만 입은 그녀에게 물을 뿌려 몸이 얼었으니 참으로 견디기 어려웠을 것이다. 그러나 이 물은 연기자들이 극중 인물의 감정을 제대로 읽을 수 있도록 하는데 큰 도움이 되었다. 번의가 빗물이 흥건한 우의를 들고 주씨의 응접실 문을 들어서면서 그녀는 놀라며 추궁하는 주복원과 맞부딪쳤다. 그 순간 분노·원한·혐오가 머리끝까지 솟구쳐 올라 격앙된 소리로 "당신 집 화원에서 비를 감상하였소!"라고 대답을 하였다. 감정이 아주 진실적으로 표현되었다. 조우는 번의의 복장을 설계하는데도 많은 의견을 제시하였다. 그는 번의가 긴 살구색 치마를 입는 것이 좋다고 주장하였다. 이런 색채의 복장이 조명을 받으면 그녀의 불같은 성격, 즉 사람을 사랑할라치면 열렬하게 사

조우의 희곡창작의 길

랑을 하고, 사람을 증오할라치면 사람을 태워서 없애 버릴 만큼이나 증오하는 그런 성격을 더욱 잘 부각시켜 줄 수 있을 것으로 여겼던 것이다. 마언상이 노귀 배역을 맡았는데, 그는 이 세리 소인의 역을 너무나 진짜같이 잘 연기해 보였다. 특히 제3막에서 사람들에게 준 인상은 너무나 뚜렷했다. 그는 주씨집에서 퇴출당한 후 집으로 돌아와 무료하게 긴 와상에 비스듬히 누워 다리를 흔들고 부채를 흔들며 "천패(天牌)야, 지패(地牌)야"라고 저속한 속요를 흥얼거리는가 하면, 또 한편으로는 사봉에게 비꼬듯이 잔소리를 해댔다. 손가락을 발가락 사이에 문질러서 수시로 코앞으로 가져가 맡아보는 모습을 보여줌으로써 하류층 무뢰한의 일면을 생생하게 그려 내었다. 사봉 역을 맡은 이홍은 아주 영리하고 아름다웠을 뿐만 아니라 천진스럽고 순결한 기질을 가졌다. 이런 특징을 가지고 있어야만 이 아가씨가 어떻게 주씨집 두 도령에게 동시에 사랑을 받을 수 있었는지에 대한 설명이 가능할 수 있었다. 이홍은 극속으로 아주 깊이 빠질 수 있었다. 제4막에 와서 사봉은 주평에게 자기를 데려가 달라고 간구를 하고 주평은 이에 동의를 한다. 그녀는 너무나 기뻐 눈물을 흘리면서 주평을 끌어안고 "당신은 이 세상에서 가장 좋은 사람이에요!"라고 하였다. 이홍은 정말로 사람이 감동되도록 연기를 하였고, 아주 감정이 풍부하였다.

조우 역시 아주 연기를 잘 하였다. 그는 전횡을 부리고 허위에 찬 주복원을 아주 진짜처럼 연기해 보였다. 제1막의 "약을 먹이는" 이 장면에서는 주복원의 흉악·전제·냉혹한 면모를 두드러지게 잘 보여주었고, 번의와 주충이 퇴장하고 그와 주평만이 남았을 때 조우는 또 환한 얼굴의 한 자상한 어른의 모습으로 바꾸어 보여주었다. 또 주복원이 시평을 그리워하는 태도가 진지한 것을 표현할 때는 아주 인정미 넘치게 하면서 자기에게 이미 시려진 아름다운 감정을 다시 그리워하였다. 그러나 시평이 다시 주씨 공관에 와서 그녀의 신분이 드러나자 주복원이 갑자기 돌변하는 모습을 너무나 훌륭하게 잘 운용하였다. 그는 곧바로 시평에게 흉악하고 무정한 모습으로 바꾸어 자기의 허위에 찬 본질을 보여주었다. 조우는 인물의 내심활동을 여러 측면으로 표현하는데 뛰어났다. 주충과 사봉이 서로 감전이 되어 죽자 주씨 공관은 혼란에 휩싸였다. 무대에는 단지 주복원과 번의만이 남았다. 이 때, 주복원은 갑자기 주평을 생각한다. 그는 연달아 세 번 주평을 부르는데, 이 때 주평이 자살하는 총소리가 들려온다. 조우는 주평을 세 번 부르는 여기서 아주 신경을 썼다. 그는 매 번 부를 때마다 강세를 달리하여 갈수록 강하게 하였다. 이렇게 주복원이 두려워하고 불안해하고 무서워하고 절망에 빠진 심리 상태를 충분하게 표현해 냄으로써 관중들의 마음을 사로잡았다. 이에 막이 내렸는데도 관중들은 심정의 평정을 찾기가 힘들었던 것이다.

이로부터 <뇌우>는 사람들이 좋아하는 연극이 되었고, 국내외에서 광범위하게 공연이 되었다. 1941년 봄, 주외치(周巍峙)가 이끌던 서북(西北) 전지복무단(戰地服務團)이 하북성(河北省) 평산현(平山縣) 조가장(趙家庄)에서 한 공연은 하나의 기적이었다. 변경 지방에 있는 인민들은 깊고 외진 벽지에서 생활하는 관계로 한 번도 화극을 본 적이 없었지만, 그들은 <뇌우>의 공연을 아주 좋아하였다. 복무단은 그들의 요구를 만족시켜주기 위해 열악한 환경이지만 이를 잘 이용하여 물가에다 무대를 세우고 언덕에 세운 몇 개의 장대를 이용하여 등을 달았다. 배경과 도구 역시 대부분 대용품을 사용하였다. 예를 들어 소파는 짐바리를 이용하여 그 위에

조우의 희곡창작의 길

다섯 개의 가방을 놓은 후 담요를 덮어서 대용으로 하였다. "한 번은 그 시골 사람들이 <뇌우>를 보고싶어 했는데, 막이 오르기도 전에 갑자기 함박눈이 내리기 시작하여 우리는 다음날로 공연을 미뤘으면 했다. 그런데 그 시골 사람들이 이에 동의를 하지 않고 무대 밑에 앉아 떠나지를 않았다. 관중들이 이렇게 대단한 열정을 보이자 무대 위의 연기자들은 고무가 되어 마침내 막을 올렸다. 눈은 갈수록 더 많이 내렸으나 관중들은 눈이 내리는 돌 위에 앉 아서 꼼짝도 하지 않았다. 무대 위의 연기자들은 비록 홑옷을 입 고 있었으나, 그 시골 사람들이 이렇게 연극을 좋아하는 열정을 보고 감동이 되어 몸이 불같이 뜨거워졌다. 그래서 추위도 잊어버 렸다. 막이 내리고 무대 뒤로 물러나서야 지금이 겨울이구나 하는 것을 알게 되었다."7) <뇌우>가 변방의 인민들에게 이렇게 환영을 받은 사실만 보아도 이 작품이 얼마나 성공한 작품인지를 다시 한 번 알 수가 있다.

<뇌우>가 발표된 이후, 외국에서의 공연도 끊임없이 진행되었 다. 일본·소련·루마니아·영국·미국 등 수많은 국가와 지역에 서 이를 무대화하였다. 중국 내외에서의 무대공연 상황이 증명을 해 주듯 이 작품의 예술생명은 지칠 줄을 모른다. 여기서 우리는 연극사에서 <뇌우>가 얼마나 중요한 지위를 차지하고 있는지를 알 수 있다. 이 작품은 중국의 연극계를 진동시켰으며, 또 중국 현 대희곡사에서 찬란한 빛을 발하는 명주(明珠)가 되었다.

<뇌우>의 출현은 중국 연극예술이 이미 성숙한 단계에 들어섰 으며 시대의 한 획을 그었음을 의미한다. 그래서 이로부터 중국

---

7) 賈克: <一支活躍在敵人後方的戲劇尖兵>, ≪中國話劇運動五十年史 料集≫ 參考.

연극예술은 새로운 단계로 진입을 하게 된 것이다.

엥겔이 말하기를 "어떤 사람이든 문학상에서의 가치는 모두 그 자신 혼자로부터 결정되는 것이 아니라, 전체와 비교를 해 보는 중에 결정된다."[8]고 하였다. 만일에 우리가 <뇌우>를 조우가 활동했던 사회환경 중에 놓고, 또 중국 희곡의 발전 역사에 놓고 고찰을 해 본다면 이 작품의 지위와 역할을 분명하게 알 수가 있다.

새롭게 나타난 일종의 희곡양식으로써의 중국 현대 희곡은 역사도 짧았고 또 곡절도 많았다. 만일 1907년 춘류사(春柳社)의 이숙동(李叔同) 등이 일본 동경에서 공연한 <춘희(茶花女)>와 <흑노유천록(黑奴籲天錄)>을 중국 연극의 발단이라고 한다면, 그 때부터 조우가 <뇌우>를 정식으로 발표하기까지는 27년밖에 되지를 않는다. 주지하다시피, 오랜동안 중국의 연극무대는 계속 구극(舊劇)이 주도를 해 왔다. 왕소농(汪笑儂)이 제창한 신극은 구극과 다른 점이 많았다. 그는 이치에 맞지 않는 불합리한 내용은 잘라버리고 틀에 박힌 말들을 줄여버렸으며, 또 대화를 채용하고 가창과 소매를 뿌리치며 수염을 떨치는 동작을 없애버리고, 시대에 맞는 복장을 입고 배경과 도구도 가능한 실제 배경으로 하였다. 이렇게 하기는 했지만, 신극은 여전히 구극이 가지고 있던 구태를 벗어날 수가 없었다. 이 후에, 일시 성행하였던 문명희(文明戲)가 왕소농이 제창한 신극을 대신하였다. 문명희는 즉흥연기를 주로 하며 극본을 사용하지 않았다. 단지 하나의 막표(幕表)만 있을 뿐이었다. 심지어 어떤 때는 막표마저도 지키지 않았다. 연기자는 극중인물의 성격에 의해 연기를 하지 않고 인물의 검보(臉譜)[9]에 따라 파

---

8) 엥겔: <알렉산더·루커의 '독일 현대문학사 강의'를 평함>, ≪馬克思恩格斯全集≫ 第1卷.

조우의 희곡창작의 길

를 나누어 연기를 하였다. 예컨대 격렬파(激烈派)는 분한 기분이 가슴에 가득 차 있으며, 눈은 쭉 찢어지고 자신의 생명도 돌보지 않고 용감하게 나서며, 장엄파(莊嚴派)는 행동거지가 시원스럽고 말이 진지하며 도량이 넓고 의젓해 보이며, 규각파(閨閣派)는 조용하고 정숙하며 풍모와 재능을 가졌으며, 말과 웃음을 경솔하게 하지 않으며 온유 돈후하다. 문명희는 필경 성숙한 연극예술이 아니었다. 한 때 이것이 극성을 하기는 하였지만, 아주 빨리 쇠퇴하고 말았다.

"오사" 신문학 운동은 철저한 반제 반봉건의 문화 혁명운동이었다. 구극과 문명희를 반대하는 투쟁 중에 산생된 현대 희곡은 이 운동의 요구를 반영하지 않을 수 없었다. 이 시기의 희곡은 서방희곡을 모방하는 것으로부터 시작하였다. 1918년 출판된 ≪신청년≫에서는 송춘방(宋春舫)이 선정한 <근세명희백종(近世名戲百種)>을 발표하고, 13개 국가 58명 극작가의 극본 100편을 추천하였다. 반가순(潘家洵)이 입센의 <인형의 집>을 번역 출판한 후, ≪신청년≫·≪신조(新潮)≫·≪신보부간(晨報副刊)≫ 등에서는 모두 "입센 특집"을 냈는데, 아주 큰 반향을 불러 일으켰다. 1919년 3월, 호적(胡適)이 전씨 아가씨와 진 선생이 서로 사랑을 하다가 전씨 아가씨의 부모가 반대를 함에 따라 전씨 아가씨가 집을 떠나는 것을 내용으로 한 <종신대사(終身大事)>를 발표함으로써 중국 현대희곡을 쇄신하여 중국 현대희곡사에서 빛나는 샛별이 되었다. 그런데 애석한 것은 그가 <종신대사>를 이어서 계속 희곡 영역에서 작품을 쓰지 않았다는 점이다. 이 후, 전한(田漢)·홍심(洪深)·구양여천(歐陽予倩)·

---

9) 중국 전통극에서 배우들이 얼굴에 한 분장. 이것으로 극중 인물들의 특징과 성격 등을 표시함. (역자주)

정서림(丁西林)·웅불서(熊佛西)·**왕중현**(汪仲賢)·진대비(陳大悲) 등이 많은 일을 하는 동시에 적지 않는 극본을 써냄으로써 중국 연극 예술이 날로 성숙해 가도록 하나의 넓은 길을 열어주었다.

1920,30년대 희곡 창작에서 성적이 가장 현저하고 공헌이 컸던 극작가는 전한이었다. 그의 <커피숍에서의 하룻밤(咖啡店之一夜)> 과 곽말약의 <탁문군(卓文君)>은 모두 당시 사회에서 가장 민감하였던 애정과 혼인문제를 다루었다. <커피숍에서의 하룻밤>에서는 비록 바보 같은 여자와 변심한 사내의 전통적 틀을 깨지는 못했지만, 극본에서 애정의 자유 중 흔히 볼 수 있는 의지가 약하고 새것을 좋아하는 문제를 제기했다는 점에서는 역시 큰 의의가 있다. <호랑이를 잡은 날 밤(獲虎之夜)>에서는 신해혁명이 비록 봉건의 청나라 정부를 뒤집어엎기는 하였지만, "가문(家門) 중시사상"이 빚어낸 청춘남녀의 혼인비극은 아직도 여전하다는 것을 사람들에게 명백히 보여주었다. 이 작품은 희극(喜劇)으로 시작이 되었다가 비극으로 결말이 나는 선명한 대조를 보여줌으로써 강렬한 극적 효과를 얻을 수 있었다. 홍심은 <중국신문학 희곡집 도언(中國新文學戲劇集導言)>에서 말하기를 "<호랑이를 잡은 날 밤>은 본 작품집에서 가장 우수한 극본이다. 제재 선택면에서, 제재 처리면에서, 개성 묘사면에서, 대화면에서, 예기(豫期)되는 무대 분위기와 효과면에서 그 어느 것 하나 사람을 만족시키지 않는 부분이 하나도 없다. 어떤 사람은 주장하기를 전한은 감상적이고 시의(詩意)가 풍부한 비극을 쓰는데 뛰어나다고 하는데, 모르긴 하지만 그의 사실(寫實) 수법 역시 아주 훌륭하게 이 <호랑이를 잡은 날 밤> 작품 안에 표현이 된 것 같다."고 하였다. 그래서 이 극본의 출현은 중국 단막 희곡이 성숙된 것을 의미한다고 할 수 있다. 곽말약의

조우의 희곡창작의 길

<탁문군>은 "타인의 술잔을 빌어 자기의 분노를 풀고", "고인의 해골을 빌어 다른 생명을 불어넣은"10), 즉 현실에서 출발하여 역사정신을 굴착해 낸 극본이다. 극중에서는 부권(父權)에 반항하고 개성해방을 강렬하게 요구하는 반역정신을 가진 탁문군 형상을 소조하였다. 극본에서는 탁문군이 의연하게 집을 나가는 행동을 통해, 부녀는 반드시 "평생토록 한 남편만을 섬겨야 한다"는 봉건예교에 대해 강한 견책을 하면서 당시의 청년들이 봉건혼인의 굴레를 벗어나고자 하는 열망을 표현해 냈다. 극본은 발표가 되자마자 바로 수많은 청춘남녀들로부터 열렬한 환영을 받았고 강렬한 공명을 불러일으켰다. 이 작품의 결점은 구성이 치밀하지 못하고 묘사가 자세하지 못한 점이다. 구양여천의 <거센 여자(潑婦)>에서는 일부다처제를 공격하고 봉건세력에 의해 무고하게 "거센 여자"로 몰린 여주인공에게 동정을 표하며, 그녀가 분연히 집을 떠나는 반항정신을 찬양하였다. 극본의 구성은 그런대로 완전하였으나, 소재의 개굴(開掘) 면에서는 깊이가 약했다. 홍심은 일찍이 미국 예일대학에서 베이커 교수에게 희곡을 배웠고, 미국의 유명한 극작가 오닐과는 동급생이었다. 1922년 봄에 귀국을 하여, 같은 해 겨울에 군벌전쟁이 남긴 죄악을 주제로 한 <조염왕(趙閻王)>을 창작하고 공연하였다. 극작가는 여기서 오닐의 <죤스왕(琼斯王)>을 모방하여 지나치게 신비스런 색채와 공포스런 분위기를 작품에 반영함으로써 오히려 극본의 주제를 희석시키고 말았다. 뒤에 창작한 <오규교(五奎橋)>는 시각을 농촌 쪽으로 돌려서 고난의 인생을 위해 목소리를 높였는데, 사상은 물론이고 예술면에서도 <조염왕>에 비해 뚜렷한 진보를 보여주었다. 웅불서의 <한 조각 애국심(一片

---

10) 郭沫若: <孤竹君之二子的序話>, ≪創造季刊≫ 1923年 第1卷 第4期.

2. 〈뇌우(雷雨)〉

愛國心)>은 중일 국제결혼을 한 가정이 일본제품을 배척하는 중에 발생된 생활갈등을 통해, 선명한 애국주의 사상을 표현해 냈다. 극본에서 여주인공이 원칙을 견지하여 모친과 항쟁한 일은 수많은 청년들에게 강렬한 반향을 불러일으키게 했으나, 일부 인물성격과 생활환경에 어울리지 않는 세절(細節) 묘사는 작품의 가치에 좋은 영향을 주지 못했다. 정서림의 <한 마리의 나나니벌(一只馬蜂)>과 <압박(壓迫)>은 모두 압박에 반항하는 주제이지만, 이들이 다룬 문제의 방식과 각도는 서로 달랐고 구성 역시 새롭고 독특했다. 여기서는 생활 갈등이 완곡하고 곡절이 많으며 함축적이고 감동적임을 보여주고 있다. 극본의 제재가 현실성이 좀 약하기는 하지만 기지가 넘치고 풍취가 있도록 묘사가 되어 사람들에게 특히 지식분자들에게 환영을 받았다.

중국 희곡의 발전 과정에서 또 하나 언급하고 넘어갈 것은 1924년 4월 홍심이 각색하고 연출한 <아씨의 부채(少奶奶的扇子)>이다. 그가 배운 구미의 희곡이론을 연기·무대미술·화장·도구 등에 그대로 적용, 완전히 구미 현대희곡의 공연형식을 채용했던 것이다. 공연은 극단 전체를 진동시켰다. 공연에서는 남녀가 같이 무대에 설 수 없다는 구습에 따라 남자가 여자 역을 맡았던 케케묵은 낡은 습속을 바꿔서 연극공연이 올바른 길을 걸을 수 있도록 하여 연극에 새로운 기상과 새로운 생명을 불어 넣어 주었다.

1920년대 희곡창작과 공연 중에서 우리는 희곡이 "오사" 신문학 운동의 춘풍 아래 어느 정도 성취를 이루었음을 볼 수가 있다. 즉 영향력 있는 극본이 제법 많이 나왔고, 또 극작가들이 두각을 나타내었다. 그러나 희곡은 어디까지나 문학·연출·연기·미술 등 여러 종류의 예술성분이 모여서 이루어진 일종의 종합 예술이

조우의 희곡창작의 길

었기에, 인물의 소조나 충돌의 설정, 결구의 안배 및 언어의 제련 등등에 엄격한 요구가 있었다. 20년대의 극작에서 이룬 주요 성취는 단막극 창작과 공연 면에서만 체현이 되었을 뿐이고, 다막극에서는 예술적으로 미숙하여 아직까지도 배회하면서 돌파구를 찾고 있는 상태였다. 희곡이 돌파구를 찾기 위해서는 걸출한 예술가가 그의 지혜와 재능으로 희곡을 발전시키고 제고시켜서 성숙한 단계로 밀어 올려 줘야만 했다.

중국 문학사에서는 늘 이런 현상이 나타나곤 하였다. 즉 일종의 새로운 문학양식이 장기간 예술실천을 해 가는 동안 수많은 작가들이 함께 노력하고 이를 위해 많은 경험을 쌓아 오다가, 최후에 한 문학 거장의 탁월한 노력과 걸출한 성취로 인해 이것이 성숙한 문학체재로 고정이 될 수 있었던 점이다. 예컨대 굴원(屈原)이 초사(楚辭)에서, 사마천(史馬遷)이 사전체(史傳體) 문학에서, 사마상여(司馬相如)와 매승(枚乘)이 한부(漢賦)에서, 포조(鮑照)가 7언시에서, 심전기(沈佺期)·송지문(宋之問)이 율시체제 형성에서 모두 그랬던 것이다. 중국 고전희곡 중 곤강(昆腔)은 원말에 창시가 되었지만, 명의 위량보(魏良輔)가 개혁을 해서 창강(唱腔)을 풍부하게 하고 음악을 반주하게 함으로써 일종의 민족 풍격이 풍부한 아름다운 예술이 되었고, 다시 양진어(梁辰魚)가 <완사기(浣紗記)>를 전파시킴으로써 곤강이 전국에서 노래되고 수백 년을 풍미할 수 있었던 것이다. 하나의 문학 체재사는 왕왕 어떤 문학가들의 빛나는 이름으로 이채를 나타내곤 하였다.

중국 희곡 영역에서 창작이 한참 활기를 띠면서 인재들이 속속 나오고 있을 때, 조우가 마침 다행스럽게 출현하였다. 그의 각고한 노력과 천재적 소질은 그로 하여금 마침내 중국극단의 찬란한 거

2. 〈뇌우(雷雨)〉

성이 되게 히였고, 중국 희곡 예술이 전진해 가는 실을 비춰주게 하였다. 그의 처녀작 <뇌우>는 마치 봄날의 뇌성이 곧 다가올 희곡 예술의 봄날을 예보해 주는 것 같았고, 또 마치 하나의 혜성이 희곡 예술의 하늘에서 광채를 크게 비춰주는 것만 같았다. 물론 만일에 전한·홍심·구양여천·정서림 등 선배들의 노력이 없었더라면 조우의 새로운 발전도 볼 수가 없었을 것이다. 하지만 만일에 조우의 서방희곡에 대한 또 중국 고전문학 예술에 대한 깊은 조예와 탁월한 희곡적 재능이 없었더라면 중국 희곡 예술의 진정한 성숙도 어쩌면 약간 늦어졌을지도 모르는 일이다.

<뇌우>와 같이 "그렇게 충만한 기백과 그렇게 숙련된 기교 등이 중국 극단에 나온 것은 솔직히 말해 제일 처음이라고 할 수 있다."[11] 확실히 제일 처음이었다.

이는 처음으로 예술가 특유의 민감하고 심오한 느낌과 집요한 추구를 작품 중에 용해시켜, 그 역사시기의 복잡한 사회생활을 표현하고 정치경제 윤리도덕과 사회 사조를 포괄시키고, 또 인물내심의 갈등과 인물관계 중에 융합을 시킴으로써 작품이 사람을 감동시키는 격정으로 충만하고 농후한 예술 풍격을 형성하게 하였다.

이는 처음으로 희랍비극, 특히 소포크라스의 <오디푸스왕> 중의 풍유수법과 입센 이래의 근대극의 폐쇄식 결구기교를 결합 운용하여, 사람의 마음을 감동시키는 중국 민족 풍격을 가진 비극으로 창작을 하였다. <뇌우>의 인물 활동공간은 주·노 두 가정이며, 분규가 일어난 시간대는 전후로 연속하여 30년 간에 걸쳐 있다. 극작가는 성공적으로 과거의 희곡과 현재의 희곡을 유기적으로 결합시킴으로써, 과거를 보여주는 희곡을 현재의 희곡과 밀접하게

---

11) 荒煤: <還有些茫然>, 《大公報》 1937年 1月 1日.

조우의 희곡창작의 길

같이 연결을 시켜 현재의 희곡에 적극적인 추진역할을 하게 하였다. 또 과거의 일을 들추어 주는 인물은 또 모두가 현재희곡에 직접 참여한 사람들이다.

여기서는 처음으로 "삼일치의 법칙", 즉 시간·장소·줄거리 이 셋을 완전하게 일치시켰다. 시간은 24시간을 넘지 않았고, 장소는 한 도시 내로 정하였으며 줄거리는 하나였다. 여기서는 강렬한 극적 충돌과 복잡한 인물관계를 종횡으로 교차시켜 하나의 통일을 이루게 하였고, 하나의 중심사건을 둘러싸고 모순이 전개되며, 또 제한된 시간 내에서 신속하게 충돌을 고조화 시켜서 강렬한 극적 효과를 보여주었다. 당시 중국에는 이와 같이 복잡하고 첨예한 충돌과 치밀하게 통일된 결구를 가진 희곡은 없었다.

작품에서는 처음으로 "중복" "발현" "돌전" "풍유" 등의 예술기교를 운용하였고, 우연과 필연의 변증관계를 비교적 정확하게 처리하였다. 조우는 말하기를 "<뇌우>는 모두가 우연의 일치" 라고 하였다. 그러나 분명히 우연의 일치이기는 하지만, 극작가는 또 독자나 관중들이 우연이라는 것을 의식하지 못하고, 생활 자체를 보는 것 같이 하였다. 이렇게 하기 위해서는 이런 우연의 일치란 생활 논리의 기초와 인물성격·인물간의 관계의 필연성을 분명하게 해야만 했다. 극작가가 안배한 우연의 일치는 합리적인 것이었다. 사봉과 주평, 이 연인은 동모이부(同母異父)의 남매라는 점, 파업 주동자 노대해는 주복원의 친 아들이라는 점, 딸 사봉을 보러 왔던 시평이 갑자기 30년전 자기를 버린 주복원과 기약 없이 만나게 되는 점, 끊어진 전선을 수리하지 않은 것이 마침내는 두 사람을 죽게 하는 점, 방금 주복원이 호신용으로만 사용하라고 주평에게 총을 주었는데 주평이 이것으로 순식간에 자살을 하게 된 점 ……

등등은 가상할 수 있는 일이다. 만일에 이런 우연이 없었다면, 충돌은 이같이 집중될 수가 없었고 스토리 역시 이렇게 꼬리에 꼬리를 물고 신속하게 추진이 될 수가 없었을 것이다. 그리고 이런 우연은 또 생활의 일상적인 상규(常規)에 부합했기 때문에 사람들은 발생할 수 있는 일이라고 완전히 믿었던 것이다.

<뇌우>는 이렇게 이전의 중국 희곡과는 다른 신선감으로 독자와 관중을 정복하여 중국 현대희곡사에서 하나의 빛나는 금자탑이 된 것이다.

조우의 희곡창작의 길

3

〈일출(日出)〉

1933년 가을, 조우는 <뇌우> 창작을 완성하고 얼마 후 청화대학 서양문학과를 졸업했다. 재학기간 그의 모든 과목의 성적은 우수하였다. 졸업 직전, 그는 청화대학 대학원 시험에 응시하여 합격을 하였다. 그러나 생활은 그가 계속해서 청화대학에 남아 있기를 허락해 주지 않았다. 조우의 부친이 이미 세상을 떠났던 관계로 가정 경제 사정이 갑작스럽게 바뀌었던 것이다. 그리하여 그는 부득불 생활을 위해 도처로 뛰어야만 했다. 그는 하북(河北) 보정(保定) 명덕중학(明德中學)의 요청에 응하여 그곳에서 3개월 동안 영어를 가르쳤다. 그러나 늘 배앓이로 고생하던 그는 직무를 다른 사람에게 넘겨주어야만 했다. 다음해 봄, 그는 명덕중학을 떠나 천진시 하북여자사범학원(河北女子師範學院)으로 가서 교편을 잡았다.

1935년 겨울, 남개신극단은 남개중학 서정강당(瑞庭講堂)에서 <재광(財狂)>을 공연하였다. 이 연극은 조우와 장팽춘(張彭春)이 합작하여 몰리에르의 <인색한 사람(慳吝人)>을 각색하여 만든 것이었다. "중국 관중에게 적합하게 하기 위하여 극중의 인물 이름을 모두 중국 이름으로 바꾸고, 공연을 위하여 스토리도 가위질을 하여 더욱 집중이 되게 하였다."[1] 각색 극본에서는 원래 5막이던 것을 3막으로 압축하고 진부한 방백을 빼고 스토리와 인물들의 이름을 중국식으로 했던 것이다. 원래 주인공 아파공은 한백강(韓伯康)으로 바꾸고, 그의 사랑스런 딸 애리사는 한기려(韓綺麗)로 바꾸었고, 기타 인물도 모두 중국적인 맛이 나게 하였다. 신극단에 대한 짙은 열정에 따라 조우는 극중의 주인공 한백강 역을 맡았

---

1) 曹禺: <我的生活和創作道路>, ≪戲劇論叢≫ 1980年 第2期.

조우의 희곡창작의 길

다. 장팽춘이 연출을 맡고 임휘음(林徽音)이 무대설계를 맡았으며, 서흥양(徐興)이 임범뢰(林梵籟) 역을, 녹독동(鹿篤桐)이 한기려를, 방덕규(房德奎)가 한가양(韓可揚) 역을, 후광필(候廣弼)이 비승(費升) 역을, 심장경(沈長庚)이 시묵암(施墨庵) 역을, 왕수원(王守媛)이 부삼(傅三) 할머니 역을, 이약란(李若蘭)이 목란(木蘭) 아가씨 역을 맡았다. <광재>는 성격 연극으로, 이 연극이 성공하느냐 실패하느냐 하는 문제는 바로 수전노 역을 맡은 연기자가 어떻게 연기를 잘 하느냐 못하느냐에 달려 있었다. 동려(佟荔)의 기억에 따르면 조우가 맡은 한백강이 그에게 아주 깊은 인상을 주었다고 한다. 조우는 구부정하게 웅크린 가련한 모양을 해 가지고 갑자기 한숨을 쉬기도 하고 갑자기 귀를 만졌다가 턱을 만졌다가 하면서 미친 듯이 지껄이다 웃음을 보이는 등의 연기로 한백강을 살아나게 하였다. 한백강이 처음으로 목란 아가씨를 보게 되었을 때, 그는 자기가 가진 모든 말을 다 동원하여 몇 마디라도 달콤하게 말을 하기 위해 보인 추태라든지, 미국 증권을 잃었음을 발견한 후에 가슴을 치고 발을 동동 구르는 모습이라든지, 원작 제1막 제7장의 "도둑이야" 하는 그 유명한 독백을 토하는 모습 등은 모두가 다 관중의 심령을 사로잡았다.

이 공연은 화북의 문예계를 진동시켰다. 천진의 ≪대공보(大公報)≫에서는 기념 특집을 내었고, 수많은 신문에서도 속속 평론을 실었다. 예컨대 ≪익세보(益世報)≫ 신문에서는 <광재 연기자 소개―만가보(狂財演員介紹―萬家寶)>·<광재의 공연(狂財的演出)>·<광재평(狂財評)>·<광재를 본 후(看了狂財之後)> 등과 같은 문장을 연속적으로 몇 번이고 발표하였다. 이 공연은 원래 겨울에 재난을 당한 사람들을 위해 돈을 모으고 생활이 곤란한 아동들을 돕

3. 〈일출(日出)〉

기 위한 것이었으나, 오히려 침체되어 있던 극단을 살아나게 한 결과를 가져오게 되었다.

처녀작 <뇌우>를 완성한 후, 조우는 적극적으로 두 번 째의 작품 <일출(日出)>을 준비하였다.

그는 오랜 기간 동안 천진에서 살면서 그 곳의 도시생활에 비교적 익숙하였다. 그 기형적인 도시 곳곳에는 관상(官商)·건달·기녀, 그리고 사람들을 부패시키고 타락시키는 연관(煙館)2)과 무도장이 있었으며, 또 도처에서는 도망을 나와 구걸을 하는 거지와 엉덩이를 내놓은 아이들을 볼 수가 있었다. 이는 바로 사람을 잡아먹는 도시였다. 1934년 그는 모험가의 낙원이라고 하는 상해에 가 보았는데, 여기서 그는 또 번화하고 이상한 대도시를 접하였다. 여기에는 매판·건달과 기녀들이 가득 차 있었다. 제국주의자들이 길에서 기고만장한 모습을 보이고 있고, 인력거꾼이 맞아 죽고, 외국 조계(租界)를 지키던 경찰들이 중국인을 모욕하는 모습을 똑똑히 보았다. 외탄(外灘) 일대는 모두가 양상(洋商)·호상(豪商)과 외국인들이었다. 상해와 천진은 모두가 모험가에게는 낙원이었고, 고통 당하는 사람들에게는 하나의 지옥이었다. 이 모든 것은 예리한 칼날과 같이 조우의 마음을 자극하였고, 또 그로 하여금 사회의 암흑과 부패를 고통스럽게 느끼게 함으로써 그의 심중에는 분만(憤懣)과 불평이 가득하게 되었다. "이 때 나는 그 괴상한 사회에서 떠돌면서 무서운 꿈을 꾸고 있는 것처럼 가공할만한 수많은 일을 보았고, 이런 인상은 죽어도 잊을 수가 없었다. 이런 것들은 어느 정도 엄중한 문제가 되어 필사적으로 나를 돌격해 왔고 이런 문제들은 나의 정서를 작열시켰으며, 나의 불평을 증가시켰다." 그

---

2) 옛날에 아편을 피우거나 먹게 하는 것을 업으로 하는 곳. (역자주)

조우의 희곡창작의 길

러나 이런 문제에 대해 조우는 해답을 얻을 수가 없었다. 어쩔 수 없이 ≪노자(老子)≫·≪성경(聖經)≫과 같은 책에서 도움을 얻을 수밖에 없었다. "나는 매우 해로운 책이라고 일컬어지는 종류의 책을 엄청나게 많이 읽었다. 나는 눈물을 흘리면서 책에 나오는 그런 위대하고 고독한 심령들에게 찬사를 보냈다. 그들은 비애를 안고 인간의 괴로움을 등에 지고 이 불초의 자손을 위해 길을 열어 갔다. 나는 인간들 가운데 사람 축에도 들지 못하는 자들이 스스로 '사람'이라고 하는 이런 동물들을 더욱 증오하였다." 조우는 "하나의 희망과 한 줄기 광명을 추구하였다." 그는 이렇게 말한다. "사람은 필경 살아야 하며 마땅히 행복하게 살아가야만 한다. 썩어 문드러진 살을 도려내고 나면 새로운 세포가 생겨나게 된다. 우리는 새로운 피와 새로운 생명이 있어야 한다. 막 겨울이 지나가고 금빛 광선이 바람에 떨고 있는 들판의 모든 작은 풀들을 비춰주고 있는데, 죽어버린 사람들은 왜 다시 살아나지 않는가! 우리들이 원하는 것은 태양이요, 봄날이요, 기쁜 웃음 가득한 새로운 생활이다. 비록 지금은 혼란스럽긴 하지만. 그래서 나는 <일출(日出)>을 쓰기로 결정하였다."3)고 말하였다.

　조우는 마침내 분만(憤懣)과 양광(陽光)을 문자로 표현하게 되었다. <일출>은 아주 빨리 쓰여졌다. 그는 마치 장회소설(章回小說)을 연재하듯 한 막 한 막이 끝나면 바로 잡지에 발표를 하였다. "그들이 원고를 재촉하였지만 나는 또 학생들을 가르쳐야 했다. 그래서 어쩔 수 없이 죽기살기로 썼다. 어떤 때는 며칠 동안 잠을 자지도 못하였다."4) 그는 1936년 5월부터 창작하기 시작하여, 마

---

3) 曹禺: <日出·跋>, ≪日出≫, 文化生活出版社 1937年版.
4) 曹禺: <我的生活和創作道路>, ≪戱劇論叢≫ 1980年　第2期.

침내 8월에 희곡 <일출>은 참신한 모습으로 탄생이 되었다. 이는 파금(巴金)·근이(靳以)가 상해에서 편집장으로 있던 《문계월간(文季月刊)》에 처음으로 발표가 되었는데, 1936년 6월 1일에 출판된 제1권 제1기부터 한 막 한 막 연재가 되기 시작하여 9월 1일 출판된 제1권 제4기에서 끝났다. 1936년 11월에는 상해 문화생활출판사가 이를 단행본으로 출판하였다.

<일출>은 진백로(陳白露)가 전극의 중심이 되고 있는데, 작품에서는 그녀의 특수한 신분으로 연결이 될 수 있었던 각 사회 영역에 대하여 묘사를 함으로써, 구중국 시기의 사람들이 사람을 잡아먹는 소름끼치는 화면을 펼쳐 보이고, "부족한 자의 것으로 넉넉한 자의 배를 채우는" 사유제도와 이런 제도를 보호해 주는 통치계급 및 그 졸개들에 대하여 무정한 폭로와 심판을 가하고, 저주받아 마땅한 그 사회에 대한 상종(喪鐘)을 울려 주었다. 이 작품이 발표되자 곧 바로 문단에는 파문이 일었고 평론계에서는 깊은 관심을 보였다. 좌익작가들은 문장을 통해 이 작품을 높이 평가하는 태도를 보였다. 극본이 연재를 막 마쳤을 때 왕운생(王芸生)이 주필로 있던 천진의 《대공보》에서는 곧 바로 토론을 진행하였다. 그들은 인식하기를 중요한 작품은 전문 비평가들을 통해 평론을 받는 것이 필요하며, 작가가 스스로 해부를 해 보는 것도 이해를 하는데 크게 도움이 될 뿐만 아니라, 또 동일한 길을 걷는 문예계 인사들과 독자들로부터 의견을 들어보는 것도 필요하다고 보았던 것이다. 당시 《대공보》 문예부간(副刊)을 책임지고 있던 편집부장 소건(蕭乾)은 "갈채도 초월하고 약점도 초월하며", "아첨도 않고 중상모략도 하지 않으며", 마음을 평온하게 하여 선의로 비평을 하는 이런 비평정신을 제창한다는데 그 뜻을 두고, 1936년 12

조우의 희곡창작의 길

월 27일과 다음해 1월 1일 양일 간에 <일출>에 대한 "집단 비평"
을 발표하였다. 또 2월 28일에는 <내가 어떻게 '일출'을 썼는가(我
怎樣寫'日出')>라는 조우의 문장을 발표하였다. "집단 비평"에서
는 모순(茅盾)의 <빨리 공연이 되기를 기대한다(渴望早早排演)>,
파금(巴金)의 <웅장한 모습(雄壯的景象)>, 엽성도(葉聖陶)의 <성
공적 군상(成功的群像)>, 심종문(沈從文)의 <위대한 수확(偉大的
收穫)>, 장근이(章靳以)의 <좀 더 친절히(更親切一些)>, 여열문(黎
烈文)의 <대담한 수법(大膽的手法)>, 맹실(孟實)의 <아쉬운 이별
(舍不得分手)>, 황매(荒煤)의 <아직도 좀 막연해(還有些茫然)>, 이
유(李斧)의 <'뇌우'로부터 '일출'까지('雷雨'到'日出')>, 양강(楊剛)
의 <현실의 정탐(現實的偵探)>, 진남(陳藍)의 <희곡의 진전(戲劇
的進展)>, 이광전(李廣田)의 <나는 더욱 뇌우를 사랑해(我更愛雷
雨)>, 이위(李慰)의 <여러 측면의 삽화(多側面的穿插)>, 왕삭(王
朔)의 <생동하는 20세기 그림(活現的卄世紀圖)> 등의 문장을 발
표하였다. 이런 문장들은 모두 <일출>을 열정적으로 높이 평가하
였다. 모순은 말하기를, 극본은 "하나의 중심축인 금전의 세력을
유기적으로 둘러싸고 있다. 이 '세력'의 선은 매판 겸 건달식의 투
기꾼들이 조종을 하고 있는데, 이는 반식민지 금융자본의 축소판
으로, 내가 보건대 이러한 사회제재를 무대 위에 옮겨놓은 것으로
는 <일출>이 처음이라고 생각한다."고 하였다. 엽성도는 놀람과
기쁨으로 "몇 년 전에는 모순의 <자야(子夜)>가 있었는데, 올해에
는 조우의 <일출>이 있게 되었다. 이들은 모두 '뛰어난 솜씨에 의
해 우연히 얻어진' 즉흥적인 작품이 아니라, 끊임없이 주도면밀하
게 조각을 해서 성공한 군상이다."라고 하였다. 심종문은 열렬한
문장으로 평론하기를 "<일출>은 작자 조우선생이 쓴 두 번째의 4

막극으로 ≪문계월간≫에 나누어 등재를 했던 작품이다. 여기서는 전형적인 도시생활 중의 고락을 대조시키면서 묘사를 하였는데, 돈을 쓰는 사람은 어떻게 공허하고 무료한 일에 돈을 쓰며, 돈을 버는 사람은 어떻게 현실의 고통스런 생활 중에서 돈을 버는지를 보여주고 있다. 또 인물에 있어서는, 예컨대 유행을 따르는 여자 진백로, 돈 많은 과부 고팔부인(顧八奶奶), 기생 같은 남자 놈팡이 호사(胡四) 등 모두 부르면 책에서 바로 뛰어 나올 것만 같이 묘사가 되었다. 그런데 특수한 분위기, 예컨대 제3막의 3, 4류 기생 집에서의 복잡한 모습을 무대에서 조화롭게 잘 표현해 낼 수 있을지의 그 여부는 아직 연출가의 노력을 기다려야 할 것이다. 이 대목은 적어도 극본에서의 생동적인 산문이라고 말해야 좋을 것이다. 이 외에 이비서의 그 교활하고 기만적인 모습, 장교치(張喬治)의 속되고 허위에 찬 모습, 취휘(翠喜)의 업무상 당당한 모습, 방달생(方達生)과 이씨 부인의 성격상의 상이함 등의 묘사에 모두 정확한 권투선수의 능란한 솜씨처럼 비범한 재주를 보이고 있을 뿐만 아니라 상황에 잘 부합된다.” 그러면 모든 평론이 다 전반적으로 긍정적이었던 것인가? 그렇지는 않다. 이광전은 <일출>은 <뇌우>보다 못하다고 인식하였고, 진황매도 이에 동감을 표했다. 조우는 <내가 어떻게 ‘일출’을 썼는가>라는 그의 문장에서 진심을 털어놓았다. 그는 여기서 자기가 창작을 하게 된 동기와 구상과정, 그리고 예술의도를 분석함과 동시에 비평가들에 대해 허심탄회하게 실사구시적인 대답을 내놓았다.

이상의 간략한 소개에서 볼 수 있듯이 이 때 토론은 특별히 진지하였고 비평가와 작가의 태도도 모두 아주 성실하였다.

국내의 전문가들이 토론을 진행한 외에 외국의 일부 전문가들도

조우의 희곡창작의 길

평론을 발표하였다. 원연경대학(原燕京大學)에서 서양문학과 주임을 맡고 있는 영국 국적의 세티크 교수는 <한 이방인의 의견(一個 異邦人的意見)>이란 문장에서 "<일출>은 내가 본 현대 중국희곡 중에서 가장 우수한 작품이었다. 이 작품은 입센이나 골스화스의 사회극 걸작과 어깨를 나란히 해도 부끄럼이 없는 작품이다. 나는 작자가 이런 서양 극작가들로부터 의식적으로 얼마만큼의 영향을 받았는지를 알고 싶다. 작자의 심령 안에는 실제로 하나의 예언자적 격동을 가지고 현재 사회 기관이 모두 부식되어 있음과 인류의 탐욕·잔혹·허위·증오·불공평 등을 간파해 내었다. 이 극은 투기와 박해가 존재하는 기생적 사회기관 전체에 대하여 엄중한 공격을 가하고 …… 또 이 암흑세계에 아직 존재하고 있는 광명의 역량을 돋보이게 하였다."라고 하였다. 이 평론에는 결코 지나침이 없다. 20년 후 1957년 봄, 후금경(侯金鏡)은 또 소건(蕭乾)에게 세티크의 문장은 그에게 아주 깊은 인상을 주었다고 말하였다. 세티크는 중국문학에 대하여 아주 깊은 연구 업적이 있었다. 그는 신기질(辛棄疾)·소동파(蘇東坡)의 시사(詩詞)에 대하여 연구를 했었고, 모순의 <자야(子夜)>·심종문의 <변성(邊城)>·<멸망(滅亡)>과 조우의 <뇌우>를 읽기도 하였다. 그는 당시 수많은 서양 사람들과는 달리 약간의 지식으로 중국인들에게 자랑하거나 권위를 내세우지 않았다. 그는 <한 이방인의 의견>을 쓴 후 곧 바로 소건에게 편지를 써서 말하기를 "사회에 대한 풍부한 자료수집이나 진백로 이 인물의 창조에 있어서 작자는 확실히 <뇌우>에서보다 훨씬 진보된 모습을 보였으며 …… 나는 앞으로 우리가 위대한 작품을 읽을 수 있게 되었음을 확신한다."고 하였다.

얼마 후 황지강(黃芝剛)은 ≪광명≫ 제2권 제5기에 <'뇌우'로부

터 '일출'까지('雷雨'到'日出')>라는 비평의 문장을 발표하였다. 주양(周揚)은 곧 바로 ≪광명≫ 제2권 제8기에 문장을 발표하여 황지강의 조악에 찬 비평에 대하여 반론하면서 아울러 이 두 극작의 성취와 부족한 점에 대하여 전체적으로 논평과 분석을 보여주었다. 바로 이어서 구양범해(歐陽凡海)·장경(張庚) 등이 문장을 써서 적극적으로 토론에 참가하였다. 한 편의 극작이 문예계에 이렇게 강한 반향과 반복적인 토론을 불러일으킨 일은 아직까지 중국희곡사 내지는 중국 문예비평사에 없었던 일이었다. 이러한 토론은 <일출>이 광범하고도 심도 있게 사회에 영향을 주었음을 말해주는 것이며, 또 작품이 좌익작가의 지지와 보호를 얻게 되었음을 증명하는 것이 되기도 한다.

<일출>의 발표 연대는 중국 현대희곡사에 있어서 "제3차 중흥" 시기라 할 수 있다. 당시 좌익 연극운동의 발전은 비교적 빨라서 이미 현실투쟁과 긴밀하게 연합된 작품이 나왔었다. 그래서 도시에서는 상당히 예술적으로 수준이 높은 직업 극단이 출현하였다. 그러나 창작과 공연에서는 중국사회 현실을 반영한 연극이 그렇게 많지 않았다. 일부 극단에서 다투어 공연을 했던 대부분의 작품들은 모두가 역사극과 각색을 거친 외국 작품들이었다. 1937년 초에 상해를 뒤흔들었던 춘계 연합공연이 그 좋은 일례라 하겠다. 5대 연극단이 공연한 연극 중에서 제아영(除阿英)의 <춘풍추우(春風秋雨)>를 제외한 기타 연극들은 모두가 외국 것들이었다. 이런 상황에 대해 미국 극작가 아리산다·디안은 "상해의 근대 극장들은 이미 희곡 역사 중의 가장 긴장된 시기에 도달했다고 할 수 있는데, 그 성공은 바로 아름다운 연기 및 연출가들이 노력한 결과이다." "하지만 이런 극장들은 엄격히 말해서 이미 중국 극장의 면모를

조우의 희곡창작의 길

상실해 버렸다. 왜냐하면 공연되는 것들은 모두가 서양 희곡이기 때문이다. …… 나는 수년 후에 다시 이곳에 왔을 때 완전하게 중국 성질의 극장을 볼 수 있기를 희망한다."[5]라고 하였다. 그래서 <일출>이 당시 극단에 출현할 수 있었던 것은 참으로 귀한 것이었고, 이는 관중들의 이목을 일신시켜 줄 수 있는 작품이 될 수 있었던 것이다.

공연 효과면에서 볼 때 <일출>은 수많은 관중들로부터 열렬한 환영을 받았다.

1937년 2월 3일부터 5일까지 상해희극공작사(上海戲劇工作社)가 상해 잡이등(卡爾登) ― 지금의 장강극장(長江劇場) ― 대극장에서 처음으로 <일출>을 무대에 올렸다. 구양여천(歐陽予倩)이 연출을 맡고 봉자(鳳子)가 진백로 역을 맡았으며, 정백유(丁伯驅)가 방달생 역을, 공손민(公孫旻)이 황성삼(黃省三) 역을, 소능(蘇菱)이 꼬마 역을 맡았다. 공연장은 늘 만원으로 관중들에게 열렬한 박수를 받았다. 초연 때에는 《공연특간(演出特刊)》을 내었는데, 여기에서는 10장의 공연 사진과 연출가 및 연기자들의 단체사진, <일출>의 출전과 스탭진 명단, 그리고 연출자와 연기자들의 문장을 실었으며, 또 모순·파금·엽성도·심종문 등이 《대공보》 문예부간에 실었던 <일출>에 대한 평론 요약을 실었다. 유감스런 점은 이 때 제3막을 삭제해버리고 공연을 했던 점이다. 구양여천의 의견은 이 막은 "기봉(奇峰)이 굴기하여 다른 세 막과 조화가 되도록 연출을 하기가 어렵고", "남방인이 북방의 기생을 모방하여 꼭같이 하기란 어려운 것 같아서" "가슴이 아팠지만 부득불 제3막을 빼 버렸다."고 하였다. 이는 구양여천의 겸손의 말이다. 그가 말하

---

5) 아리산다·디안: <我所見的中國話劇>, 《戲劇時代》 創刊號.

고자 하는 진심의 말은 "제3막을 삭제한 것은 주제와 그렇게 밀접하게 연결이 되지 않았기 때문"이라는 것이었다. 제3막을 삭제해버렸던 것은 그 공연의 최대 실수였다. 사실 조우가 가장 정력을 많이 쏟고 가장 오랜 시간의 공을 들였던 막은 바로 제3막이었다. 우리는 <일출>의 제3막이 조우 희곡창작의 한 발전을 가장 잘 설명해 주고 있다고 알고 있다. 다시 말해 제3막에서 결구가 폐쇄식으로부터 개방식으로 변화한 것이고, 이에 따라 생활을 반영한 그 넓이와 깊이가 모두 그의 처녀작을 초월한 모습을 보여주고 있기 때문이다. 1983년 일본 작가 수상면(水上勉)이 중국을 방문하였을 때 조우를 만난 적이 있었는데, 그는 일본에서 내산순(內山鶉)이 연출한 <일출>을 보고 무척 감동을 받았다고 하였다. 그리하여 그는 조우에게 "당신은 <일출>의 제3막을 어쩌면 이렇게 잘 썼는가? 나는 이것을 보고 눈물을 흘렸다."고 이야기를 하였다. 만일에 이 막의 극 내용을 삭제해 버리고 <일출>의 결구방법을 바꾸어버렸다면 이 연극이 어떻게 될 것인가를 한 번 생각해 보라. 조우자신도 이 3막을 아주 아끼고 사랑하였다. <일출>이 처음으로 공연된 후, 그는 문장을 통해 자기의 입장을 밝혔다. "이 대목을 쓰기 위해 나는 수많은 시달림과 상처를 받았고 나아가서는 모욕까지 당했다. 엄동설한 야밤의 황량한 한 빈민구에서 나는 아편을 피우는 두 명의 거지로부터 수래보(數來寶) 노래를 배우기로 되어 있었다. 그들에게 보수를 많이 주고 약속을 하였는데 아마도 그보수가 너무 과해서 그랬던지 나를 정찰대원으로 의심을 해서였던지 그들은 오지를 않았다. 나는 뼈를 에는 추위를 참으며 오들오돌 떨면서 가장 싸구려 여인숙을 배회하며 그들을 찾았다. 그런데 아마도 나의 방문이 너무 잦아서 그랬던지 얼근하게 술이 취한 한

조우의 희곡창작의 길

범죄자 같기도 하고 실의에 빠진 듯한 사람에게 오해를 받았다. 그때 그가 갑자기 주먹을 휘두르는 통에 하마터면 한 눈을 잃을 뻔하기도 하였다. 나는 이런 교훈을 통해서 이런 곳을 출입할 때는 반드시 안내자의 인도를 받아야 이런 무의미한 모험에서 벗어날 수 있음을 알게 되었다. 그리하여 다른 사람에게 소개를 좀 해 달라고 부탁을 하여 자신의 신분을 숨기고 '토약점(土藥店)'과 흑삼과 같은 사람들에게 접근을 할 수 있었다. 그런데 한 친구에게 발각이 되었다. 그가 좋지 못한 소문을 퍼뜨리는 통에 나는 며칠 동안 내 입장을 설명해야만 했다. 이 짤막한 35페이지의 극을 쓰기 위해 나는 운 좋게도 기형의 모습을 가진 괴상한 사람들을 수 없이 만나 보았다. 그들 중 어떤 사람은 이상한 눈길로 나를 바라보았고, 어떤 사람은 나를 비웃었고, 어떤 사람는 아예 욕설을 퍼붓기도 하면서 나를 문전 박대하기도 하였다. 이러한 추억들 중에서 어떤 것은 고통스럽기도 하고 어떤 것은 우습기도 하지만, 나는 호주머니에 연필과 종이를 숨기고 얼굴에 철판을 깔고 마음을 크게 먹고 유쾌하기도 하고 불유쾌하기도 한 수많은 일들을 조금씩 조금씩 경험하면서 한 글자 한 글자 기록을 해 갔다."6) 많은 조사를 통해 그는 마침내 최하층 사회에서 몸부림치고 있는 수많은 사람들의 비참한 생활 조우(遭遇)를 이해하게 되었다. 그는 가슴 가득한 분만(憤懣)을 발설하고 싶었고, 사회에 대한 그의 공소를 표시하고 싶었다.

이런 점으로 볼 때, <일출>은 공연을 안 했으면 안 했지, 만약에 공연을 한다면 제3막은 무슨 일이 있어도 이것을 생략해서는 안 된다. 이를 빼게 되면 <일출>의 심장을 떼어 내버리는 것과도

---

6) 曹禺: <日出·跋>, ≪日出≫ 文化生活出版社 1937年版.

같다. 왜냐하면 극작가가 그 "인류의 쓰레기"들 중에서 하나의 금싸라기와도 같은 마음을 발견했기 때문인데, 이는 바로 제3막 중의 취희와 같은 그런 여인이다. 그녀는 아름다운 마음씨를 가지고 있기도 하지만, 동시에 또 지옥에서 구걸생활을 하는 각종 나쁜 습관에 젖어 있기도 하였다. 그녀는 어쩔 수 없는 상황에서 그런 장사짓을 하고 있다고 여겼기 때문에 그녀는 자기의 영업을 성실하게 해 나갔다. "돈 1전으로 1전 짜리 물건을 사는" 그런 생활 속에서도 그녀는 자신의 공평함을 가지고 있었다. 그녀의 전도는 참담하였다. 그녀는 자기 집의 식구들을 위해 자기의 육체를 팔면서 무감각하게 자신을 지탱을 해 나가야만 했다. 그녀는 꼬마에게 "인간이란 어쩔 수 없이 하찮은 것인가 봐, 고생이라면 모두 무서워하다가도 닥치면 그래도 다 하고 마는데, 넌 어찌 하루도 이 짓을 못하겠다고 그러니?"라고 탄식하였다. 살고자 하여도 살 수 없고 죽고자 하여도 죽을 수가 없는 현실은 이런 가련한 "동물"들에게 가장 비참한 비극이었다. 그러나 지옥 속에 떨어진 꼬마가 살아가려면 역시 "빛 바랜" 취희가 되어야 했다. 현재의 취희에게도 꼬마와 같은 그런 청춘이 있었다. 이 두 인물이 표현하고 있는 것은 "인간 쓰레기"와도 같은 두 계층이 그 잔혹함에 반응하는 두 가지 형태다. 하나는 젊고 하나는 늙고, 하나는 몰래 죽음의 길을 택하고 하나는 어쩔 수 없이 구차하게 계속 살아가는 것이었다. 죽은 자는 죽었지만 살아있는 자는 대부분 취희와 같은 그런 운명을 겪어야만 한다. 이곳은 "부족한 자의 것으로 넉넉한 자를 채우는" 사회에서의 가장 어두운 한 구석이며, 가장 햇빛이 필요한 곳이었다.

이로부터 <일출>을 공연하게 되면 예외 없이 제3막을 빼지 않

조우의 희곡창작의 길

고 공연을 하였다.

1937년 6월, 당괴추(唐槐秋)가 영도하는 중국 여행극단(中國旅行劇團)이 <일출>을 공연하였는데, 연속 30회 공연에 연일 만원이었다. 이 후 남경(南京)·천진(天津)·한구(漢口)·곤명(昆明)·성도(成都)·계림(桂林) 및 연안(延安) 등지에서 계속하여 공연을 하였다. <일출>은 당시 극단에서 가장 공연횟수가 많았던 연극이었다. <일출> 공연사에서 의의가 아주 깊은 공연이 두 번 있다. 한 번은 1943년 1월 8일부터 11일까지 사천(四川) 강안(江岸)에서 국립 희극전과학교(戱劇專科學校)가 한 공연이었다. 이는 당시 구정이 막 가까웠을 때 동급생이 구정을 쇨 때 필요한 반찬값을 좀 보태주기 위한 공연이었다.

무대는 현성(縣城) 공묘대전(孔廟大殿) 앞에 차려졌다. 공연 진영은 아주 질서 정연했고 또 아주 방대했다. 연출가·연기자들은 모두 국내 연극계의 저명 인사들이었다. 연출팀 중에는 여상원(余上沅)·초국은(焦菊隱)·마언상(馬彦祥)·진리정(陳鯉庭)·장민(章泯) 등이 있었는데, 이 중에서 서상원 교장과 초국은이 연출을 주도하였다. 또 한 번은 1944년 상해극단이 <일출>을 가지고 자선공연을 하였던 것이다. 당시 명배우 구전(仇銓)이 관절염으로 세상을 떠나게 되자 연극계의 친구들이 그를 위해 자선공연을 해서 장례비용으로 충당하고자 하였던 것이다. 이 자선공연에 인재란 인재들은 다 모여서 공전의 성황을 보였다. 극 전체 4막을 비목(費穆)·좌림(佐臨)·오인지(吳仞之)·주단균(朱端鈞)이 각각 한 막씩 연출을 맡았다. 연기자들도 각 막마다 달랐다. 관중들에게 잘 알려진 50명에 가까운 연기자들이 모두 공연에 참가한 것이다. 10여개의 연극단에서 온 그들은 모두 또 다른 공연 임무가 있었기 때문에 자선공연은 오전 1회 공연으로 그쳐야 했다. 이날 난심희원 (蘭心戲院) ― 지금의 상해인민예술극장 ― 의 객석은 만원을 이루었고 복도까지 관중들이 들어찼다. 진백로는 당약청(唐若靑)·황종영(黃宗英)이, 반월정(潘月亭)은 서적(舒適)·목굉(穆宏)·당괴추(唐槐秋)가, 방달생은 황하(黃河)·장벌(張伐)·서립(徐立)이, 장교치는 진술(陳述)·교기(喬奇)·백심(白沈)이, 복승은 정력(丁力)·강명(姜明)·석취(石揮)가, 호사는 한비(韓非)·여옥곤(呂玉坤)·호소봉(胡小峰)이, 취휘는 단지 한 막에서만 등장하므로 노산(路珊)이 혼자 이 배역을 맡았다.

1937년 5월 상해 ≪대공보(大公報)≫에서는 1936년도 문예상금 수상작으로 세 작품을 발표했는데 <일출>이 그 중의 하나였다. 문예상금 심사위원회는 엽성도(葉聖陶)·주자청(朱自靑)·파금(巴金)·근이(靳以) 등으로 구성되어 있었다. 그들의 평가는 대단히 객관적이었다. "그는 우리들의 이 썩어 문드러진 사회 하층으로부터 너무나도 생동적인 인물들을 소조해 내어 질책도 하면서 또 위로도 해 주었는데, 실로 이 시대에 혼을 불러다 주는 사람이 갑자기 나타난 것 같다. 제재의 선택이나 스토리의 안배, 배경의 운용 등에서 모두 커다란 기백을 보여주었다. 이런 점들은 그가 자각적인 예술가로서 조용하면서도 그러나 또 능숙하게 무대효과를 투시할 수 있었기 때문이었다."7)고 하였다.

만일에 <뇌우>가 하나의 가정 비극이었다고 한다면, <일출>은 하나의 사회비극이었다. <일출>을 <뇌우>와 비교해 볼 때, 그 현실주의 정신은 더 확대되었다. 그의 시야는 확대되었고, 현실에 대한 해석과 해부는 더 깊어졌다. 작품은 사람들에게 반봉건 반식민

---

7) ≪大公報≫ 1937年 5月 13日.

조우의 희곡창작의 길

지의 괴상한 도시생활을 보여주고 있고, 극작가는 또 이 증오스런 구제도가 공존해서는 안 된다는 철저한 비판적 태도를 견지하였다. 이는 확실히 조우가 "가슴 가득한 분만(憤懣)을 발설하고자 한" 사상으로서, 예술창작방면에 가져온 바람직한 성과였다.

<일출> 중의 수많은 인물들은 모두가 아주 개성화 된 예술 전형들이다. 조우는 놀라운 언어기교를 통하여 무대 가득한 생동적인 정(正)·반면(反面) 인물 전형들을 소조해 내었다. 그 중 진백로의 형상이 극의 시종을 관철하고 있고 모든 면을 연결시켜주는 중심 인물이다. 그래서 <일출>에 대한 평가는 바로 진백로 이 예술형상을 어떻게 이해하느냐에 있다고 할 수 있다. <일출>이 세상에 소개된 후, 특히 전국이 해방된 후 진백로 형상에 대한 쟁론은 갈수록 심화되었다.

그 중 전혀 입장을 달리하는 두 가지 의견 중 하나는 진백로를 완세불공(玩世不恭)·자감타락(自甘墮落)한 여인으로 인식하고, 또 이런 기초에서 소자산계급 지식분자의 위축되고 연약한 인생관을 비판한 것이다. "내가 여러 차례 <일출>을 읽어봤지만, 진백로의 죽음에 얼마나 깊고 큰 비극적 의의가 있는지 알 수가 없었다. …… 나는 오히려 그녀가 마땅히 죽어야 한다는 느낌이 들었다."8) 는 인식이었다. 또 다른 한 의견은 진백로는 날개가 잘려서 아무리 몸부림을 쳤지만 끝내 날 수가 없었는데, 이럴 때는 차라리 자신의 생명을 끊어버리는 것이 낫다는 인식이었다. "진백로가 내적 갈등을 겪는 과정을 심도 있고 논리에 맞게 보여주어야만 비로소 <일출>의 주제를 정확하게 표현할 수 있고, 주제가 사회적으로 심리적으로 통일을 이룰 수가 있게 된다. 그렇지 않으면 작가가 진

---

8) 徐聞鶯: <是鷹還是金絲鳥>, ≪上海戲劇≫ 1962年 第2期.

백로를 통해서 그 자잘한 인물·스토리·장면을 하나로 묶으려고 그녀를 만들어낸 것처럼 보일 뿐이다."[9]라고 하였다.

작품에서 진백로가 차지하고 있는 중요한 지위와 평론계에서 이를 완전히 다르게 보는 견해를 중심으로 이 예술형상의 비극 실질을 한 번 탐구해 볼 필요가 있겠다.

막이 열리면 아침이 밝아오는 새벽에 짙은 화장을 아직 지우지도 않은 채, 지친 발걸음을 이끌고 여관 휴게실로 들어오는 젊은 한 여인을 우리는 보게 된다. 그녀는 하품을 하면서 소파에 앉아 하이힐을 벗는 것으로 보아 춤을 마치고 막 돌아온 밤에 생활하는 여자임이 확실하다. 갑자기 그녀는 유리창에 성에가 끼인 것을 발견하고는 옛친구인 방달생에게 아주 기쁘게 외친다. "보세요, 성에에요! 성에!" "나는 성에를 가장 좋아해요! 당신도 알 거에요, 내가 어렸을 때 성에를 좋아했었던 것 말에요. 보세요, 성에가 얼마나 아름다운지, 얼마나 아름다운지 말에요!" 그녀는 또 분명히 대자연의 아름다움을 느낄 수 있는 활발하고 젊은 여인이었다. 방달생이 "죽균아!" 하고 부르자 그녀의 얼굴색이 갑자기 변하며 마음속에 가라앉아 있던 파문이 일었다. 죽균이란 이름으로 자기를 불러주던 아름다운 추억을 생각하니 지금과는 완전히 다른 세계라는 생각이 들었다. 그녀는 혼잣말로 중얼거렸다. "죽균이, 죽균이라고 이렇게 나를 불러준 사람은 그동안 오랫동안 없었는데." 단지 23세의 아가씨에 불과한 그녀는 의심할 바 없이 자유롭고 쾌활한 세월을 보냈으나, 현재는 "무녀(舞女)와 같으면서 무녀도 아니고, 창녀와 같으면서 창녀도 아니고, 첩과 같으면서 첩도 아닌" 생활을 하고 있는데, 그녀는 이런 생활에 만족할 만큼 스스로 타락한 것

---

9) 陳恭敏: <什麼是陳白露的悲劇實質>, ≪戲劇報≫ 1957年　第5期.

조우의 희곡창작의 길

인가? 당연히 아니다. 우리는 그녀가 자기 생활에 대한 스스로의 위로, 그녀의 입가에 영원히 자리잡고 있는 비웃음조의 미소, 그리고 권태로운 기색 등으로부터 이미 그녀는 이런 생활에 불만을 가지고 있으며 또 이런 생활의 질곡을 벗어날 힘이 없음을 알 수가 있다. 방달생이 고통스럽게 진백로에게 "…… 홀홀 단신인 여자가 혼자 여관에 살면서 못된 친구들과 사귀는 이런 행위는 바로 방탕이고 타락이다."고 상기시켜 주자, 그녀는 분연히 이렇게 대답하였다. "내가 있는 여기는 여러 종류의 사람들이 아주 많이 있어요. 당신도 보면 알겠지만 은행가·실업가·하급 관리 등 각종 사람들이 다 있어요. 만일 그 사람들의 직업이 명예로운 것이라고 생각된다면, 내가 이렇게 해서 번 돈은 그 사람들보다 훨씬 명예로운 거에요."라고 하였다. 그녀는 말을 할수록 흥분이 되고 말을 할수록 마음이 격해졌다. "나는 고의로 다른 사람을 해친 적도 없고, 다른 사람이 먹는 밥을 강제로 내 밥그릇으로 채 가지고 온 적도 없어요. …… 나는 내 자신을 희생했던 거에요. 나는 남자들에게 여자로서의 가장 가련한 의무를 다했던 거에요."라고 말한다. 이런 적나라한 자백은 방달생으로 하여금 놀라움과 두려움을 자아내게 하였을 뿐만 아니라 또 일부 평론가들로 하여금 이 말을 근거로 하여 그녀는 "스스로 타락했다."는 판단을 하게 하였다. 사실 이는 타락한 여자가 수치를 모르고 하는 고백이라고 하기보다는 모욕당하고 손해 당하는 한 부녀자가 그녀를 타락하게 만든 사회에 대한 항쟁이라고 말하는 것이 옳을 것이다. 방달생은 진백로의 맑은 눈을 바라보며 이렇게 물었다. "설마 진정한 감정, 진정한 사랑을 원하지 않는 것은 아니겠지?" 라고 하자, 이에 그녀는 약간 쏘듯이 대답하였다. "사랑? 뭐가 사랑인데요? 당신은 어린애라서 난 당신하고 말하지 않겠어요."라고 말이다. 그렇다. 진백로는 집을 나와 어두운 사회를 돌아다니면서 달콤하고 깔끔한 목가식의 전원생활을 동경해보기도 하였다. 그녀는 시인과 결혼을 했었지만 시적(詩的) 상상만으로는 진실적인 생활을 대신할 수 없었고, 진실적인 생활은 곧바로 그녀의 아름다운 꿈을 분쇄시켜 버렸다. "두 사람이 오랫동안 함께 있다보니 점점 평범하고 무료함을 느끼게 되었고," 뒤에 또 아기가 죽자 두 사람을 연결시켜주던 고리마저 없어져 버림으로써 그녀와 시인은 갈라서고 말았다. 그래시 방달생이 그녀에게 "애정" "자유" "쾌활한 생활" 등의 말을 끄집어냈을 때 그녀는 "자유가 어디 있어요?" "사랑? 뭐가 사랑이죠?" 라고 하면서 그녀는 경험자로서 방달생을 조소하였던 것이다. 그녀는 생활에 대하여 이미 믿음을 잃었고 생활에 대한 추구를 상실하고 말았던 것이다.

만일 방달생이 느닷없이 나타나기 이전까지 그녀가 완세불공(玩世不恭)의 외투로 그 내심의 진실적인 활동 궤적을 가리고 있었다고 한다면, 꼬마가 갑작스럽게 출현했다가 다시 곧바로 사라져 버렸을 이 때에는 이 갑옷이 철저하게 찢어져 버렸다고 할 수 있다.

의지할 데 없는 가련한 꼬마가 진백로에게로 오고, 몸에 상처를 입고 무서움에 떨면서 애걸하는 꼬마의 비참한 운명은 진백로의 영혼을 깊이 뒤흔들어 놓았고 그녀의 동정을 불러일으켰다. 사건의 발전에 따라 그녀는 진지해지기 시작하였다. 그녀는 꼬마가 김팔을 때렸다는 말을 듣고는 연달아 "잘 때렸다! 잘 때렸어! 통쾌하게 잘 때렸다!"라고 하면서 기뻐하였다. 이 때, 그녀가 꼬마를 구해 준 것은 단지 동정에서 나온 것만이 아니라, 여기에는 역시 김팔에 대한 반항심리를 가지고 암흑세력과 도전하는 것을 의미하

조우의 희곡창작의 길

고 있다. 그녀는 김팔이 사납다는 것을 알고 있었지만 일보의 후
퇴도 없이 "일이 터지면 내가 책임지겠다."고 호언하였다. 그녀는
꼬마를 구하기 위해 반월정에게 도움을 청하였고, 꼬마를 구하기
위해 그녀는 위험을 무릅쓰고 사나운 건달 흑삼(黑三)과 정면으로
부딪쳤다. 마침내 그녀는 뛰어난 대처 능력으로 꼬마를 보호할 수
있었다. 진백로가 꼬마를 구해 낸 것은 그녀에게 있어 "최초로 한
통쾌한 일이었다." 그녀는 너무나 유쾌하였다. 그래서 하늘의 아름
다운 구름을 보고 하늘 가득한 햇살을 보고 기쁘게 소리쳤다. 심
지어는 "태양 — 태양이 다 떴구나." "보세요, 하늘이 얼마나 푸른
지! 아, 들어보세요, 참새에요! 봄이 왔어요. 아! 전 태양이 좋고,
전 봄이 좋고, 전 젊음이 좋고, 전 내 자신이 좋아요. 아, 전 좋아
요!" 라고 하면서 너울너울 춤을 추었다. 이렇게 기쁨에 찬 정서는
계속하여 제1막이 끝날 때까지 계속되었다.

방탕하고 호화스럽고 사치스런 밤무대 생활을 하는 여인이 햇빛
을 보고 새소리를 듣고 신선한 공기를 마시고 갑자기 솟구치는 즐
거움과 자신에 대한 기쁨 가운데는 아직도 생명에 대한 추구가 있
고 날개에는 아직도 날 수 있는 능력이 있음을 말한다.

진백로가 꼬마를 구해 낸 정신상태에서 우리는 그녀의 육체 속
에는 아직도 생명의 활력이 있다는 사실을 부인할 수 없다. 그러
나 그 활력은 진백로 생명의 불꽃을 활활 타오르게 할 수가 없었
다. 단지 한 번 불꽃을 보이고는 너무나 빨리 꼬마의 실종과 함께
꺼져버리고 말았다.

꼬마의 실종은 진백로에게 치명적인 타격이었다. 그녀는 강력한
암흑세력에 항거하기에 무력하다는 것을 느끼고는 깊은 절망의 늪
으로 빠지고 말았다. 제3막의 "보화하처(寶和下處)"에서는 진백로

가 등장하지 않는다. 하지만 그녀의 비극은 아주 빠르게 발전되어 간다. 제4막에서 진백로가 우울한 기색을 보일 때 우리는 갑작스런 것으로 생각되지 않는다. 왜냐하면 취희 등이 능욕 당하는 생활을 하고, 사망의 늪에서 몸부림을 치는 그들의 처지와 운명은 진백로를 놀라게 하였고, 이로 인해 진백로는 자신의 전도와 운명에 대해 공포가 일었기 때문이었다. 취희 역시 거액의 돈을 만져 보기도 했고 자신이 속한 그룹에서 1위 2위를 다투던 톱 가수를 지내기도 하였다. 그러나 나이가 많아짐에 따라 이제는 무가치하고 비참한 처지에 처하게 되어버린 것이다. 진백로를 기다리는 것은 역시 취희가 지금 당하고 있는 것과 같은 이런 조우(遭遇)인 것이다. 그녀는 악마와도 같은 김팔의 그림자가 도처에 도사리고 있으며 자신의 운명은 김팔에게 지배당하게 될 것임을 실감하고 있었다. 그녀는 "우리가 김팔을 살게 해 주느냐 마느냐 하는 문제가 아니라, 김팔이 우리를 살아가게 해 주느냐 마느냐 하는 문제"라는 것을 알았다. 이렇게 무서운 현실에서 진백로 입가에 서려 있던 그 조소 섞인 미소마저 사라져 버리고 그녀의 완세불공의 태도도 사라져 버렸다. 그녀 마음 속에는 근심이 충만해 있었고 술로 마음의 고통을 달래고 있었다. 그녀는 절망했고 그녀의 정신은 마침내 붕괴될 처지였다. 복승(福升)이 진백로에게 이곳은 "먹고" "마시고" "노는" 곳이라고 솔직하게 말했을 때, 그녀의 고통은 이미 극점에 달하였다. 그래서 그녀는 혼잣말로 "이곳은 그들이 노는 곳"이라고 한 마디 던졌다. 그녀는 너무나 아파하였는데 이런 아픔과 슬픔은 바로 각성한 한 영혼이 느끼는 굴욕임을 말해준다. 그녀는 이렇게 살아가서는 안 되었다. 그래서 방달생이 다시 한 번 그녀에게 이곳을 떠나자고 권했을 때 "떠나자구요, 그래요." 그

조우의 희곡창작의 길

러나 이 여관을 떠나면 어디로 갈 수 있는가? 가서 무엇을 하면 좋은가? 그녀는 절망했다. 그리하여 조용히 젊은 자기의 생명을 끊고 말았다.

생명의 최후 일각에 그녀는 아직도 거울을 대하고 젊고 아름다운 모습을 바라보며 떠나기 아쉬운 듯 고개를 흔들며 처연하게 "그렇게 못생긴 것도 아니잖아. 그렇게 늙은 것도 아니잖아." "이렇게 ― 젊 ― 고, 이렇게 ― 예쁜 ― 데."라고 말하였다. 겨우 23세밖에 안되었지만 진백로는 이 세상에 자기 몸뚱이 하나밖에는 아무 것도 가진 것이 없다는 것을 이미 알고 있었다. 그녀의 젊고 아름다운 모습은 그녀에게 행복을 가져다주기는커녕 오히려 더욱 심한 치욕을 당하게 하였다. 그리하여 마침내 죽음을 선택함으로써 이 젊고 아름다움이 다시는 짓밟히고 유린당하지 않게 한 것이다. 그래서 진백로는 조용히 이 세상을 떠나버렸다.

진백로의 죽음을 우리는 질책할 수 없다. 진백로는 필경 반역자의 전형도 아니고, 새로운 사회적 역량을 대표하는 인물도 아니다. 그녀는 스스로 타락의 길을 걷고 온 몸에 상처와 치욕을 가졌던 여자가 아니다. 차라리 죽음을 택할지언정 암흑과 공존하지 않겠다는 그녀의 반항정신은 높이 평가받을 가치가 있다. 당시 그러한 사회에서 그녀는 죽음으로써 암흑 사회에 공소를 할 수밖에 없었다. 진백로의 비극을 통하여 우리는 그 죄악에 찬 사회제도는 이미 치료할 방법이 없고 반드시 분쇄되고 말 것이라는 것을 분명하게 간파할 수가 있다. 이것이 바로 진백로 비극의 실질이다.

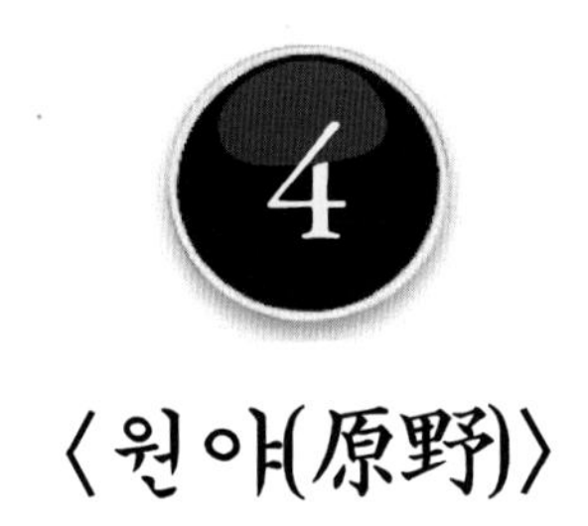

4

〈원야(原野)〉

<원야(原野)>를 창작하기 직전, 조우의 세계관과 창작사상에는 아주 큰 변화가 있었다. 그는 중국 공산당의 계발교육에 사상이 날로 성숙되어 갔고, 사회에 대한 인식이 날로 깊어 갔다.

1935년 초, 여상원(余上沅)은 매란방(梅蘭芳)과 극단을 인솔하여 소련으로 공연을 하러 갔었다. 그리고 또 폴란드·독일·프랑스·영국·스위스·이탈리아 등의 국가들을 8개월 동안 돌고 마지막으로 일본을 거쳐 귀국하였다. 상해에 도착한 후 여상원은 교육부장 왕세걸(王世杰)의 요청에 따라 남경에 국립희극학교를 창설하고 이 학교 교장을 맡았다. 이 학교는 저민의(褚民誼)·장도번(張道藩)·방치(方治)·문일유(聞一有)·뇌진(雷震)·장형(張炯)·여상원 등 7인으로 교무위원을 구성하고, 장도번이 주임위원을 맡았는데, 학교는 남경 설가항(薛家巷) 8호에 있었다. 9월 하순, 학교는 남경·상해·북평(北平)·한구(漢口) 등 네 개 도시에서 신입생을 모집하였다. 60명 정원에 모두 800여명이 지원하였다. 그리하여 60명을 합격시키고 30명을 대기자로 두었다. 1935년 10월 18일 극교(劇校)는 정식으로 개학을 하였다. 여상원은 희곡 인재들을 배양하기 위해 온갖 정력을 다 쏟았고 유명한 학자들을 초빙하기 위해 백방으로 노력하였다. 그는 응운위(應雲衛)를 교무장으로, 진치책(陳治策)·마언상(馬彦祥)·전한(田漢)·사수강(謝壽康)·모추백(毛秋白)·왕가제(王家齊) 등을 교수로 초빙하였다. 당시 장준상(張駿祥)은 여상원에게 조우를 강력하게 추천하였다. 여상원은 어떻게 해서라도 조우를 하북 여자사범학원에서 남경으로 초빙해 오고자 하였다. 그래서 계속 전보와 편지를 보내 조우더러 극교로 와서 교편을

조우의 희곡창작의 길

잡아 달라고 간절하게 요청하였다. 조우가 그에게 고려해 보겠다는 의사를 밝히자 여상원은 곧 바로 극교 사생들에게 "내가 조우에게 편극(編劇)을 가르쳐 달라고 어렵게 청을 했는데 오늘 그가 허락했다."고 선포해버렸다. 1936년 가을 조우는 독일로 유학 갈 계획도 포기하고 하북 여자사범학원의 교직을 버리고 극교로 와서 교편을 잡았다. 그는 이론편극조(理論編劇組)의 주임을 맡고 ≪서양희곡≫과 ≪현대희곡과 희곡비평≫ 등의 과목을 맡았다. 여상원·마언상·진치책은 각각 무대장치·연기·연출관리의 주임을 맡았다.

조우는 희곡사업에 뭔가 역할을 좀 할 수 있기를 희망하였다. 당시 남경의 희곡운동은 북방보다 훨씬 활발하였다. 이곳에는 연극에 열심이었던 인재들이 많았는데 여상원이 바로 그 중의 하나로, 그는 희곡사업에 종사하는 선배였다. 그는 원래 무창(武昌) 문화서원(文華書院)에서 공부하였던 사람이었다. 오사 운동 후 운대영(惲代英) 등 혁명선배들의 영향을 받아 진보활동에 적극적으로 참가하였다. 그리하여 문화서원 학생회 제1회 책임자가 되어 진독수(陳獨秀)로 하여금 무한에 와서 강연을 하도록 요청하기도 하였다. 그 후 그는 또 무한(武漢)의 학생대표가 되어 상해에서 열린 전국 학생연합회 회의에 참석하기도 하였다. 1920년에는 북경대학 영문과에서 공부를 하였다. 1923년에는 웅불서(熊佛西) 등과 함께 미국으로 가서 유학하였다. 먼저 피츠버거 카네기대학에서 희곡을 전공하고 뒤에는 다시 뉴욕 콜롬비아 대학 대학원에서 서양희곡문학과 극장예술을 전공하였다. 1925년 봄 문일다(聞一多)·조태모(趙太侔)와 함께 귀국하였다. 그 후 그는 북경 예술전문학교에서 희곡과를 개설하였다. 이는 중국의 정규학교에서는 최초로 개설한 희곡전공 학과였다. 이와 동시에 그는 북경대학·청화대학에서 희곡·영어 등을 가르쳤다. 희곡의 영향을 확대하기 위하여 그는 또 희곡사업에 열의를 가진 지식인사들이 조직한 중국희극사(中國戲劇社)에 참가하여 희곡방면의 번역과 이론 연구에 종사하며 ≪상원극본갑집(上沅劇本甲集)≫·≪희극론집(戲劇論集)≫ 등을 출판하였다. 여상원의 희곡 주장은 "예술이 인생을 위한 것은 아니지만, 인생은 오히려 예술을 위한 것"이라는 것이었다. 이는 확실히 예술을 위한 예술적 관점이었다. 그는 희곡 주장을 달리하는 사람들과 같이 합작하는 것도 반대하지 않았고, 또 그들이 알고 있는 것이라면 마음껏 표현을 하고 자유롭게 발표하게 하였다. 그런가 하면 또 전한(田漢)을 요청하여 강의를 하게 하였고, 석온화(石蘊華)·양범(楊帆)이 자기 옆에서 일하게 된 것을 환영하였다.

조우는 바로 이러한 환경에서 1년이 넘게 생활하였다. 이 짧은 기간에 그의 사상은 빠르게 비약하였다. 그는 전한과 석온화와도 알게 되었다. 이 때 전한·양한생(陽翰笙)이 서비홍(徐悲鴻)의 덕분으로 감옥에서 막 보석으로 풀려났는데, 이에 따라 수많은 진보 성향의 청년들이 모두 그를 방문하였고, 조우도 전한의 단골 손님이 되었다. 전한은 늘 조우를 청하여 밥을 같이 먹으며 친구가 되어 주었다. 미국 예일대학의 희곡전공 교수인 아리산다·디안이 전한의 명성을 듣고 남경으로 그를 방문하러 왔을 때 조우가 통역을 맡았다. 전한의 상쾌하고 소탈한 성격과 거리낌없는 관점 등은 조우에게 아주 깊은 인상을 주었다. 그 때 석온화의 공개적인 신분은 극교 교무위원회 비서였다. 그는 늘 조우와 함께 약속하여 마언상의 집에 놀러 가곤 하였는데, 교외(校外)에서 산보를 하면서 아주 빠르게 친한 친구가 되었다. 한 번은 석온화가 낮은 소리로 노래를 한 곡 불렀는데 그의 굵직하고 비장한 노랫소리는 조우를

조우의 희곡창작의 길

매료시켰다. 그는 아주 빨리 이 <국제가(國際歌)>를 배웠다. 얼마지 않아 석온화와 조우는 서로 아무런 비밀이 없는 사이가 되었다. 석온화는 늘 그에게 사회주의와 유관한 이야기를 많이 해 주었고 또, 시정(時政)을 비평하고 심지어는 입만 열었다 하면 국민당의 선전부장 장도번(張道藩)을 욕하였다. 당시 백색공포(白色恐怖)가 아주 심하였지만 석온화는 조우를 믿고 모든 것을 이야기할 수 있었다. 석온화는 직접적으로 조우에게 깊은 영향을 준 최초의 공산당인이었다. 이로부터 조우는 중국의 현 상황은 개혁이 되어야 하며, 그 희망은 원야에서 전투를 하고 있는 중국공산당에게 있다는 것을 의식하기 시작하였다.

이 때 노신은 조우를 이미 알고 있었고 그의 작품을 아주 추숭(推崇)하고 있었다. 1936년 2월 15일 노신의 일기에는 "오후에는 일본어로 번역된 <뇌우> 한 권을 샀는데, 2원 20전이었다."라고 적혀 있다. 이 <뇌우> 작품은 노신이 내산서점(內山書店)에서 산 것이었다. 같은 해 4월 22일의 일기에는 또 "일본어 번역본 <뇌우>를 한 권 얻게 되었는데, 이는 작자가 증정한 것이다."라고 적고 있다. 이는 조우가 천진에서 교편을 잡고 있을 때 노신에게 가르침을 받고자 증정한 것이었다. 4월 중 스뉘가 노신을 방문하여 현대극작가의 상황에 대하여 좀 소개를 해달라고 그에게 청했을 때 노신은 "가장 훌륭한 극작가로 곽말약·전한·홍심과, 그리고 새롭게 떠오른 좌익 극작가로 조우가 있다."[1]고 하였다. 조우 역시 노신을 아주 숭경하여 한 번 만나 볼 수 있기를 갈망하였다. 1936년 10월 18일 파금은 다음날 오전 8시에 노신을 만나기로 약속이 되었다고 조우에게 알려주었다. "선생님을 만나 이야기를 들

---

1) 尼姆·威爾士: <現代中國文學運動>, ≪新文學史料≫ 1978年 第1期.

4. 〈원야(原野)〉

어볼 수 있게 되었다는 사실은 당시 나에게 큰 기쁨이었다. 당시 나는 노신 선생의 건강이 아주 좋지 않다는 사실을 들어 알고 있었다. 그의 건강이 좋지 않은 상황에서도 나를 만나겠다는 말에 나는 아주 불안하기도 하고 그의 건강에 좋지 않은 영향을 끼치게 될까봐 걱정이 되었다. 나는 또 따뜻함과 고무를 얻었다. 나는 그 때 겨우 26세밖에 되지 않았지만, 노신 선생은 아직 유치하기만 한 일개 문학청년에게 두터운 사랑과 관심을 보이고 있음을 깊이 느꼈다."2) 불행하게도 만나기로 약속한 그 날 새벽 노신이 세상을 떠났다는 소식이 들려왔고, 이에 조우는 놀라움과 함께 슬퍼하지 않을 수 없었다. 그는 노신이 다하지 못한 사업을 위하여 몸부림 치고 분투해야만 했다.

남경에서 근무하는 동안 조우가 가장 위로를 받을 수 있었던 것은 학생들의 사랑과 존경이었다. 현재 이름난 연출가·연기자·희곡이론가인·능자봉(凌子鳳)·사진(謝晉)·석연성(石聯星)·엽자(葉子)·항곤(項堃)·유후생(劉厚生)·장일생(張逸生) 등은 모두가 당시 조우의 학생들이었다. 당시 그들은 극단에서 이름을 날리고 있던 조우를 아주 흠모하고 있었고, 심지어 어떤 면에서는 숭배까지 하였다. 조우의 가르침은 학생들의 기대를 저버리지 않았다. 그가 강의하던 극본선독 시간은 오전 3, 4교시에 있었다. 수업이 시작되면 늘 그는 외국 원서들을 한아름 안고 교실로 들어왔다. 교실은 여러 반에서 온 학생들로 가득 찼고 그들은 조용하게 강의에 몰두하였다. 그가 선택한 작품들은 모두 세계 명작들이었다. 강의 시간에 그는 낭독을 하면서 연기를 하면서 또 분석을 하고 또 자기의 견해를 밝히기도 하면서 학생들의 심금을 울렸다. 강의에 도

---

2) 曹禺: <學習魯迅>, ≪劇本≫ 1981年 第10期.

조우의 희곡창작의 길

취가 되면 그는 늘 습관적으로 오른쪽 볼에 난 사마귀를 매만지곤
하였다. 풍류에 찬 모습으로 이야기를 함으로써 자신이 하고 싶은
이야기를 충분히 표현할 수 있었다. 학생들은 그런 것이 조우 선
생의 영감의 중추라고 말한다.

조우는 학생들 연극연습 지도에도 심혈을 기울였다. 당시 <일출>
이 막 발표되었을 때, 처음 연기를 배우는 학생들이 <일출>과 같
은 작품으로 연습을 하는데는 어려움이 많았다. 조우는 설명을 하
면서 시범을 보여주었다. 동시에 또 모든 사람들에게 무슨 말이든
좋으니 허심탄회하게 자기 의견을 발표하게 하여 극본을 확실하게
이해하도록 하였다. 특히 제3막 중 취희의 배역에 대해 그는 반복
해서 이해를 시켰다. 이해를 시키고자 하였던 요점은 고통스런 매
음생활로 만들어진 이 인물형상의 각종 특징을 찾아내는 것, 기녀
의 습관을 잘 찾아내어 외부동작으로 표현해 내는 것, 또 그녀가
억지로 즐거운 듯이 웃음 짓지만 그 배후에 숨겨진 무한한 고통과
거의 마비가 되어버린 듯한 몸뚱이에서 표현되어 나오는 천성를
밝혀내는 것, 이 "인류의 쓰레기" 속에서도 금싸라기와도 같은 마
음이 있음을 관중들이 간파할 수 있도록 해야한다는 것이었다.

조우가 사력을 다해 학생들에게 연극연습을 지도하고 있을 때
그의 스승인 장팽춘(張彭春)이 천진에서 남경으로 왔다. 조우는 너
무나 기뻐 그를 청해 제3막을 가지고 연습을 하였다. 장팽춘은 제
3막 생활에 대해서 익숙하지는 못하였지만 어떻게 연극으로 만들
어 낼 수 있을 것인가는 알았다. 조우가 장팽춘을 학생들에게 소
개하자, 학생들은 스승의 스승에게 가르침을 받게 되었음에 기쁨
을 감추지 못했다. 조우와 장팽춘의 적극적인 지도를 받아 <일출>
은 마침내 극교 제13회 공연으로 1937년 4월 23일 정중당(正中

4. 〈원야(原野)〉

堂)에서 공연되었다. 공연은 문예계의 호평을 받았다.

남경 극교에서 교편을 잡고 있는 기간은 바로 조우 창작의 절정기였다고 할 만하다. 그는 남경에 도착하자마자 새로운 창작을 준비하기 시작하였다. 조우는 이미 예술에 대해 자신감이 충만해 있었지만, 자기 성취에 대해서는 만족을 못하고 있던 극작가였기에 아직도 풍부한 탐색정신과 용기를 가지고 있었다. 생활에 대한 부단한 숙고와 예술에 대한 집착적인 추구는 그로 하여금 더욱 좋은 작품을 창작하게 하였다.

남경에서 그는 3막극 <원야(原野)>를 창작하였다.

<원야>를 창작할 때, 그는 남경 사패루(四牌樓) 부근의 국민당 제일 모범감옥의 맞은편에 살았는데 그곳에는 많은 죄수들이 갇혀 있었고 그 중에는 적지 않은 공산당원들도 있었다. 그는 늘 죄수들이 힘든 노동을 하면서 괴로움을 당하는 처참한 모습을 보았고, 그들의 고통스런 외침을 들었다. 이런 공포에 찬 모습은 늘 그를 괴롭혔고, 이에 따라 조우는 인생을 사색하는 범위를 더욱 넓힐 수 있었다. 매일 신문을 펼치면 눈에 들어오는 것은 모두 병황(兵荒)·재난·파산·도황(逃荒) 등이었다. 농민들의 고통스런 생활모습은 그의 마음에 기복이 일게 하였고, 격분으로 마음의 평정을 얻기가 어려웠으며, 이에 옛날 추억들이 파도처럼 일어났다.

조우가 어렸을 때 보모였던 단씨어멈(段媽)은 아주 고생을 많이 했던 농촌부녀였다. 그녀는 늘 조우에게 자기 신세에 대한 이야기와 고향의 비참한 이야기를 해 주었는데 3년을 계속 그렇게 하였다. 그리하여 어렸을 때부터 조우는 세상에 빈부의 구분이 있다는 것을 알게 되었고, 부자들이 가난한 자들을 마음대로 좌지우지하는 불평등한 현상도 알게 되었다.

조우의 희곡창작의 길

부친 만덕존이 선화진수사(宣化鎭守使)를 지낼 때, 조우는 군대 법관이 가죽 채찍으로 농민의 등을 모질게 때리게 해서 그 농민이 살이 찢어지고 사경을 헤매는 끔찍한 일을 직접 본 적이 있다. 그때 그 어문(御門)의 양 쪽에는 여러 종류의 북과 징이 걸려 있었고, 그 시렁에는 또 칼·창·도끼·월 등의 구식 무기 등이 꽂혀 있었다. 심문을 할 때 병사들은 총에 실탄을 채우고 양쪽에 서 있어서 그 분위기는 너무나 무서웠다. 그 군대 법관의 눈초리는 너무나 차가웠고 말을 하는 목소리는 느리고 낮고 또 단호하여 마치 염라대왕과도 같았다.

남개중학에서 공부를 할 때, 하남(河南)·하북(河北)에서는 해마다 전쟁과 수해와 한해가 있었고, 게다가 잡세가 많아서 농민들은 고향을 떠나 다른 방법으로 살길을 찾아야만 했다. 조우는 수많은 이재민들이 천진으로 유입되어 들어와 길거리에서 구걸을 하고 자식을 파는 것을 목도하였다. 그는 칠흑 같은 야밤에 "애기 사세요! 누구 애기 살 사람 없어요?" 하고 사람의 오장육부를 찢는 듯한 처량하고 비참한 소리를 늘 들었다.

엥겔스가 말하기를 "독수리는 사람보다 멀리 볼 수가 있지만, 그러나 사람의 눈은 물건을 식별하는데 있어서 독수리보다 훨씬 뛰어나다."고 하였다. 일반적으로 말해서 진보적 의식과 비교적 높은 문학적 조예를 가진 작가는 생활의 진리를 능히 발견할 수가 있다. 확실히 조우는 젊었을 때 <원야>에서 반영한 그런 생활을 한 번도 해보지 않았었다. 작품 중의 인물을 잘 안다고 할 수도 없었다. 이런 이야기는 그가 생활 중에서 보고 또 들은 것들이다. 일반적인 주장대로라면 직접 생활을 해 보지 않고서는 좋은 작품을 써내기 어렵다. 만일 이런 관점을 절대화시켜 버린다면 아마도

4. 〈원야(原野)〉

문에 창작 역사와는 서로 부합되지 않는 일들이 너무나 많게 된다. 셰익스피어의 수많은 작품은 원래 있던 이야기에 근거하여 창작한 것들이며, 수많은 역사극은 작자가 그런 생활을 직접 체험해보지 못했던 것이라고 할 수 있다. 그래서 그런 환상적인 작품들은 어떤 생활 속의 소재에 근거하여 쓴 것이라고 말하기는 더욱 어렵다. 문예 작품은 사회생활이 작가의 머리에 반영된 산물이지만, 어떤 작품이 반드시 어떤 생활을 직접 반영한 것이라고는 말할 수 없다. 조우는 반식민지·반봉건사회 속에서 사람이 사람을 박해하고 사람이 사람을 압박하는 현상들에 대하여 아주 민감하였었기 때문에 여기서 많은 소재를 축적하였던 것이다. 그는 사회속의 각종 인물들을 깊이 이해하였고 그들에 대한 태도 역시 아주 분명하였다. 박해를 하는 사람에 대해서는 한없이 적대시하고 혐오하였으며 피압박자에 대해서는 한없는 동정과 사랑을 보였다. 그는 깊은 시대적 감각을 가지고 작품 <원야>를 창작하였던 것이다. <원야>에서 사고했던 요소, 감정적 요소, 냉철한 관찰과 사실적 묘사, 극중 인물, 이러한 모든 요소들은 전부가 사회 현실에 대한 제련과 개괄에서 나왔던 것이며, 이로 인해 그의 사랑과 증오가 제련될 수 있었던 것이다. 여기서 우리는 조우에게 진보적인 의식이 있었고 또 비교적 높은 문학적 조예가 있었음을 알 수가 있다. 이런 점에서, 일부 평론가들이 "<원야>에 묘사된 것들은 다 작자에게 익숙하지 못한 것들이며 심지어는 낯선 것이다."고 단언한 것은 객관적인 사실에 부합되지 않을 뿐만 아니라 문예창작 그 자체 규율에도 위배되는 말이다.

구 중국 때 농민들의 고생이 가장 심하였다. 조우는 진보적 사상에 영향을 받아 농민과 악덕 지주 사이의 투쟁을 소재로 선택하

조우의 희곡창작의 길

였는데, 당시의 역사적 환경에서 이런 농민운명에 대한 관심은 작자의 부단한 진보를 추구한 표현이라 할 수 있다. <원야>의 소재를 확정한 후, 조우는 열렬한 연인처럼 생활을 꼭 껴안고 온 몸과 마음을 생활의 격류 속에 융화시켜 창작에 몰두하였다. 그는 강의를 하면서 3개월만에 3막극을 완성해 내었는데, 이는 그가 다막극 창작 중 가장 빨리 완성한 작품이다. 당시 광주(廣州)에서 장근이(章靳以)가 편집을 맡고 있던 ≪문총(文叢)≫에서는 매월 중순과 하순에 조우에게 원고를 재촉하였다. 1937년 4월, 3막극 <원야>는 ≪문총≫ 제1권 제2기부터 연재를 하기 시작하여 8월 제1권 제5기에서 끝을 맺었다. 1937년 8월 상해 문화생활 출판사가 단행본으로 출판을 한 후, 사람들은 <뇌우>·<일출>·<원야>를 삼부곡(三部曲)이라고 칭하였다.

이해 8월 7일, <원야>는 여업(餘業) 실험극단에 의해서 상해 잡이등대희원(卡爾登大戲院)에서 처음으로 공연되었다. 응운위(應雲衛)가 연출 겸 무대감독을 맡고, 조서(趙曙)와 위학령(魏鶴齡)이 구호(仇虎) 역을, 서수문(舒繡文)과 오인(吳茵)이 금자(金子) 역을, 범래(範萊)와 여복(呂復)이 초대성(焦大星) 역을, 왕평(王苹)과 장만평(章曼苹)이 초모(焦母) 역을, 전천리(錢千里)와 왕위일(王爲一)이 바보 역을, 황전(黃田)과 고이이(顧而已)가 상오(常五) 역을 각각 맡았다. 실험극단은 원래 명배우들이 집중되어 있는 곳으로 소문이 나 있었는데, <원야>의 배우진들은 더욱 튼튼하였다. 그런데 관중들이 흥미롭게 조우의 <원야>와 배우들의 예술적 재능을 감상하고 있을 때, 8월 13일 일본 제국주의 비행기가 상해를 폭격하게 되었고, 이틀 후에는 <원야>가 공연 금지를 당하게 되었다.

<원야>는 1937년 8월 상해 문화생활 출판사가 단행본으로 출판

한 후 1949년 2월까지 12년 동안 같은 출판사에서 15차례나 이 작품을 출판하였다. 이는 "확실히 <원야>가 백 번을 봐도 물리지 않는 극본인"3) 것에 기인한다고 하겠다. 이 극은 초연(初演)이 공교롭게도 항일 전쟁의 폭발로 인하여 공연이 제대로 이루어지지 못한 것을 제외하고는 줄곧 무대에서 활약하면서 왕성한 예술 생명력을 보여 주었다. 해방 후에 상당 기간 공연이 되지 못하였다가 1981년 능자(凌子)의 연출에 의해 남해영업공사(南海影業公司)가 <원야>를 천연색 대형 영화로 만들었다. 영화는 일부 국가와 홍콩에서 상영이 되었고 대단한 반향이 있었다. 국내에서는 아직 공개가 되지 않았음에도 불구하고 역시 강렬한 반응을 보였다. 많은 사람들이 이렇게 훌륭한 극작을 장기간 사람들에게 알려주지 못했던 것에 대해 경탄하였다. 이는 바로 영화감독 능자가 "<원야>는 먼지 속에 덮여 있던 황금으로", "이는 오랜 세월 속에서 사람들에게 잊혀져서는 안될 보배다."4)라고 말한 바와 같다. 같은 해 9월 <원야>는 이탈리아 베니스 영화제에 참가하여 "최다 추천 영화"라는 영예를 안았다. 1984년 12월 27일부터 한 달 동안 중국 청년 예술극원은 <원야>를 가지고 형태(邢台)·한단(邯鄲)·안양(安陽)·석가장(石家庄) 등지를 돌면서 총 27회의 순회공연을 하였는데 매 번 극장을 가득 채웠다. 1986년 2월 <원야>는 홍콩 제14회 예술제에 참가하여 홍콩의 관중들과 전문가들을 매료시켰다. 그리하여 60고개의 유명 여배우 위위(韋偉)는 연출가 장기홍(張奇虹)에게 "이렇게 훌륭한 공연은 정말 오랜만이다. 당신들은 원작의 정수(精髓)를 완전하게 표현해 내었다."라고 말하였다. <원

---

3) 唐弢: <‘原野’重演>, ≪大公報≫ 1947年 8月29日 參考.
4) 凌子: <‘原野’隨想>, ≪文滙月刊≫ 1982年 第7期.

조우의 희곡창작의 길

야>가 "백 번 봐도 물리지 않는" 훌륭한 작품이 될 수 있었던 이유는 "이 극본 안에는 '희(戱)'가 있고, 이 극본 안에는 생활이 있어서 관중들이 보면 재미를 느낄 수 있기 때문이다. 좌우를 돌아보면 마치 옆에 있는 것 같아서 사람들이 보면 공포와 기쁨을 느끼게 한다."5)

<원야>가 탄생된 후, 평론계에서도 논쟁이 일었음은 두 말할 나위가 없다. 해방 이전 몇 편의 평론문장에서는 모두 부정적으로 평론하여 <원야>는 "아주 실패한"6) 작품이라 하였다. 일부 평론가들은 인식하기를 조우는 "<뇌우>의 신비를 상징하는 분위기에서 이미 벗어나 <일출>과 같은 그런 사회극을 썼다가, 다시 바로 신비의 옛길로 돌아갔는데, <원야>는 실제로 <뇌우>보다 더욱 신비를 상징하는 색채가 농후하다."7)고 하였다. 해방 후에 출판된 몇 권의 현대문학사의 저서에서도 역시 극작가는 농촌의 계급 갈등과 투쟁, 농민의 생활과 사상감정을 깊이 이해하지 못하고, 또 이런 점에 익숙하지 못했던 결과 현실적 의의가 풍부한 농민이 횡포한 지주에게 투쟁하는 소재를 "신비적인 색채를 너무 농후하게 하고, 이를 심리상태와 양심의 가책 등 추상적 관념과 뒤엉키게 하였다."8)고 인식하였다. 극작가가 "특별히 부각시키고자 한 것은 원시적 공포와 거칠고 난폭한 분위기였고, 표현하고자 한 것은 인류의 추상적 운명에 대한 항쟁, 즉 비과학적인 하나의 순관념을 주제로 하였던 것이다." 극본의 주인공 구호는 "하나의 진실적인 농민 형상으로

---

5) 唐弢: <'原野'重演>, ≪大公報≫ 1947年 8月29日 參考.
6) 南卓: <評曹禺的'原野'>, ≪文藝陣地≫ 第1卷 第5期.
7) 楊晦: <曹禺論>, ≪靑年文藝≫ 1944年 新1卷 第4期.
8) 王瑤: ≪中國新文學史稿≫上册, 新文化出版社 1943年版.

묘사된 것이 아니라, 그저 하나의 순수한 추상적인 관념의 화신에 불과하였다."9) 심지어 "<원야>는 작자의 많은 극작들 중 가장 실패한 것"10)이라고 단언하였다. 그들은 극작가가 <뇌우>·<일출> 후에, <원야>와 같은 이런 작품을 써 낸 것은 창작에 있어서 "퇴보"라고 인식하였다. 근래에 평론계에서는 <원야>에 대해 긍정을 하기도 하였지만, 반면에 힐책하는 문장도 적지 않았다. 그들은 주장하기를 "구호는 하나의 농민이 아니라 작품 중의 초염왕과 서로 같은 계급의 속성을 가진 인물로, 그가 초염왕과 유일하게 다른 것이 있다면 그것은 단지 그의 수단과 역량이 다소 부족할 뿐"11)이라는 것이다. "작자는 농촌의 생활에 아주 익숙하지 못했고, 그가 묘사한 인물에 대해서도 역시 이해가 부족했었기 때문에 작자가 극적 효과를 추구하고, 극적 갈등과 인물의 성격 묘사를 고심하여 설계할 때 지나치게 다듬고 조작한 흔적을 보이고 말았다."12)

이는 의미심장한 현상이라 할 것이다. 왜 독자들이 즐겨 읽었고 관중들이 즐겨 보았던 희곡을 일부 평론가들은 어찌 그렇게 좋아하지 않는가?

그 이유 중의 하나는 일부 평론가들이 왕왕 협소한 현실주의 시각으로 작품을 평가함으로써, <원야>는 사실(寫實)과 사의(寫意)가 서로 결합되어 있고 또 사의성(寫意性)이 강한 낭만주의 특색을 가진 참신한 작품이라는 것을 간파하지 못한데 있다. 현실주의 시각으로 <원야>를 평가하면, 작품이 격에 맞지 않거나 아니면 그리

---

9) 劉綏松: ≪中國新文學史初稿≫上卷, 作家出版社 1956年版.

10) 劉綏松: ≪中國新文學史初稿≫上卷, 作家出版社 1956年版.

11) 吳建華: <'原野'中的仇虎幷非農民形象>, ≪湖南師院學報≫ 1983年 第1期.

12) 尹騏: <'原野'簡論>, ≪江漢論壇≫ 1984年 第1期.

조우의 희곡창작의 길

적당하지 않은 듯 하여 "작품 탐색에 성공하였다."는 결론을 얻어 낼 수가 없다. 하지만 독자와 관중은 결코 이렇게 보지 않는다. 그들은 관념에서 출발하지 않고 단지 자신의 생활상의 느낌과 심미적 필요에 근거하여 감상을 하고 이해를 하기 때문에 자연스럽게 <원야>에 극적 내용이 있고, 생활이 있고, 심미 가치가 있음을 느끼게 됨으로써 자연스럽게 이를 환영하고 찬미했던 것이다. 우리가 단지 현실주의로 <모란정(牧丹亭)>과 <두아원(竇娥寃)>을 평할 수 없는 것처럼 <원야> 역시 이와 같은 것이다.

두 번째 원인은 일부 평론가들이 "문예는 정치를 위해 복무한다."고 이해하는 편협적인 생각을 가지고 있는데 있다. 우리는 문예가 현실투쟁을 위해 복무할 것도 제창하지만, 또 작가가 자기의 생활 느낌에 근거하되, 그렇게 현실생활을 직접적으로 표현하지 않을 수도 있다. <원야>가 "항전 구국운동과 무관하다."고 질책하는 일부 평론가들은 바로 "문예가 정치를 위해 복무해야 한다."는 기계적 이해에 얽매여 있음으로써 이 작품에 불공평한 비평을 내린 것이다. 역사를 회고해 볼 때, 우리는 이런 사실을 쉽게 발견할 수 있다. 즉 투쟁의 수요라는 중임을 맡은 일부 작품들 중 어떤 작품은 당시에 광범하고 깊은 영향을 미치면서 시대의 시련도 잘 겪어냈고, 어떤 작품은 그 예술 생명력을 유지하지 못한 채 한번 반짝하고는 사라졌으며, 어떤 작품은 처음에 볼 때는 투쟁과는 유리된 것 같았으나 오래도록 그 예술 청춘을 누렸던 것이다. <원야>는 바로 세 번째 경우에 해당된다고 하겠다. 작품의 반항·복수 주제와 주인공의 비극정신은 고난받고 수난 당하는 사람들이 자유와 행복을 쟁취하기 위해 반항하러 가고 분투하러 가는 바를 영원히 격려할 것이다. 주양(周揚)의 말은 이를 잘 말해 주고 있다. 즉 그는 말하기를 조우는 비록 "실제투쟁과는 거리가 멀었지만", 그러나 그는 "현실을 결코 도피하지 않았고, 자기의 방식으로 이에 접근하였고, 이것을 파악하였다. 그가 현실에 충실한 묘사를 통해 혁명에 유리한 결론에 도달하였다. 이러한 작가를 우리가 마땅히 박수로 환영해야 하지 않겠는가?"[13]라고 하였다.

<원야>의 시대배경에 관해 조우는 간략하게 다음과 같이 설명하고 있다.

> 이 극이 묘사하고 있는 것은 민국 초기 북양 군벌 혼전시기에 농촌에서 발생한 일이다. 당시 오사 운동과 새로운 사조는 아직 개시되지 않았고, 공산당도 아직 창립되지 않았다. 농촌에서는 누구나 총을 가진 자면 패왕이 되었다. 농민들은 일종의 흑암·고통·반항을 하고 싶어도 출로를 찾을 수 없는 상황에 처해 있었다.[14]

<원야>에서는 그 시대의 농촌사회 정세를 진실적으로 반영하였는데, 이것이 바로 작품의 생명이다. 구호가 반항하고 복수하는 투쟁은 바로 그 시대 농촌에서 가장 보편적이고 신속하게 해결해야 할 큰 문제였다. 민국 초기, 중국 각지에 도사리고 있던 크고 작은 봉건군벌들은 제국주의의 조종과 지지 하에서 더욱 침탈·탐병을 함으로써 사회는 극히 부패해 있었고 인민들은 도탄에 빠져 있었다. <원야>는 당시 농촌이 어수선하고 쇠퇴한 중에 있었으며 "누구나 총이 있으면 패왕이 될 수 있었던" 현실을 정확하고 구체적으로 반영하였다. 작품은 현실과 환각 장면의 변환을 통해 "농민

---

13) 周揚: <論'雷雨'和'日出' ― 幷對黃芝岡先生的批評的反批評>, ≪光明≫ 第2卷 第8期, 1937年

14) 張葆辛: <曹禺同志談劇作>, ≪文藝報≫ 1957年 第2期 參照.

조우의 희곡창작의 길

이 암흑과 고통 속에서 반항을 하고 싶어도 출로를 찾을 수가 없었던" 사회 모습을 생동적으로 펼쳐 보인 것이다.

문학은 결국 인물형상을 소조함으로써 사회생활을 반영하고 또 이로써 작품의 주제를 보여준다. <원야>에서는 여섯 명의 진실적인 인물들을 소조해 보여주고 있다. 즉 거칠고 거세며 기민하고 재치 있는 구호, 예쁘고 다정하며 발랄하고 강한 금자, 교활하고 의심 많으며 흉악하고 음험한 초모, 충직하고 솔직하나 무능한 초대성 등이 바로 이들이다. 생생한 영혼을 가진 이런 인물들은 각자 "민국초기 군벌 혼전시기"에 농촌에서의 "한 부류의 사람"을 대표하고 있다. 그들이 "<원야>에 출현한 것은 아무렇게나 조작한 것도 결코 아니고 또 모자라는 바를 보충하고 다른 사람의 역을 돕기 위해 나타난 것도 아니다. 그들 여섯 사람, 서로 다른 여섯 종류의 사회 세력은 서로 상반되면서도 같이 어울리고, 같이 어울리면서도 상반되는 모습으로 한 덩어리가 되어 극을 만들어 냄으로써, <원야>와 같은 그런 놀랄 만한 사회비극이 나왔던 것이다."15) 이 여섯 인물 중 구호와 화금자가 가장 쉽게 논쟁의 대상이 되었다.

구호는 엽기적인 색채가 강한 비극 영웅으로, "오사" 직전 군벌들이 혼전하던 시기에 압박에 반항하면서 이치를 깨우친 농민 전형이다. 그는 등장부터 농후한 엽기적 색채와 강렬한 반항정신을 사람들에게 보여준다. 서막에서 우리는 다음과 같은 비장하고 입체적인 화면을 볼 수 있다. 가을의 저녁 무렵, 침울한 대지, 우뚝선 아름드리 나무, 석탄과도 같이 검은 철로, 질주하는 기차, 하늘을 꽉 덮고 온갖 흉악스럽고 무서운 모습을 하고 있는 괴상한 먹

---

15) 唐弢: <我愛'原野'>, ≪文藝報≫ 1983年 第1期.

구름은 나지막하게 땅을 짓누르고 있다. 멀리 하늘 끝에서는 전점 피범벅이 된 듯한 구멍이 뻥 뚫리면서 입을 벌리고, 그윽한 흑갈색을 토하는 모습은 마치 이 세계는 악몽과 같다고 말을 하는 듯하다. 회색 안개가 뒤덮은 이 황혼의 가을 저녁 무렵, 원야에 "강력하고 생명력이 충만한" 한 사나이가 출현하였다. 그는 등을 커다란 나무에 기대고 머리는 산발을 하고 있으며, 근육은 툭툭 튀어나와 있고 두 다리는 마치 철 기둥과 같으며, 복수의 불꽃으로 이글거리고 있는 눈에는 사납고 교활하며 증오와 고통이 반짝이고 있다. 그의 다리에는 쇠사슬이 채워져 있고, 짙은 눈썹을 찌푸리며, 이를 악물고 두 손으로 곁에 있던 큰 돌멩이를 들어 힘을 다해 쇠사슬을 내리친다. 그는 펄쩍 뛰어 돌아서면서 폐부를 찢는 듯한 소리로 부르짖는다. "우리 땅을 빼앗고! 우리 가문을 해치고! 우리 집을 불지르고! 넌 무고하게 우리를 토비로 몰고 나를 관가로 보내서 나의 다리를 부러뜨려 놓고. 너 때문에 난 감옥에서 장장 8년을 고생했다." "염왕, 내가 돌아왔다, 내가 다시 돌아왔다구, 염왕! 우리를 죽였으니 너희도 목숨을 내 놓아야지. 우리를 해쳤으니 우리도 반드시 반격을 해야겠다."고 외친다. 이는 깊은 원한을 가진 구호가 암흑사회에 대하여 반항하고 복수하려는 외침으로, 여기에는 천지를 진동시키는 기세가 서려 있고, 사람을 놀라게 하고 폐부를 찌르는 역량이 있다. 그가 양대(兩代)에 걸친 바다와 같이 깊은 원수를 갚으려 하는 것은 너무나도 당연한 일이다.

그는 감옥에서 도망 나와 어떤 것이든 다 훼멸(毁滅)시켜버릴 수 있는 역량으로 잔혹하게 복수를 하려고 하였는데, 초염왕이 이미 죽어버렸다는 사실을 알게 되자 그는 오랫동안 쌓아온 분노의 불꽃을 초염왕의 후대에게로 쏟게 된 것이다. 그는 잃어버린 애정

조우의 희곡창작의 길

을 다시 찾으려 하였고, 초염왕의 후대를 끊어버리고자 하였다. 목
적을 달성한 후, 그는 마침내 암흑세력에 의해 검은 숲 속에서 죽
고 말았다.

구호는 화금자와 친하게 지내던 친구로 결혼까지 약속한 사이였
다. 그런데 지금의 화금자는 이미 초대성의 후처가 되어 있었다.
구호는 화금자와 다시 옛정을 나눔으로써 둘은 서로간의 진정한
사랑을 가지게 되었다. 그는 애정적으로 받은 장애와 좌절로 인하
여 애정 심리와 표현 방식에 변태적인 모습을 보였다. 구호와 금
자는 "친구 아내를 기만해서는 안 된다."는 전통 예교의 구속을
받고 있었기에 처음에는 감히 진심을 털어놓을 수가 없었다. 그러
나 그들은 결국 솔직하게 사랑을 공개적으로 확인하였고, 심지어
는 "잠자리"까지 같이 하였다. 얼마나 대담하고 발랄하며, 또 얼마
나 호쾌한가! 구호와 금자 같은 이런 농민이었기에 이것이 가능하
였던 것이다.

구호의 잔혹한 복수행위는 사람을 놀라게 하였지만, 그러나 이
는 결코 구호가 아무런 이유 없이 만들어낸 것이 아니었다. 아버
지의 빚을 아들이 갚아야 하고, 남편의 빚을 아내가 갚아야 하며
아버지의 원수는 아들이 갚는 것이었다. 자식이 아버지의 원수를
갚지 않고 어찌 조상을 대할 수 있겠는가? 구호가 복수를 해야 할
이유는 아주 충분하였고, 또 그렇게 하는 것이 당연한 도리였다.
수 천년 동안 답습된 봉건 종법사상과 협소한 복수의식은 특히 농
민에게 깊이 인식되어 있어서 구호도 어떻게 피할 길이 없었다.
그의 복수행위에는 자연스럽게 시대적 민족적 낙인을 가지고 있다.
무고한 자를 죽이는 것은 잘못된 것이지만, 역시 진실로 믿을 만
하다. 봉건 종법사상은 그의 눈을 뒤덮어 버렸고, 팔 년 동안의 감

옥생활은 그를 불량한 기질, 토비 기질로 만들어 놓았으며, 두 손을 냉혹하고 잔인한 모습으로 변화시켜 놓았다. 그러나 그래도 그는 본질적으로 순박하고 선량하며 순수한 농민이었다. 그래서 무고하게 사람을 죽인 일로 기쁨을 얻기보다는 오히려 이로 인해 깊은 공허감과 고독감, 그리고 양심의 가책이란 심연으로 빠져들었고, 또 스스로 헤어날 수가 없어서 정신 착란을 일으키는 정도에까지 이르게 되었다.

구호가 죽을 때 그는 아주 분명하고 아주 장렬하게 죽었다. 복수 과정 중, 그는 점차 인간에게는 이미 공평함이나 믿을 만한 구석이 없다는 것을 알게 되자, 귀신에게 도움을 청해 공평함을 보여달라고 간구하였다. 제3막 제4경에서 구호는 검은 숲 속 한 무덤 옆에 있을 때 "신전 앞의 판관은 생명부를 쥐고 있고, 새파란 얼굴을 한 귀신은 혼을 빼 가는 패쪽을 들고 있구나 …… " 라고 하는 슬프고 침통한 노래를 듣는 가운데 억울하게 죽은 부친과 여동생의 환상을 보게 된다. 그는 점점 염마청으로 끌려 들어가 마침내는 염라전에 꿇어앉아 염라대왕에게 초염왕이 자기 가족을 모두 살해했다고 억울함을 호소했다. 염라대왕은 오히려 초염왕의 교사를 받아 구호의 아버지는 칼 산에 오르게 하고, 여동생은 지옥으로 떨어지게 판결한 후, 또 구호에게는 혀를 뽑아버리려고 하고 초염왕은 오히려 천당으로 올라가게 하였다. 구호가 고개를 들어 다시 염라대왕을 보았을 때, 원래 염라대왕이었던 그는 초염왕의 화신이었다. 구호는 현실을 깨닫고 미친 듯이 부르짖었다. "염왕! 염왕! 바로 너였구나! 바로 너희들이었구나!" 그는 이미 하늘의 도리, 왕법, 인간 지옥의 통치자들에 대해 완전히 부정적인 태도를 가졌다. 그는 금자에게 말하였다. "그들에게 말해 줘, 지금 구호는

조우의 희곡창작의 길

하늘도 믿지 않고 땅도 믿지 않으며, 친구들이 함께 뭉쳐서 그 놈들과 목숨을 건다면 반드시 살 수가 있고, 혼자서 목숨을 건다면 죽을 수밖에 없다는 것을 믿는다고. 그들 세력을 두려워하지 말고 어려움을 두려워하지 말라고 일러줘. 그들에게 말하라구, 우리가 지금 목숨을 걸고 앞으로 나간다면 언젠가는 우리 자손들이 일어설 수 있게될 거라구." 설령 비극적 결말이라 하더라도, 구호의 죽음은 오히려 우리에게 비장하고 분격(奮激)한 느낌을 가지게 하며, 정화 역량이 있고 숭고한 미학가치가 있음을 느끼게 해 준다. 그의 죽음은 사람들에게 일깨움을 준다. 즉 자유를 얻으려면 인간의 불평등함을 깨 부셔야 하며 또 정신적 질곡을 벗어나야 한다는 것을 말이다.

화금자는 <뇌우> 중의 번의, <일출> 중의 진백로를 이어서 나온 중국 현대문학 앨범 중의 또 하나의 귀한 부녀 형상이다. 그녀는 자유를 갈망하여 흉악하고 악독한 초모의 속박을 용감하게 벗어났고, 비록 충직하고 성실하기는 하지만 남자로서의 용기가 부족하고 겁이 많은 남편 초대성을 단호하게 떠나 완강하게 구호를 사랑하였다. 이를 위해서 당하게 되는 커다란 압력과 위험도 달게 받았다. 그녀는 하나의 진정한 강자(强者)로 시어머니의 악한 세력을 감당해 내었고, 또 남편의 선한 눈물을 이겨냈으며, 평등적이고 자유로운 구호의 진정한 애정을 얻어내었다. 그녀는 독립된 인격을 가진 생생하게 살아있는 인물이며, 예쁘고 다정하면서도 또 강한 보통 농촌의 부녀 형상이다.

우리는 다음과 같은 견해에 동의할 수 없다. 즉 초모가 금자를 증오한 것은 금자가 "남자를 홀리는 음탕한 여자"였기 때문이며, 고부간의 갈등 원인은 바로 금자가 남편의 사랑을 차지하려고 하

4. 〈원야(原野)〉

는데 초모는 아들에 대한 일종의 모성적 점유 이기심리를 가졌기 때문이라는 논리에 대해서 말이다. 만일 극본의 정경과 깊은 사회 내용을 떠나 고부간의 갈등을 분석하면 작품의 사회적 의의를 약화시키고 금자 형상의 예술적 가치에 손상을 주게 될 것이다. 금자는 초씨집에서 사람다운 생활을 해보지 못했다. 그녀가 초염왕에게 잡혀와 며느리가 되고부터 초모는 아직까지 그녀를 "사람으로 대해 준" 적이 한 번도 없었으며, 언제나 그녀를 사지(死地)로 몰았다. 초모가 초대성을 강요하여 채찍으로 금자를 치라고 했을 때, 금자는 격분하여 대성에게 말했다. "당신 아버지는 나를 잡아와서 며느리로 만들고, 당신 엄마는 내가 문에 들어오자마자 나를 증오하고, 나를 욕하고, 나에게 수치를 주고, 나를 유린하며, 나를 한 번도 사람으로 대해 준 적이 없었어요. …… 당신 엄마, 이 하늘 아래 당신 엄마보다 더 독한 여자는 없을 거에요, 더 이상 사람의 시어머니가 아니라구요." 초모는 절간의 여도사와 결탁하여 나무로 사람을 만들어 여기에다 법술을 폈는데, 이는 금자를 죽음으로 끌어가는 또 하나의 증거였다.

우리는 다음과 같은 견해에 더욱 동의할 수 없다. "당신 누구를 먼저 구할래요?" 라고 묻는 이 대목은 금자가 "여자의 자태를 팔아" "초대성의 성 충동을 일으키는 방법"16)으로 대성을 복종시킨 것이며, "꽃을 줍는" 이 장면은 금자가 역시 "여자의 자태를 무기 삼아 성을 유혹하는 방법으로 구호를 굴복시켰다."17)는 주장에 대해서 말이다. 극의 정해진 정경을 떠나서, 인물의 독특한 성격특징을 떠나서 말한다면 화금자는 지조 없이 행동하고 방탕하기 그지

---

16) 吳建華: <'原野'中的仇虎幷非農民形象>, ≪湖南師院學報≫ 1983年 第4期.
17) 吳建華: <'原野'中的仇虎幷非農民形象>, ≪湖南師院學報≫ 1983年 第4期.

조우의 희곡창작의 길

없는 여인이요, 설복력이 없는 사람이다. "당신은 누구를 먼저 구할래요?"라는 이 싸움의 발단은 대성이 "하나의 효자 패방(牌坊)을 얻기 위해 현(縣)으로 가는" 것을 금자가 비꼬기 위해서 시작된 것이 발전되어 금자가 이러한 하나의 가설 ─ "만약 내가 강물에 빠졌고, 당신의 엄마도 강물에 빠졌다면 당신은 강가에서 누구를 먼저 구하겠는가?" ─ 을 세워 본 것이고, 대성은 어쩔 수 없는 상황에서 "엄마를 물에 빠뜨려 죽이겠어."라고 대답을 하였던 것이다. 금자의 정신은 이로 인해 만족을 얻었고, 완전한 승리를 거두었다. 이는 금자의 중대한 하나의 승리였다. 표면적으로는 두 사람의 입 싸움이었지만, 실제로는 심각한 고부간의 원한이 충분하게 드러난 것이다. "꽃을 줍는" 장면은 구호와 금자가 인생의 가장 행복한 열흘을 지내다가 마지막에 발생한 것으로 이는 서정적인 맛이 아주 잘 묘사된 장면 중의 하나이다. 이 장면의 전체는 꽃을 주고, 꽃을 던지고, 꽃을 줍고, 꽃을 머리에 꽂는 등 작은 장면이 여럿으로 이루어져 있다. 표면적으로는 남녀가 서로 시시덕거리며 장난치는 것 같지만, 실제로는 서로 사랑하여 헤어지기 싫어하는 모습이다. 이는 구호가 지금까지 깊은 정을 가져 왔던 것에 대한 표현이고, 또 금자가 가진 강함과 부드러움이 종합된 여성미에 대한 묘사이다. 이로 인해 인물형상이 더욱 진한 예술적 광채를 가지게 된 것이다.

만일에 구호가 오기 전, 금자가 아직도 낙후하고 우매한 상태에 처해 있었다고 한다면, 구호가 그녀 곁으로 온 후에는 그 심령 깊은 곳에 잠재해 있던 계급의식이 아주 빠르게 싹이 텄다고 할 수 있다. 그녀는 돌변하기 시작하여 투쟁 중에서 점차 각성하였고, 마침내는 구호가 폭력에 맞서 싸우는데 멋진 조수가 되어 여자 영웅

4. 〈원야(原野)〉

이 되었다.

검은 숲 속에서 구호는 정신착란을 일으켰고 길을 잃었다. "십 리를 걸었는데도 아직 숲속이야! 이십 리를 걸었는데도 아직도 숲속이야! 우리가 삼십 리도 넘게 한참을 이리저리 뛰었지만 그러나 아직도 이 검은 숲속에 있어." 구호가 안절부절못하고 정신이 산란한 상태에서 정찰대와 강경하게 맞서려고 할 때, 금자는 즉시 그를 계도하고 도와줌으로써 구호를 정상상태로 회복시켰다. 그녀는 말했다. "당신 마음이 편치 않다는 것 저도 알아요. 구호씨, 우리는 죽지 말아야 해요, 죽지 말아야 한다구요. 우리는 결코 나쁜 사람이 아니에요. 구호씨, 당신이 이 길을 걷게 된 것은 다른 사람이 핍박을 해서 그런 것 아녜요? 내가 이 길을 걷는 것 역시 다른 사람이 핍박을 해서가 아닌가요? 누가 당신으로 하여금 사람을 죽이게 했어요? 염왕이 당신을 핍박해서 죽이게 한 것 아녜요? 누가 저더러 당신을 따라가게 했나요. 그것 역시 염왕이 저를 핍박해서 그런 것 아닌가요? 저도 이전에는 초씨 집안으로 시집 갈 생각을 하지 않았었고, 당신도 역시 이전에는 초씨 집안을 해칠 생각을 하지 않았지요. 우리는 불쌍한 인간들이었기에 누구한테도 자기 생각대로 할 수가 없었어요. 우리가 오늘 날 이런 잘못을 저지르긴 하였으나, 하나님더러 우리를 대신해서 생각해 보라고 하면, 설마 이 일을 모두 우리에게만 책임 전가시키진 않으시겠지요?" 그들이 검은 숲속에서 도망을 가느라 갈증이 나고 다리가 다 젖었을 때의 한 대화를 보면 이렇다.

구　호　너가 나를 따라 도망쳐 나와 오직 고생뿐이구나.
초화씨　그러나 저 — 저는 마음은 편안해요.

조우의 희곡창작의 길

구　호　　다른 사람들은 나를 강도로 알고 있어.

초화씨　　(결단성 있고 단호하게) 저는 강도의 아내에요.

구　호　　사람들은 나를 잡기만 하면 찍어 죽일 거야.

초화씨　　제가 당신의 아들을 낳아, 당신의 원수를 갚게 하겠어요.

구　호　　그러나 너 ― (감격스럽다는 듯, 그녀를 바라보며 갑자기)
　　　　　넌 뭣 때문에 나를 따르지?

초화씨　　(고집스레) 당신과 함께 그 황금으로 포장을 한 곳으로 가
　　　　　려구요.

그녀의 처지는 아주 험악하였다. 무장한 정찰대가 그들을 쫓고 있었고, 유령 같은 초모는 바싹 그들을 따라붙고 있었다. 그러나 그녀는 정의를 위해 뒤돌아보지도 않았고 용감하게 나아가면서 구호에게 "아이를 낳아" 줘서 구호를 위해 복수를 시키겠다는 마음을 전하였고, "황금으로 포장된 곳"으로 가서 오직 광명의 행복만이 있고, 암흑이나 압박이 없는 "사람의 세상"에서 한 번 살아보고자 하였다. 정찰대가 곧 구호를 체포하게 될 위급한 시점에 와서도 그녀는 의연하게 "후회"하지 않고, 다시 한 번 자신의 진정을 표시하였다. 즉 "제가 지금까지 당신을 따라 살면서 진정으로 사는 것 같은 열흘이었다."고 말이다. "들에서 나서, 들에서 성장하고, 또 어쩌면 앞으로 들에서 죽을지도 모르는" 이 농촌 부녀는 일찍부터 자기의 사랑을 영원히 진정한 한 남자인 구호에게 바치기로 결정을 하였던 것이다.

<원야>에 출현하는 모든 인물이 우리에게 주는 느낌은 극단적인 사랑과 극단적인 증오, 극단적인 흉험함과 음험함, 극단적인 연약함과 멍청이의 모습이며, 심지어는 인물의 외모 역시 모두가 아주 독특하고 뇌동함이 없다. 여기서 우리는 극작가가 이런 인물을 소조해 낼 때 아주 강렬한 감정을 품고 있었고, 그의 사랑과 증오,

동정과 편태(鞭笞)에 대한 태도가 아주 선명하였음을 알 수가 있다. 작품 중의 모든 인물들의 개성은 다 극작가의 불같은 감정에 의해 달궈지고 다듬어진 것으로, 윤곽이 분명하고 묘사적 특징이 강하며 인물과 경물이 모두 극작가의 감정색채를 잘 보여주고 있다. 만일 <원야>를 한 폭의 그림으로 비유한다면, 이는 열정에 넘치고 필력에 힘이 넘치고 색조가 짙은 수채화일 것이다.

구호가 겪은 참열(慘烈)함, 감정의 기복, 행동의 과단성과 유력함, 심지어 그의 비뚤어진 외모 등등은 <뇌우>·<일출>중에서도 보지 못했던 요소들이다. 금자 성격의 활달함, 애정의 왕성함, 그녀에게 생사가 달린 위험 등은 역시 보통이 아니었다. 바보의 극단적인 바보스러움, 진정한 바보, 또 어떤 우의를 담고 있는 이 인물 역시 표현해 내기 어려운 인물이다. 초모, 그렇게 사나운 여인, 그 내심의 음독(陰毒)함, 계산의 치밀함, 언사의 날카로움, 그리고 절망적이고 비극적인 결과 등 역시 <뇌우>나 <일출>에서도 볼 수 없었을 뿐더러, 기타 작가의 작품 속에서도 보기 드문 점이다. 조우의 몇 몇 극본 중에는 중국의 도련님을 묘사하고 있다. 봉건 가족의 늙은 세대에서는 피비린내 나는 사업을 이루어 냈으나, 후대에서는 모두 선대를 따르지 못했다. <뇌우> 중의 주평·주충이 모두 그렇다. <원야> 중의 초대성은 더욱 무능하여 심지어는 자기의 아내를 다른 사람이 가지고 노는데도 그와 투쟁할 생각조차 하지 못했다. 봉건 통치계급의 세대는 이를 계승·향수하는 세대보다 더욱 역량이 있어야 했다. 초모는 비록 연로하고 눈이 먼 여인이었으나 오히려 초대성보다 마음의 눈은 밝았고 강했고 아주 악독하였다. 그래서 그녀는 초염왕의 아내로서 부끄러움이 없었다. 초염왕의 아들 초대성은 아주 못난이였다. 이렇게 점차 앞 세대를 따라잡지 못하

조우의 희곡창작의 길

는 상황은 봉건계급 몰락의 필연성을 말해주며, 그들이 날마다 장대해져 가는 인민 역량의 충격을 더 이상 감당해 내지 못함을 말해주는 것이었다.

조우는 걸출한 현실주의 극작가로 그의 사실(寫實) 기교는 정말 놀라울 정도로 진실에 가깝다. 이런 사실적 특징을 가진 대표적인 극작으로 <뇌우>와 <일출>을 들 수 있다. 동시에 그는 또 아주 열정적인 극작가로, 극본 중의 사의적(寫意的) 묘사는 아주 감동적이며, 또 다시 음미를 해 볼만한 시나 그림같이 아름다운 부분들이 참 많다. <원야>에는 이런 점이 더 뚜렷하여, 사실적(寫實的)인 글자와 행간에는 사의성(寫意性)이 녹아 있다. <원야> 중의 인물 내면과 상호간의 관계는 모두 격렬하게 충돌을 하는데, 이런 살기 충만하고 큰 화가 곧 닥칠 분위기는 사람의 숨이 막히게 한다. 초모·금자·대성은 모두가 피할 수 없는 재앙이 한 바탕 몰아닥칠 것임을 느끼고 있었다. 재앙이 마침내 도래하였다. 흑이는 초모에 의해 죽음을 당하고, 구호는 대성의 내적 갈등과 노기를 불러일으키게 한 후 그를 살해하였다. 이런 상황에서 구호는 벽에 걸린 초염왕의 사진을 보고 사진 속의 눈알이 움직이고 있다고 느꼈다. 이것은 인물의 심리적 갈등을 반영한 것이요, 인물의 내적 활동이 자연스럽게 발전된 진실적인 표현이다. 구호는 초씨 가정에 깊은 증오를 가지고 있었으나, 그 역시 복잡한 갈등을 가지고 있었다. 어쨌든 대성은 어렸을 적 친구로, 자기에게 잘 해주었고, 흑이는 필경 갓난아기로 무고한 자였다. 극본에서는 구호의 이런 갈등하는 심리를 계속적으로 강화시켜, 그가 도망을 위해 검은 숲 속으로 달아난 후에 수많은 환각을 일으키도록 하고 있다. 이런 환각 속에 염왕과 귀신들이 있었고, 억울하게 죽은 아버지와 여동생이 있었으며, 대성이 죽음 직전 꿈속에서 탄식하는 소리가 있었다. 이 외에 또 우산을 든 반신의 사람 그림자와 초롱을 들고 밤길을 가는 사람이 있었다. 이런 것들은 모두가 현실세계에서의 갈등이 그의 심령에 반영된 것이다. 또 현실적 묘사 중에는 신비적인 환각 색채를 보여주고 있다. 예를 들어, 검은 숲 부근의 암자에서 간간이 들려오는 목어(木魚)와 경(磬) 소리이다. 구호와 금자가 검은 숲속에서 밤새 도망을 치고 있을 때, 이 소리는 때로는 가까이서 때로는 멀리서 계속 들려왔다. 그들은 이리저리 도망을 쳤지만 늘 한 곳을 맴돌고 있었던 것이다. 또 초모가 처참하게 "흑아, 흑아! 너 돌아오너라! …… " 하고 혼을 부르는 소리와 그녀에게 길을 인도하기 위해 바보가 든 초롱불은 계속 그들을 따라 검은 숲속에 나타났다. 이런 현실적 정경과 환각적 정경은 모두가 아주 진실적이었다. 이들은 서로 교대로 출현함으로써 일종의 신비적인 색채를 띠었다. 이렇게 신비적 색채가 풍부하게 묘사된 희곡인 경우 "신비주의"를 선양하는 것과는 전혀 다르다. "신비주의"는 현실이라고 여겨지는 모든 것에 대해 해석도 할 수 없고 알 수도 없는 것을 말한다. <원야>는 그렇지 않다. 여기서는 단지 정신착란에 처한 구호의 심리활동과 현실의 처지를 묘사하였을 뿐이다. 극적 위기가 다가오는 과정에서 극중 인물들은 심리적으로 모두 떨칠 수 없는 공포를 느낀다. 살인사건이 발생한 후 구호·초모·금자의 내심에는 공포가 감소되지 않고 증가되었다. 그들은 어두운 숲을 뚫고 나갈 때, 내적 환각과 신비감이 충만한 객관 정경이 서로 융합되어 공포감은 더욱 강해졌다. 이는 인물의 심리와 처지를 진실적으로 묘사한 것인데, 이것을 단순히 극작가가 "공포주의"를 선양하고 있다고 말해서는 안 되는 것이다. 실제적으로 이는 극작

조우의 희곡창작의 길

가가 인물의 내심세계를 세심하게 탐색한 것이며, 정해진 정경에
서의 심리상태를 탐색, 사실(寫實)과 사의(寫意)를 서로 결합시킨
수법인 것이다. 이 작품은 30년대에 나온 훌륭한 창작으로써, 지금
에 있어서도 역시 우리가 배우고 연구할 가치가 있는 대 수필(手
筆)인 것이다.

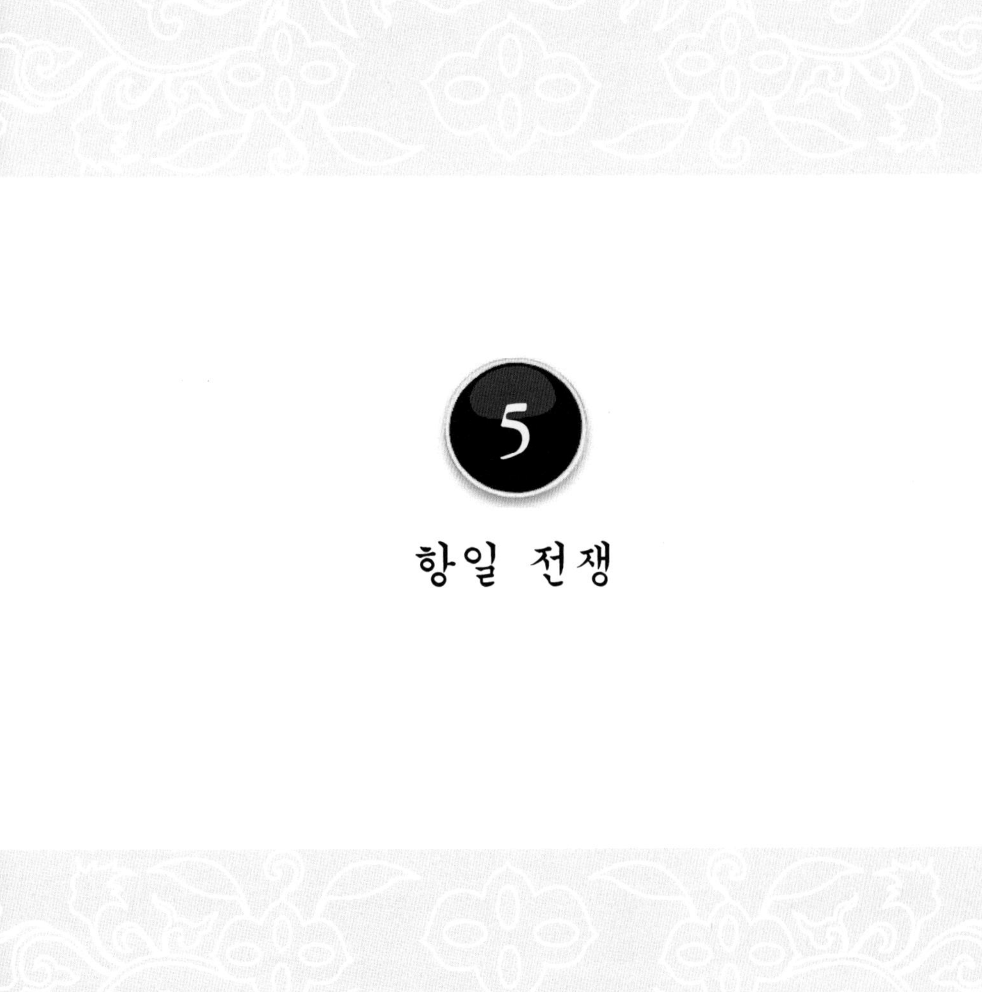

5

항일 전쟁

　1937년 7월 7일의 노구교(蘆溝橋) 사건은 일본 제국주의가 중국에 대규모로 침략전쟁을 일으키는 출발이었다. 중국의 주군(駐軍)이 반격을 가하면서 중국의 항일전쟁은 시작이 되었고, 전국적으로 항일 전쟁이 일어나게 되었다. 중국 공산당의 추동(推動) 아래, 항일 민족 통일전선이 형성되었다. 이러한 위대한 역사적 전환점에서 조우는 적극적이고 실제적인 자세로 항일전쟁 중의 연극활동에 참어하였다. 그의 창작 역시 제2단계로 들어선 것이다. 이는 마치 항전이 어려운 길을 걸었던 것처럼, 그도 이 시기의 창작에서 고르지 못한 도로에서 진행이 되었다.

　일본 침략자들은 북평과 천진을 점령한 후, 1937년 8월 13일 다시 상해를 대거 진공, 신속하게 상해를 점령하고 남경을 향해 나아가려고 기도함으로써 장개석의 통치에 직접적으로 타격을 주었다. 남경이 일본 침략자의 비행기에 의해 난사를 당하자 금새 불바다가 되었다. 국립희극학교는 명령에 따라 호남(湖南) 장사(長沙)로 이전하였다. 바로 이때, 조우는 형 만가수(萬家修)가 병으로 죽었다는 전보를 받았다. 그는 급히 천진으로 가서 장례를 치른 후, 바로 장사(長沙)로 갈 준비를 하였다. 이때 한 사람이 그에게 경고하여 말하기를 일본인이 그를 엄밀하게 감시하면서 지금 그의 행방을 쫓고 있다고 하였다. 이에 따라 그는 변장을 하고 영국 선박으로 바꿔 타고 홍콩을 돌아 다시 홍콩에서 기차를 타고 무한(武漢)에 도착하였다가 희극학교가 장사로 이전을 하였다는 사실을 알고 다시 서둘러 장사로 향했다.

　1937년 10월 조우와 정수(鄭秀)는 장사 도곡(稻谷)에서 짝을 맺

조우의 희곡창작의 길

어 부부가 되었다. 혼례식은 청년회에서 이루어졌는데, 여상원(余上沅)이 주례를 섰다. 결혼 후 두 딸을 낳았는데, 큰 딸은 만대(萬黛)이고, 작은 딸은 만소(萬昭)였다. 그와 정수가 자유연애를 한 기간은 비교적 길었다. 그들은 일찍이 1932년 설날 서로를 알게 되었다. 둘은 모두 청화대학 학생으로, 조우는 서양문학과, 정수는 법률과였다. 개교기념일을 준비하기 위해 조우는 골스화스의 3막극 <죄>(즉 <제일 처음과 최후>)를 번역하였다. 조우는 극중의 동생으로 분장하고, 정수는 한 여자아이로 분장을 하였다. 이 연극 연습을 하는 과정에서 조우는 정수를 알게 되었고, 연애를 하기 시작하여 마침내는 부부가 된 것이다.

12월 3일, 조우는 장사 은궁(銀宮) 극장에서 항전의 '필연적 승리와 일본의 필연적 패배에 관한' 강연을 들었는데, 강사는 서특립(徐特立)이었다. 청중은 3, 4천명이 넘었고, 그들은 극장 전체를 물샐 틈도 없이 메웠다. 서특립은 강연 중에 "속승론(速勝論)"과 "망국론(亡國論)"을 비판하고 반박하였다. 그의 이야기는 이러하였다. 어떤 사람은 일본인들에게는 석탄도 없고 철도 없기 때문에 우리가 6개월 동안만 항전을 하게 되면 일본 제국주의는 반드시 붕괴될 것이라고 주장을 한다. 일본 제국주의는 원래부터 피할 수 없는 위기에 봉착해 있는 것은 사실이지만, 그러나 이것을 이렇게 과소평가하면 사실에 어긋날 뿐만 아니라 장기적인 항전에 해(害)가 된다. 그는 또 무기론자(武器論者)들이 항전의 전도에 대해 비관하는 것 역시 부당한 것이라고 첨예하게 지적하였다. 우리는 비록 대량의 현대화된 무기가 없지만 적으로부터 탈취를 해 올 수도 있고, 전쟁 중에서 보충할 수도 있다. 서특립은 마지막에서 "항전에서 해방을 찾는 것이 바로 유일한 활로"라고 강조하였다. 조우는 훗날 회억하여 말한다. "하루는 한 노인이 왔다는 이야기를 들었다. 강연을 어찌나 잘하는지 말을 시작했다 하면 6시간이나 한다고 해서 나도 달려가서 들어보았다. 그의 강연은 '항전필승 일본필패'의 도리에 관한 것이었다. 듣고 나서 나는 너무 감동을 받았다. 다음날 날이 밝기도 전에 그 노인이 묵고 있는 곳으로 달려갔으나 이미 그는 없고 방에는 단지 그의 어린 근무병만이 있었다. 그들은 한 작은 방에서 같이 묵었다. 근무병은 나에게 말해 주기를 그와 노인은 같은 한 침상에서 잠을 잤는데 노인은 아직도 그에게 공부를 하게 하였다는 것이었다. 지금 보면 사실 그렇게 신기한 것도 아니지만 당시에는 나에게 아주 큰 자극이 되었기에 평생 잊을 수가 없다. 얼굴이 온통 붉은 그 어린 근무병은 이제 겨우 열 몇 살로, 난 아직까지 이런 병사를 본 적이 없었다. 당시 나는 이런 노인을 반드시 붓으로 묘사를 해야겠다는 생각이 들었다. 뒤에 나는 비로소 알게 되었다. 이 노인은 원래 국민당이 극도로 증오하는 '이당분자(異黨分子)' — 한 유명한 공산당원 — 라는 것을 알았다."[1] 이 공상당원이라고 가리키는 사람이 바로 서특립이었다. 조우는 당시 분명하게 중국 공산당의 항일 주장을 받아들였다. 그가 한 말이 진리였기에 이 극작가를 "크게 감동"시킨 것이다. 서특립이 강연한 "항전필승, 일본필패"라는 이치는 조우의 사상을 무장시켜 주었다. 그리고 서특립의 청빈하고 사심 없는 태도, 청렴하고 봉공(奉公)하는 숭고한 인품은 역시 조우에게 민족의 기둥으로 보였고, 조우의 항전필승의 신념을 고무해 주었다. 이때부터 조우는 <태변(蛻變)> 중의 양공앙(梁公仰)의 형상을 준비하기 시작하였다. 이는 바로 조우 자신의 말과 같다. "이 연로한 선생은 나에게 대단한 계시와 고

---

1) 張葆辛: <曹禺同志談劇作>, ≪文藝報≫ 1957年 第2期.

조우의 희곡창작의 길

무를 주었는데, 이로써 나는 <태변> 중의 한 인물 — 양공앙 — 을 묘사하게 되었다."[2]고 조우는 말한다.

중국 희곡계에서는 항일 구국의 기치 아래 단결을 해야 했고 일본 제국주의를 타도하기 위해 분투해야 했다. 이는 모든 진보 희곡에 종사하는 사람들 앞에 놓여진 어렵고 큰 임무였다. 항전초기, 중국 문화예술 영역에서 가장 단결하기가 어려운 분야가 바로 희해파(海派)의 구분이 있어서 당파에 얽매인 견해와 파벌간의 투쟁이 아주 심각하였다. 1937년 12월, 전국의 18개 희곡 단체와 희곡계의 대표들이 거의 모두 무한(武漢)에 집합하였다. 민족 혁명을 추진하기 위해, 중국 공산당 항일민족 통일전선의 영향 아래 대표들은 중화전국희곡계가 대 연합을 해야 할 시기가 되었다고 인식하였던 것이다. 이에 양한생(陽翰笙)과 왕평릉(王平陵)이 중심이 되고, 홍심(洪深)·전한(田漢)·장도번(張道藩)·마언상(馬彦祥)·응운위(應雲云)가 제안에 찬성하여 12월 28일 밤 한구(漢口)의 보해청(普海靑) 주가(酒家)에서 중화전국희곡계항적협회를 성립시킬 주비회의를 거행하였다. 이 회의에서 조우는 이사로 피선이 되었다. 같이 당선된 사람으로 홍심·전한·장도번·웅불서(熊佛西)·웅식일(熊式一)·여상원(余上沅)·왕평릉(王平陵)·조단(趙丹)·정군리(鄭君里)·마언상·장민(章泯)·아영(阿英)·왕영(王瑩)·진파아(陳波兒)·이건오(李健吾)·당괴추(唐槐秋)·응운위·고중이(顧仲彝)·진백진(陳白塵) 등 91인이었다. 12월 31일 중화전국희곡계항적협회는 한구 광명(光明) 대극장에서 정식으로 성립되었다. 이 협회의 성립은 중국 희곡계가 항일민족 통일전선의 기치 아래서 단결이 되었음을 의미한다.

---

2) 張葆辛: <曹禺同志談劇作>, ≪文藝報≫ 1957年 第2期.

1938년 초, 희극학교가 중경(重慶)으로 이전을 하기 시작하였다. 조우는 희극학교의 교사와 학생들을 따라 목선(木船)을 타고 동정호(洞庭湖)를 거치고, 의창(宜昌)을 지나서 2월에 중경에 도착하였다. 희극학교는 잠시 칠성강(七星崗)에 터를 잡았다가 뒤에 북배(北碚)에 자리를 정하였다. 조우는 계속하여 희곡개론·서양희곡사·극본선독·편극방법 등의 과목을 가르쳤다. 이 불안한 마음으로 유랑을 하고 있던 생활 속에서도 그는 가슴 가득한 열정으로 항전이란 신성한 사업에 참여하였다.

항전의 필요에 적응하기 위해 더 많은 희곡 종사자들을 배양하였다. 희극학교는 1938년 여름방학 때 희곡강좌를 열고 희곡계의 유명인사들에게 강의를 청하였다. 이 때의 강사와 과목으로 여상원의 '연출술(導演術)', 양촌빈(楊村彬)의 '새로운 연기법(新演出法)', 송지적(宋之的)의 '창작 전의 준비(創作前的準備)', 하맹부(賀孟斧)의 '무대장치', 오조광(吳祖光)의 '연기자의 언어훈련과 곤란에 대한 보완(演員的語音訓練與困難補救)' 등 12강좌였다. 조우는 제일 첫 강좌에서 '편극술(編劇術)'을 강의하였다. 이 강연은 처음에는 희극학교가 편집 인쇄한 ≪전시희극총간(戰時戲劇叢刊)≫ 제2종 ≪전시희극강좌(戰時戲劇講座)≫에 실렸다가, 1940년에 중경 정중서국(正中書局)을 통해 출판이 되었다.

'편극술'은 해방전에 조우가 가졌던 희곡이론과 편극 방법에 관한 유일한 중요 발언이며, 또 그의 희곡창작 경험을 체계적으로 종합한 것이기도 하다.

조우는 편극술을 강의하기 전에 먼저 희곡 그 자체에 관해 이야기하였다. 그는 희곡이란 무대·배우·관중 세 조건에 의해 제한을 받으며, 희곡 원칙과 형식 그리고 공연방법은 모두 이 세 조건

조우의 희곡창작의 길

에 따라 각각 달라지게 된다고 인식하였다. 항전극의 편제(編制) 역시 당연히 이 세 가지 제약을 벗어나서는 안된다고 주장하였으며, 이 외에 무대환각 조성에 주의할 것을 주장하였다. 그는 "편극 기교로 관중을 감동시키는데, 우리가 근거로 하는 예술심리의 기초는 '무대환각'이다"라고 하였다. 희곡을 쓰는 사람은 또 시간과 장소의 제한에 주의해야 한다. 관중은 연극을 보는데 보통 2시간 반이나 3시간의 시간만을 참을 수 있다. 이 짧은 시간 내에 인생을 창조하려면 진실적인 인물이 있어야 하고 기승전결의 이야기가 있어야 하고 시간은 어쩔 수 없이 경제적이 되어야 한다. 관중의 주의력을 집중시키기 위해서는 역시 장소의 변동이 적은 것이 좋다. 그래서 장소도 경제적이 되지 않으면 안 된다.

조우는 이어서 편극의 다섯 단계를 설명하였다.

(1) 소재의 준비. 그는 주장하기를 소재는 평소에 부단하게 수집을 해야 하며, 심지어는 준비한 것을 분류 정리해야 한다고 하였다. 희곡 종사자는 영감을 기다려서는 안 된다. 반드시 방법을 생각해서 영감이 저절로 일어나게 하고, 때와 장소를 가리지 않고 언제나 "닭이 울어 날이 밝으려고 한다."는 일종의 그런 감각을 가지고 있어야 한다. 각종 기억이 많이 쌓이면, 이들은 곧 서로 영향을 주면서 변동을 일으킨다. 자기도 모르는 사이에 감화가 되고, 이러는 중에 생각을 건드려 때로는 영감이 막 떠오른 것처럼 황홀해지고 삶의 흥미를 주는 인물과 그림이 충만해 진다. 또 막(幕)이 차례로 눈앞에서 갑자기 펼쳐지며, 친근하고도 또 완전한 예술진실이 조금도 힘을 들이지 않고 붓끝에서 용솟음쳐 나오게 되는데, 이렇게 되기 위해서는 우선 소재가 준비되어 있어야 하는 것이다.

(2) 소재의 선택. 희곡은 시간의 제약을 받고, 소재에 있어서는

5. 항일 전쟁

통일된 인상이 있어야 하기 때문에 아무 것이나 모두 써서는 안 된다. 어떤 사람이 "희곡의 예술은 선택의 예술이다."라고 한 것에 대해 조우는 이 말을 깊이 새겨 볼 가치가 있다고 인식하여, "지금 전 민족이 항전을 위해 피를 흘리며 희생을 하고 있는데 문예작품은 더욱 시대의의를 가지고 시대를 반영하여 항전의 역량을 증가시켜야 한다."고 하였다.

주제는 극본의 중심사상으로 이는 소재를 선택하는 표준이 된다. 주제는 반드시 분명해야 하고 흐지부지 해서는 안 된다. 간단하고 분명하게 관중이 동정하는 방향으로 이끌어야 하고, 그들의 동정을 바싹 잡아 쥐고 죽어도 느슨하게 놓아서는 안 된다. 주제는 무정한 체구멍과 같은 것이라, 반드시 그것이 우리에게 주는 감각에 근거해서 모질고 대담하게 소재를 한 번 걸러서 불필요하고 부적격한 그런 소재는 버려야 한다. 이렇게 해서 써야 작품은 경제적으로 요점만 살아남게 된다.

(3) 극본의 대강에 대한 예비. 희곡은 건축하는 것이지 미사여구나 군더더기로 말을 많이 쓰는 것이 아니다. 이는 마치 건축물과 같아서 세밀하게 설계를 해야 한다. 설령 하나의 단막극을 창작하는 것이라 하더라도 배역의 등장과 퇴장에 따라 많은 장면을 나누는 것이 가장 좋으며, 어떤 장면에 누가 등장을 하고 누가 퇴장을 하며, 어떤 장면이 가장 중요하고 가장 사상을 잘 펼쳐 보여주고 있는지 등에 대해 먼저 분명하게 해 놓아야 한다. 대강에서는 장표(場表)를 만들어 놓고, 어떤 인물이 등·퇴장하며, 어떠한 사실이 발생하고 어떤 것이 중요한 말인지를 기재해야 한다. 그는 인식하기를 극본은 관중들이 점점 흥미를 일으키도록 하고, 긴장된 장면은 비교적 뒤에다 안배해야 하며, 인물의 개성이나 대화 그리

조우의 희곡창작의 길

고 동작 등등에 대해서도 대강에서 깊이 생각을 한 후에 붓을 들어야 한다고 보았다.

(4) 인물의 선택. 전형(典型)과 개성은 다소 차이가 있다. 개성은 비교적 쓰기가 어렵다. 왜냐하면 개성이란 어떤 한 인물을 같은 부류의 다른 사람과 특징이 같은 점에 신경을 써야할 뿐만 아니라 다른 점에 대해서도 관심을 써야하기 때문이다. 조우는 항전극 중에 존재하는 문제에 대해 지적하기를, "인물을 전형화 시킬 때 너무 쉽게 '관과하는' 경향이 있다. 예를 들어 항전극에서 묘사된 한간(漢奸)과 영웅은 대부분 이런 전형을 갑절로 강조한 산물이다. 이런 묘사법은 확실히 흑백이 분명해서 오해할 일은 없다. 그러나 결과를 놓고 보면 왕왕 선전은 선전 그 자체이고, 관중은 관중 그 자체가 되어버려 둘 간에는 어떤 깊은 관계를 만들지 못한다."고 하였다. 그래서 전형은 절대 너무 지나치게 과장을 해서도 안되고 더욱이 진실을 떠나서도 안 된다. 한 마디로 귀납하자면 항전극 중의 인물은 진실하고 친근해야 한다. 이런 수준의 작품을 만들기 위해서는 항전생활을 충분히 체험하고 자료를 수집하는데 따르는 각종 곤란을 두려워해서는 안 된다.

(5) 희곡을 쓰는 과정. 조우는 주로 발단과 결말, 동작과 대화, 기대와 급전(急轉) 등의 문제에 대해 이야기를 하였는데, 이들은 극본을 쓰는데 있어서의 기본적인 기교이다.

① 발단과 결말. 발단에서는 두서를 분명하게 하는데 주력해야 한다. 이야기의 두서는 너무 많아서는 안 된다. 너무 많으면 혼란을 가져오기 쉽다. 만일에 두서가 정말로 너무 많아서 자를 수가 없을 경우에는 점차적으로 소개할 방법을 생각해서 흥미롭게 소개를 하되 동작에 섞어서 소개를 해야 한다. 막이 열리고 나서 5분

도 안되어 주입식으로 관중이 알아야 할 과거 배경과 이야기의 두서도 없이 급하게 억지로 관중의 머리 속에 집어넣으려고 해서는 안 된다. 결말은 공식화해서는 안 된다. 위대한 희곡에서는 확실히 결구의 정밀함으로 멋진 결말을 만들어 사람을 감동시킨다. 결말은 성격 묘사의 깊이에 따라서 해야하며, 결말을 지울 때가 되었다고 임시 변통적으로 해서는 안 된다. 결말이 때로는 예상을 뛰어넘는 것이 되어도 좋으나 가만히 회상을 해 보아 역시 사람의 의식 중에 있어야 재미가 있게 된다. 주제를 깨우쳐주어야 한다. 이 "깨우침"이란 물론 아주 다양하게 해도 좋고, 때로는 아주 함축적일 수도 있다 .

② 동작과 대화, 기대와 급전. 동작은 인물성격을 묘사하는 가장 기본적인 방법이다. 극을 쓰는 것은 대화를 쓰는 것이 아니라, 사람과 사람간의 상호 반응하는 정신활동을 표현하는 것이다. 이런 활동을 분명하게 나타내는데는 동작보다 좋은 것이 없다. 인물의 동작은 형체를 가질 수도 있지만 또 내심으로도 가능한 것이다. 조우는 심리상의 갈등이 늘 표면적인 동작보다 더 사람을 감동시킨다고 인식하였다. 기대란 관중들이 동작을 보고싶어 하는 갈망을 일으키는 것이다. 그래서 제1막을 쓸 때는 동시에 제2막을 준비하면서 관중의 흥미를 틀어쥐고 그들로 하여금 제2막이 전개될 것을 기다리게 해야한다. 주인공에 대한 동정과 호기심을 이용하여 관중에게 좀 알려줄 수도 있지만, 그들에게 모두를 다 알려주지 않고 그들로 하여금 더욱 큰 전변(轉變)을 기다리게 해야 한다. 이런 수법을 이용하면 극을 구경하고 있는 사람들의 심리와 깊은 관계를 가지게 된다. 급전(急轉)은 관중들이 생각지도 못한 이야기의 전환이다. 이런 전환은 대부분 주인공과 관계가 깊다. 급전에는 두 종

조우의 희곡창작의 길

류가 있다. 하나는 이야기에 관한 것으로 형상에서 표현이 되고, 또 하나는 인격에 관한 것으로 이는 내심의 변동이다. 이런 정신상의 급전을 진지하게 묘사해 내면 사람들을 감동시킬 수 있다.

끝으로 조우는 모두들에게 연극을 많이 보고 극본을 많이 읽고 연극활동에 많이 참가를 하고 희곡 안의 오묘함을 많이 경험해 보기를 희망하였다. 그는 주장하기를, 가장 심오한 희곡예술이란 자기가 갈고 닦으며 탐구를 해야하는 것이라 하였다. 두문불출하고 한 두 권의 희곡 창작법을 공부하는 것으로는 우리가 위대한 항전 극본을 쓰는데 도움이 될 수 없는 것이라고 하였다.

조우의 깊고 예리한 이런 견해들은 극본을 쓰고자 하는 초보자들에게 귀한 경험을 제공해 준 것이 되었다. 이는 그가 창작을 실천함에서 얻은 진심의 말이다.

1개월 후 조우는 중경(重慶)의 남투중학(南渝中學) 아마추어 희곡 애호가들이 조직한 노조극사(怒潮劇社)의 요청에 응해 한 차례 강연을 하였는데, 제목은 '희곡 창작에 관한 문제(關于話劇的寫作問題)'였다. 이때의 강연 원고는 이미 찾기가 어렵게 되었으나 요점을 남겨놓은 자료를 보면 이 때 강연의 내용을 알 수가 있다. <노조편후(怒潮編後)>에서 이렇게 말하고 있다. "만가보 선생의 <희곡 창작에 관한 문제>는 원래 강연을 하기 위한 원고였다. 본사가 그에게 원고를 청탁했을 때 마침 선생은 희극학교(戱劇學校)의 학생모집을 주관하고 있었기에 집필할 시간이 없었다. 그래서 본사에서는 이 원고를 정리한 후 선생에게 한 번 교정을 부탁하고 본 간행물에 실은 것이다. 선생이 이야기한 모든 문제는 대단히 자세하고 이목을 끄는 주장이었다 …… " 당시 희곡 창작에 관한 문제를 아주 자세하게 이야기하여 이목을 끌었다는 편자의 말은 옳은 말이었다. 조우는 말한다. "지금 일반적으로 희곡 창작자들은 모두 일종의 공통적인 결함을 가지고 있다. 즉 창작태도가 엄숙하지 못하고 인지 능력이 부족한 점이다. 그래서 그 작품에 깊이가 없고 사람에게 친절한 맛을 느끼게 해주지 못하며 현실생활의 진상과 거리가 아주 멀다. …… 태도에 엄숙함이 부족한 중국 극작가들은 자료의 수집에 있어서도 부족한 점이 있다. 창작 자료는 수집에 있어서도 많은 노력을 기울여야 하고, 수집한 소재는 더욱 부화작용을 거쳐야 하며, 소재가 완비되었을 때 붓을 들어야 결구에 심혈을 기울일 수가 있게 되는 것이다. 문예에 종사하는 사람, 특히 희곡 창작에 종사하는 사람은 소재를 수집하는 습관을 반드시 길러야 한다."고 하였다. 강연 중에 그는 다시 한 번 강조하기를 "다른 사람이 걸었던 길을 걷지 말고, 인습을 따라 어색하게 꾸며내는 것을 피해야 하며, 인내심을 가지고 엄숙하게 각자의 길을 찾아내야 한다."고 하였다. 이런 "자세하고 이목을 끄는 주장"은 느낌으로 나온 것이기도 하지만 또 그의 경험담이기도 하다.

1937년 말 무한(武漢)에서 설립된 중화전국희극계항적협회(中華全國戱劇界抗敵協會)에서는 매년 10월 10일 연극제를 개최하자고 결정하였다. 연극제의 탄생은 무한이었으나 제1차 연극제는 무한에서 거행되지 않았다. 1938년 6월 일본군은 화중(華中)을 침략하고 무한을 요충지로 삼기 위해 25개 사단 100만 병력을 집합시켜 10월에 무한을 공격하여 점령하였다. 일본군의 전화(戰火)가 무한을 태우고 있을 때, 유명한 연극단체인 상해업여극인협회(上海業餘劇人協會)·노조극사(怒潮劇社)·사천여외극인항적극대(四川旅外劇人抗敵劇隊) 등이 연속적으로 중경에 도착하였고, 중국 영화제작소도 한구(漢口)에서 중경으로 이전을 하였다. 수많은 영화 연극계

조우의 희곡창작의 길

인사들이 산더미처럼 모여들어 아주 자연스럽게 중경은 대후방의 희곡운동의 중심지가 되었고, 제1차 연극제를 거행할 임무도 중화 전국희극계항적협회(中華全國戲劇界抗敵協會) 중경 분회(分會)가 맡게 되었다. 조우는 제국주의를 반대하는 열정을 품고 제1차 연극 제의 도래를 맞이하기 위해 1938년 여름과 가을 사이에 송지적(宋 之的)과 합작을 하여 재빨리 4막극 <전민총동원(全民總動員)>(일 명 <흑자이십팔(黑字二十八)>)을 창작해 내었다. 창작을 시작하였 을 때, 조우는 제1차 연극제 공연 위원회에서 연기자들의 명단을 얻었다. 그 중에는 당시에 유명했던 조단(趙丹)·백양(白楊)·서수 문(舒綉文)·고이이(顧而已)·시초(施超)·위학령(魏鶴齡) 등이 있 었다. 이러한 유명한 배우들을 적절하게 작품 중에 안배해 넣는 일 은 확실히 어려운 일이었다. 결과, 조우와 송지적은 이런 연기자들 을 극본에서 잘 안배함으로써 손색없는 대 수필로 만들 수 있었다.

<전민총동원>은 송지적·진황매(陳荒煤)·나봉(羅烽)·서군(舒群) 등이 1년 전에 공동으로 창작한 4막극 <총동원(總動員)>을 기초 로 하여 다시 창작한 것이었다. 극본은 ≪전시희극총서(戰時戲劇 叢書)4≫로 하여 중경 정중서국(正中書局)에 의해 1940년 3월에 단행본으로 출판이 되었다.

초판본 <흑자이십팔>에는 서문이 있는데, 여기서는 극본이 전국 제1차 연극제를 기념하기 위해 쓰여졌다는 설명이 있으며, 연극제 공연 때에는 <전민총동원>이란 제목으로 하였다. 극본은 원래 <총 동원>에 근거를 하여 각색을 하려고 하였으나 이렇게 하면 원작과 정신을 통일시키기 어렵다는 생각에 다시 새롭게 창작을 하기로 결정한 것이다. 그러나 "인정해야 할 것은 <흑자이십팔>과 <총동 원> 둘 간에는 불가분의 혈연적 관계를 가지고 있다." 서문에서는

이에 대한 설명뿐만 아니라 첫번째로 공연한 연기자들의 명단을
덧붙여 놓았다.

<전민총동원>의 창작은 주로 당시 전민 총동원의 구호에 부합되
고, 일본 침략자들의 몽상을 일깨워주기 위한 것이었기 때문에 "한
간을 숙청하고, 적으로 변한 후방을 전선(前線)으로 삼으며, 전 인
민을 동원하여 항전에 복역하도록 하는"3) 것이 작품의 주제였다.
극본의 내용은 이러하다. 제1막에서는 한 항적(抗敵) 구국 단체가
유능하고 노련한 사람들을 조직하여 적에게 잠입해 들어가 공작을
펼치려고 하는데, 애국청년 하매진(夏邁進)이 여기에 참가하여 적
후방으로 가기를 원하게 된다. 하매진의 누나 풍리(馮莉)는 전선의
전사들이 입을 겨울옷을 준비하는 자선회에 가려고 하는 내용을
묘사하고 있다. 제2막에서는 매국노 심수인(沈樹仁)이 일본 간첩
흑자이십팔에게 포섭이 되어, 이 구국단체의 중요한 문서를 훔쳐오
라는 명령을 받은 후, 암전(暗轉)을 이용해 그가 이미 임무를 완성
하는 것으로 바뀐다. 당시 하매진 등은 이미 적 점령구에 잠입해
들어갔으나 일본군들의 엄밀한 봉쇄로 인해 도중에 수많은 곤란을
겪는다. 경걸(耿杰)이 문서가 도난 당하였음을 발견하고 하매진과
관계가 있을 것이라고 의심을 한 나머지 급히 그를 뒤쫓는 내용을
묘사하고 있다. 제3막에서는 겨울옷을 모집하는 자선회가 한참 진
행되고 있을 때, 흑자이십팔이 전기공으로 위장하여 갑자기 무대
뒤에 나타난다. 그는 심수인을 시켜서 진짜 폭탄으로 가짜 폭탄을
몰래 바꾸어 놓게 하고, 항일 장교 손장군을 살해하려고 음모를 하
는데, 다행히 구국단체 영수인 등풍자(鄧瘋子)가 이 음모를 간파하

---

3) 曹禺·宋之的: <黑字二十八·序>, ≪黑字二十八≫, 正中書局 1940
   年 8月版.

조우의 희곡창작의 길

고 당장에 심수인을 체포하는 내용을 적고 있다. 제4막에서는 출정하는 장사병들을 환송하는 열렬한 장면을 묘사하고, 또 흑자이십팔이 장사병을 환송하는 대회를 기회로 삼아 항일 군정 영수인물을 암살하려는 음모를 등풍자가 지혜롭게 장악하는 모습을 그리고 있다. 마지막에 등풍자는 흑자이십팔을 체포하고 심수인은 자살을 하며, 적들이 꾸민 음모는 완전히 실패하는 것으로 끝을 맺는다. <전민총동원>은 이렇게 간첩을 반대하고, 매국노를 반대하는 강한 투쟁을 둘러싸고 등풍자를 중심으로 한 애국청년과 항일 장교를 찬송하고, 한간 매국노를 편달하였다. 특히 일본 간첩 흑자이십팔의 졸렬한 여러 행동들을 통해 항전을 미명으로 취생몽사(醉生夢死)하는 그런 무리들을 풍자하였다. 극본에서는 항전현실을 긴밀하게 결합시키고, 전방의 장사병들을 위해 겨울옷을 모으는 자선회를 통해 무대정경과 현실생활·무대인물과 현실인물이 아주 잘 융화가 되었으며, 연극 속에서 연극을 함으로써 무대의 아래와 위가 하나로 혼연일체 되는 아주 좋은 공연효과를 얻을 수 있었다. 그러나 극본을 비교적 급히 썼던 탓에 그 결점도 상당히 뚜렷하게 나타났다. 예컨대 현실을 반영함에 깊이가 부족하였고, 스토리와 등장인물이 너무 많아 두서가 번잡하고 결구가 느슨하였으며, 인물형상이 단조롭고, 진지하게 사람을 감동시킬 수 있는 예술적 역량이 결핍된 점 등등이 그 일례라 할 수 있다.

<전민총동원>은 중국영화제작소·상해업여극인협회·국립희극학교 및 노후극사(怒吼劇社) 등에 의해 연합 공연이 이루어졌는데, 공연에 참가한 인원이 무려 200명에 달하였다. 이 극은 장도번·여상원·조우·송지적·응운위 등에 의해 연출단이 조성되었고, 응운위가 연출집행을 맡았다. 진영경(陳永倞)이 무대설계를, 주금명

(朱今明)이 조명을, 임덕요(任德耀)가 배경을 맡았다. 배역진은 아주 대규모였다. 조단(趙丹)이 특공대장 등풍자로 분장하고, 고이이가 일본간첩 흑자이십팔로 분장하고, 시초(施超)가 매국노 심수인으로, 백양(白楊)이 허영을 좋아하는 풍리로, 서수문(舒綉文)이 견강한 팽랑(彭朗)으로, 위학령(魏鶴齡)이 풍진(馮震)으로, 왕위일(王爲一)이 진운보(陳雲甫)로, 장도번·여상원이 각각 손장군과 수위영감 호장유(胡長有)로 분장하였다. 유후생(劉厚生)·경진(耿震)·채양(蔡驤)·하치안(何治安) 등도 모두 극중의 배역을 맡았다. 조우는 후봉원(侯鳳元) 배역을 맡았다. 옹운위는 조우의 연기에 대해 찬탄을 아끼지 않았다. "역시 만가보는 많은 경험이 있었기에 아주 세심한 것에까지도 문제를 잘 찾아내어 관중들을 꽉 장악하였다."고 하였다. 공연 중 가장 관중을 흥미롭게 한 것은 등풍자와 심수인이 싸우는 장면이었다. 조단이 맡은 등풍자는 일부러 멍청한 척 하고 히죽거리며 변덕이 심한 모습의 연기를 보여주었는데 이는 그의 독특한 특징이었다. 그의 연기는 시초(施超)가 맡은 심수인이 도둑이 제발 저려하는 모습과 강하다고 긍지를 가지고 교활하고 음험한 연기와 아주 뚜렷한 대조를 보였다. 매국노가 폭탄으로 항일영웅 손장군을 폭사시키려고 할 때 관중들은 모두 긴장하여 숨을 죽였고, 등풍자가 날쌔고 재치 있게 폭탄을 빼앗았을 때 관중들은 또 열렬한 박수로 답함으로써 극장의 분위기는 아주 크게 달아올랐다.

<전민총동원>은 10월 15일부터 연습을 시작하여 10월 29일에 중경 국태(國泰) 대극장에서 정식으로 공연이 되었다. 당시 중경의 관중은 아직 연극을 보는 것에 그다지 습관이 되어있지 않았다. 이전에는 연극을 하면 한 두 번 하고 말았으나 <전민총동원>은

조우의 희곡창작의 길

연속 일곱 차례나 하였다. 중경의 한 신문에서는 다음과 같은 표제로 이 공연을 보도하였다. "연극계의 공전의 성황, 아름답고 원만한 <총동원>. 관중들이 붐벼서 국태(國泰)가 터져 나가다." 기사 중에는 또 "이 연극 공연은 중경에 있는 모든 연극인들이 단체로 참가하여 중국 연극사상 이전에 볼 수 없었던 성황을 이루었고, 관중들이 붐빈 것도 국태에서는 이전에 없었던 기록을 세웠다고 할 수 있다."고 하였다. 이 극의 공연은 장장 4시간이 걸렸고, 관중들은 극에 몰입되어 도중에 퇴장하는 사람이 없었다. 이 역시 중경에서 전대미문의 일이었다. 공연 티켓은 30전·60전·1원·1원 50전으로 구분이 되어 있었는데, 이런 입장료는 당시 상당히 비싼 것이었다. 또 한 장에 50원하는 영예권(榮譽券)이 한 장 있었는데, 이 영예권을 포함하여 모든 예매표는 공연 하루 전에 다 예매가 되었다. 일곱 차례 공연한 입장료는 무려 10,964원에 달했다. 이 공연은 겨울옷 기부를 위해 약간의 힘이 되어 주었다. 여기에서 우리는 또 관중들의 항전에 대한 열정과 연극에 대한 흥미가 어떠했는지를 알 수 가 있다.

<전민총동원>의 성공적인 공연은 전 인민이 항전에 참가하도록 하는 1차적인 교육이 되었고, 또 중경에 남아있는 연극계가 일차적으로 단결하여 승리한 대 화합의 장이 되기도 하였다. 이 극이 공연되고 나서 각계 인사들은 강렬한 반응을 보였다. 당시 중경의 ≪신화일보(新華日報)≫·≪시사신보(時事新報)≫·≪국민일보(國民日報)≫·≪중앙일보(中央日報)≫ 등은 모두 이에 대한 소식과 평론을 분분히 발표하면서 극본·연출·연기자 등 여러 방면에서 얻은 성과를 높이 평가하였고, 결점에 대해서도 타당한 의견을 많이 내 놓았다.

이해 겨울, 조우는 중경에서 처음으로 주은래(周恩來)를 만났다. 이에 대해 그는 아주 정겨운 기억을 가지고 있다. "증가암(曾家岩)에 도착하여, 나는 어떤 사람 ― 즉 주은래의 비서 장영(張穎) ― 의 인도를 받아 자그마한 집으로 들어가서 총리의 빛나는 눈동자를 보게 되었는데, 국통구(國統區)는 음침했으나 주선생이 머무르는 곳은 햇빛이 있어 아주 밝았다. 한참 이야기를 하고 있는데 방공경보가 울렸고, 총리는 나와 함께 산으로 올라가자고 하였다. 우리가 산봉우리에 올랐을 때 일본 제국주의의 비행기는 이미 산성을 향해 수많은 폭탄올 투하하였고 짙은 연기가 피어올랐다. 이런 도살을 대하고 나는 마음이 우울하여 말을 더 이상 하지 못하고 총리만 바라보고 있었다. 총리의 얼굴은 분개하여 준엄한 모습을 보였다. 그는 불빛이 피어오르는 곳을 가리키며 일본 제국주의의 잔혹함을 통렬하게 비난하면서 나에게 말하기를 중국의 아들딸들은 반드시 일치단결하고 분기하여 일본에 대항해야 한다고 하였다. 당시 중경에 있을 때는 반격의 총성을 듣지 못했었지만, 총리의 말은 나에게 강한 힘으로 전달되었다. 나는 공산당이 강건하게 끝까지 항전할 것이라는 믿음이 들었다. 그때부터 나는 당에 가까워졌다."4) "내가 일생동안 창작의 길을 걸을 때 총리가 나에게 준 영향은 아주 컸다. 예를 들어 항일민주사상, 즉 왜 항일을 해야 하는지, 누구를 위해 항일을 해야 하는지, 최후에 중국은 어떤 사회를 건립해야 하는지, 총리는 모두 우리들에게 이야기를 해 주었던 것이다."5) 이 회견 이후 조우와 주은래는 서로 만나는 기회가 상

---

4) 曹禺: <獻給周總理的八十誕辰>, ≪北京文藝≫ 1978年 第3期.
5) 陸文璧: <曹禺訪問記>, ≪中國當代文學研究資料·曹禺專集≫, 海峽文藝出版社.

조우의 희곡창작의 길

당히 많아졌다.

항전기간, 조우는 중국 공산당과 인민의 관심과 보살핌을 받았던 한편, 또 한편으로는 국민당 특무의 엄밀한 감시를 받았다. 그가 막 중경 산성으로 오자, 유대립(由戴笠)이 통솔하고 있던 국민당 위술(衛戌) 총사령부 검열처가 그를 주목하였다. 그들은 중경 통원문(通遠門) 밖의 한 작은 푸줏간을 거점으로 사용하면서 조우의 행동에 대해 장기적인 감시하고 미행하였다. 당시 검열처 처장을 맡고 있던 심취(沈醉)도 이 곳을 살펴보고 갔다.6)

항일전쟁의 용광로 안에서, 중국 공산당과 주은래의 영향 아래서 조우는 각종 어려움을 극복하고, 각종 장애를 극복하면서 투쟁 중에서 생존할 수 있었고, 투쟁 중에서 전진할 수 있었다. 그의 사상과 창작은 앞으로 공전의 새로운 특색과 새로운 모습으로 우리에게 보여줄 수 있게 되었다.

---

6) 沈醉: ≪軍統內幕≫ 第93쪽 參考.

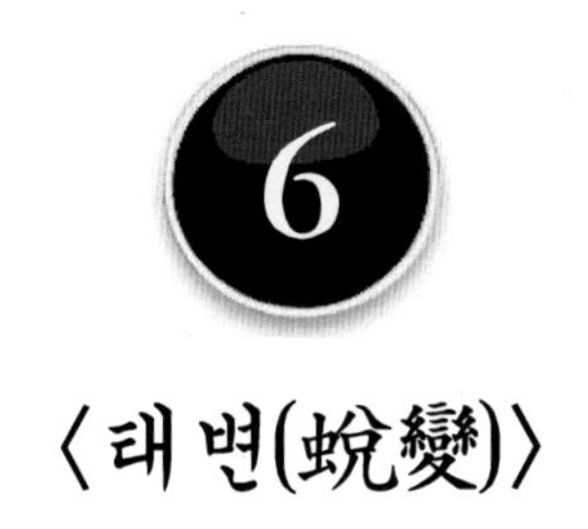

〈태변(蛻變)〉

1939년 4월, 일본군 비행기가 산성을 폭격하자 희극학교는 다시 명령에 따라 사천성 남쪽에 있는 강안현성(江安縣城)으로 분산 이전하였다. 학교는 성원리(城垣里)의 문묘내에 장소를 정하고, 조우는 성동원(城東垣)의 내려(迺廬)에 거주하였다. 강안현은 양자강 강가에 있는 작고 외진 성(城)으로, 중경에서 상당히 멀었고 또 수로로만 통할 수 있는 곳이었다. 그곳은 상당히 세상 소식 등을 쉽게 전해들을 수가 없는 불편한 곳이었다. 희극학교의 이전(移轉)은 고성(古城)에 사는 정직하고 무던하며 순박하고 성실한 촌민들에게는 무척이나 경이로운 일이었다. 그들은 자기들의 세계 속에 이런 서양식 학당이 있으리라고는 거의 믿을 수가 없었다. 남녀를 불문하고 젊은 아이들이 하루 내내 함께 어울려 교과서도 없이 수업을 하였으니 그들이 보기에는 이것은 바로 기적이었다. 고성의 환경은 아주 열악하였고 생활은 아주 고생스러웠다. 전등도 없고 수돗물도 없고 거리는 더럽고 냄새를 풍기며 파리들이 들끓고 쥐들이 득실거렸다. 조우의 생활 역시 어려웠다. 옷은 몇 년 동안 한 번도 산 적이 없어 늘 낡은 회색 두루마기를 입고 있었다. 안전(眼前)의 인간답지 못한 생활 속에서 그는 한없이 괴로워하였고 고민하였다. 그는 새로운 세상이 빨리 도래하지 않음이 원망스러웠다. 이에 그는 계속 만강의 열정을 가지고 항전을 위해 바쁘게 뛰면서 외치고 부르짖었다.

창작을 하고 연출을 맡고 공연을 하는 외에, 그는 거의 모든 정력을 학생 배양에 쏟았다. 조우의 강의는 그 자신의 인간됨됨이와 같이 진지하였다. 강의를 할 때는 자신의 작품은 거론하지 않았으

조우의 희곡창작의 길

며, 다른 사람의 작품을 비평하지도 않았다. 심지어는 학생들의 이름까지도 직접 부르지 않고 앞에 "미스터"를 붙여서 불렀으며, 학생들이 문제를 제기하면 그는 언제나 상세하게 설명을 하면서 질문한 사람이 완전히 이해할 때까지 설명해 주었다. 그의 수업은 듣기 싫어하는 사람이 한 사람도 없었다. 그가 맡았던 과목은 '희곡개론'·'서양희곡사'·'극본선독'·'편극술' 등이었다. 전교생들이 가장 듣기 좋아했던 과목은 그의 '극본선독'이었다. 그는 <햄릿>이나 <인형의 집>과 같은 유명한 작품들만 강의를 한 것이 아니라 그리 유명하지 않은 작품들도 강의하였다. 예를 들어 고올스화스의 <쟁강(爭强)>과 같은 작품은 결코 최고의 극본은 아니었으나 그가 강의를 시작하면 심도 있고 정확하며 주도면밀하게 분석을 함으로써 듣는 사람으로 하여금 모두 심취하게 하였다. 그는 수업을 하는 것이 마치 연극을 하는 듯 하였다. 그는 풍부한 감정과 서로 다른 음조로 각기 다른 배역의 대사를 읽었고, 사람을 감동시키는 구절로 각 인물의 영혼을 말해 주었고, 깊은 이해로 작중 인물의 개성 발전과 변화를 말해 주었다. 특히 극본의 스토리를 이야기할 때는 강의를 듣는 모든 사람들을 끌고 그가 말하려는 세계와 생활 가운데로 데리고 들어감으로써 수많은 사람들의 마음이 하나가 되게 하여 극중 인물과 같이 괴로워하고, 같이 방종하며, 같이 웃고, 같이 우울해 하며, 같이 슬퍼하였다. 수업 중에는 쥐 죽은 듯 조용하여 약한 탄식마저도 모든 수강자들의 심금을 울렸다. 사람들은 그의 강의를 즐겨 들으면서 그의 작품도 읽었다. 왕왕 이틀 동안 명작 하나를 자세히 읽으면 사람을 감동시킬 수 있는 정절(情節)은 겨우 한 두 대목이었고, 두 세 구절의 유명한 대사를 찾을 수 있었으나, 위대한 작품의 정수를 깊이 있게 이해하기란 쉽지가 않았다. 그러나 그의 한 두 마디의 자세한 설명을 통해서 깊이 있게 인식을 할 수 있었다.

이 해 늦여름, 조우는 서남연대(西南聯大) 문일다(聞一多) 교수의 요청에 따라 곤명(昆明) 국방극사(國防劇社)로 가서 <원야>와 <흑자이십팔>을 연출하였다. 곤명에 도착한 후, 그는 중화전국희곡계항적협회(中華全國戲劇界抗敵協會) 이사 신분으로 이 협회 곤명분회가 열어준 환영회에서, 모든 시(市)의 연극인들이 단결하여 한 마음으로 항전을 위해 복무하자고 호소하였다. 이후, 그는 곤명의 예사(藝師) 희곡과 졸업생들이 마련한 좌담회에서 연극인들이 중화민족의 생존을 위해 항전에 적극적으로 참가할 것을 더욱 강조하였다. 그는 또 연습을 하던 막간을 이용하여 곤명 연극계 인사들과 폭넓은 활동을 하였다. 예컨대 금마극사(金馬劇社)에 가서 그들의 활동에 참가하였고, 예사(藝師) 교우들이 공연한 <추수마통(抽水馬桶)>을 관람하였으며, 이 극을 감독한 진예원(陳豫源)과 솔직한 의견을 나누기도 하였다.

곤명의 국방극사(國防劇社)는 연기자들이 없는 유명무실한 조직이었다. <원야>의 연기자들은 대부분 서남연대 극단·예사 희곡과 인원들이었다. <흑자이십팔>의 연기자들은 비교적 많은 연극인들과 연합하였다. <원야>는 조우가 연출을 맡고, 문일다와 뇌규원(雷圭元)이 무대설계를 맡았으며, 봉자(鳳子)가 금자를, 이문위(李文偉)가 초대성을, 왕우(汪雨)가 구호를, 번균(樊筠)이 초모를, 황실(黃實)이 바보를, 손육당(孫毓棠)이 상오 배역을 맡았다. ≪흑자이십팔≫의 연출은 조우·진예원·봉자·손육당·왕동단(王東旦) 등이 맡되, 조우가 연출집행을 맡았다. 풍자가 풍리로, 조우와 관미여(關媚如)가 양홍복으로, 손육당이 등풍자로, 진예원이 하매진으

로, 마금량(馬金良)이 심수인으로, 사희상(謝熙湘)이 흑자이십팔로,
왕동단(王東旦)이 손장군으로 분장을 하였다. 극 전체 배우들이 무
려 마흔 두 사람이나 되었으며, 기타 배역들은 대부분 연대(聯大)·
예사(藝師)·금마극사의 인원들이 분장을 하였다. 연습은 장춘로(長
春路) 아집지(雅集池)에서 진행하였다. 조우의 태도는 엄숙하면서
도 상냥하고 친절하였다. 몸동작을 설정할 때 그는 연기자들이 재
빨리 배역으로 들어갈 수 있도록 유도하는 한편, 부단히 시범 연
기를 보여주는 것이 일사불란하여 결코 흐트러짐이 없었다. <흑자
이십팔> 중에 심수인이 양흥복의 입을 치는 동작이 있는데 심수인
으로 분장한 마금량이 연습을 할 때 늘 머뭇거리며 양흥복으로 분
장한 조우의 얼굴을 때리지 못하였다. 조우는 이에 불만이었다. 그
는 다시 연기자들이 배역 안으로 들어가서 진실적인 감정을 표현
할 수 있기를 요구하였다. 마금량은 마침내 진지하게 조우의 뺨을
힘껏 한 대 갈겼다. 너무나 세게 때려서 조우의 잇몸에서 피가 났
고, 이에 마금량은 놀람과 불안으로 몸을 사렸으나, 조우는 오히려
만족하며 웃었다. <원야>를 연습하는 과정에서는 문일다와 조우는
서로 협조를 하자고 약속을 하였다. 문일다는 유명한 시인이었을
뿐만 아니라, 또 무대예술의 전문가였다. 그는 무대배경이 연기를
떠나서 독립적으로 표현이 되어서는 안 된다는 것을 원칙으로 삼
고, 알 듯 모를 듯하게 어떤 추상적 요소를 가미시켰으며, 조명의
변화에 따른 초점 투시로 대 삼림의 음산하고 무섭고 신비한 분위
기를 잘 표현해 내어 극본의 내재적 의식을 강화시켰고, 연기환경
이 부각되도록 하여 관중의 뜨거운 정서를 불러일으키고자 하였다.
당시 이런 무대미술 설계는 비교적 새로운 것이었다.
　　두 작품의 연습은 3주일이 걸렸다. 먼저 <원야>를 공연하고 뒤

6. 〈태변(蛻變)〉

에 <흑자이십팔>을 공연하였다. <원야>는 8월 14일부터 신전(新
滇) 극장에서 공연을 하고, 24일이 되어서는 바꾸어 <흑자이십팔>
을 공연하였다. 관중의 요청으로 <원야>는 9월 4일부터 다시 3일
을 재연하였다. 공연은 곤명을 뒤흔들어 놓았다. 티켓은 불티나게
팔려 금방 동이 나고, 적지 않은 관중은 입구만 바라보고 한탄만
하는 수밖에 없었다. 하루는 어떤 관중이 표를 사지 못해 입구의
검표원과 입싸움을 하다가 검표원이 관중에게 손찌검을 하였다.
이 사건은 조우의 마음을 편치 못하게 하였다. 그는 눈물을 머금
고 관중에게 사과를 하였고, 또 직접 매표 담당자와 협의하여 관
중의 티켓문제를 해결해 주었다. 공연은 성공적이었다. 이교(李喬)
는 <운남일보(雲南日報)>에 문장을 발표하여 말하기를, <원야>의
공연은 운남 연극운동 중 3대 이정표 중의 하나(기타 둘은 <공작
담(孔雀膽)>과 <청궁외사(淸宮外史)>)라고 하였다.

　조우는 곤명에서 다시 강안으로 돌아온 후, <지금 생각중(正在
想)>을 쓰기에 착수하였다. 이는 멕시코 극작가 훼스비나·니글리
의 <붉은 털의 산양(紅絲絨的山羊)>의 줄거리에 근거하여 각색한
단막 희곡이다.

　<지금 생각중>의 내용은 이러하다. 골계희를 공연하는 마가반
(馬家班)이 장사가 잘 되지 않자, 책임자인 노와과(老窩瓜)는 생각
을 바꾸어 연극을 공연하기로 결정하였다. 그의 아내 소첨과(小甛
瓜)와 아들 소독자(小禿子)를 모두 연기자로 충당시킨 후, 막 앞에
서 하루 종일 징과 북을 치면서 노래를 하였다. 원래는 손님을 끌
어들이는 노개아(老蓋兒)가 이런 일을 계속 해왔다. 노와과의 원래
생각은 연극을 하게되면 크게 돈을 벌 수 있을 것으로 생각하였
다. 그래서 공연을 하는 당일에 수많은 박수부대 관중을 청해왔다.

조우의 희곡창작의 길

땅을 관할하는 이보장(李保長)까지도 그의 모친·딸·아들을 데리고 왔다. 그러나 골계희를 하던 팀이 그들에게 생소한 연극을 하게 되었으니 그 결과가 어떠했을지 상상이 된다. 그는 임시적으로 합합소(哈哈笑)를 시켜 대사가 막힐 때 대사를 불러주게 해 놓고 노와과 자기가 만든 <개량>과 <평귀회요(平貴回窰)>를 연기해 보였는데, 그 결과는 물론 엉망이 되고 말았다. 끝내는 소란이 일어나기 시작하여 관중들은 다 빠져나가고 말았다. 소첨과가 마음이 답답하여 노와과에게 좋은 레파토리가 없느냐고 묻자, 노와과는 크게 외쳤다. "독자 엄마, 나에게 있어, 있다구 …… 나에게 좋은 것이 있다구." 소첨과가 손을 허리에 얹고 "어디 있어요?"라고 묻자 노와과는 어찌할 방법이 없어서 유머스럽게 "나, 나, 나 지금 생각하고 있다구." 라고 대답하였다.

<지금 생각중>은 비록 외국극본을 각색한 것이었지만, 중화민족의 생활특징이 풍부하게 가미되었다. 마가반 책임자의 고뇌와 생각 중에는 중국인의 생활과 기질, 그리고 정신 등이 서려있다. 이 것으로만 봐도 조우가 창작에 임하는 진지하고 엄숙한 태도를 볼 수 있다. 조우가 각색을 한 목적은 정치에서 요술을 부리는 국민당 당권자를 조롱 풍자하기 위한 것이었다. 이 극은 희극학교 학생들에 의해 1939년 10월에 공연이 되었는데, 조우가 직접 연출을 맡았다. 다음해 9월, 상해극예사가 이 단막극을 공연하였다. 연출은 황좌림(黃佐臨)이 맡고 이건오(李健吾)가 노와과를, 하하(夏霞)가 소첨과를, 한비(韓非)가 소독자를 맡았다. 당시의 관중들은 이렇게 연극무대가 있고, 징과 북이 있고, 노래가 있어 떠들썩한 장면이 연출되는 것을 본 적이 드물었다. 특히 막이 내렸다가 바로 다시 막이 열리고, 또 음악에 따라 맞춰 연기자들이 일제히 춤을

추는 이런 공연 양식은 사람들에게 일종의 신기하고 활발한 느낌을 주었던 것이다. 무대 위의 인물들은 무려 20여 명이나 되었다. 비록 무대 위에 무대가 있었지만 공연을 할 때 관중들은 결코 혼동하지 않았다. 여기서 조우가 무대공간을 타파한 시도가 성공하였음을 알 수 있다.

같은 해 10월 <지금 생각중>은 문화생활출판사에 의해 단행본으로 출판되었다.

강안의 생활은 아주 어려웠다. 쥐가 야단을 부려서 조우는 불안에 떨었다. 심지어는 수업을 하고 창작을 하는데까지도 큰 영향을 주었다. 1939년 겨울 어느 오후, 조우는 학생들에게 입센의 <인형의 집>을 가르치면서 아주 흥이 올라 막 노라가 떠나는 장면의 고조를 얘기하려다가 갑자기 멈춰버렸다. 그는 부자연스럽게 면 도포 속으로 손을 넣어 가슴을 만졌다가 다시 등을 만지면서 얼굴에는 근심의 구름이 덮인 채 어쩔 줄을 몰라하고 있었다. 학생들이 보기에 그는 분명 몸이 불편한 것 같은데 도대체 무슨 일이 일어났는지를 분명하게 알 수가 없었다. 조우는 다시 자기를 가누지 못하다가 교실을 박차고 나갔다. 단숨에 교무처로 달려들어가 도포를 벗어 땅에다 던지자, 쥐가 한 마리 그 도포 안에서 뛰쳐나와 도망을 쳤다. 이는 아마도 그날 날씨가 너무 추워 구멍난 도포 속으로 쥐가 따뜻한 곳을 찾아 들어간 것이 이렇게 된 모양이었다. 쥐와 관계되는 이야기가 또 하나 있다. <태변>을 다 쓰고 얼마지 않아 조우는 대단한 정력으로 역사극을 한 편 창작할 준비를 하고 있었다. <삼인행(三人行)>이란 제목을 정해놓고 송조(宋朝) 남도(南渡)의 중요한 세 인물 고종(高宗)·악비(岳飛)·진회(秦檜) 간의 미묘한 관계를 쓰고자 한 것이었다. 악비를 제재로 한 극작은

조우의 희곡창작의 길

사실 적지 않았지만 대부분 모든 죄악을 간상(奸相) 진회에게로만 돌렸다. 조우의 <삼인행>은 이와 달랐다. 이 작품에서는 고종·악비·진회 사이의 관계를 중점적으로 묘사하되 이를 통해 이 시대의 역사적 진실을 반영하고자 한 것이다. 만일 이 작품이 창작되어 나왔더라면 옛날의 선입관을 씻고 새로운 길이 열렸을 것이다. 그런데 애석하게도 조우는 이것을 써내지 못했다. 그 원인은 쥐가 난동을 부린 것과 직접적인 관계가 있다. 그는 <삼인행>을 쓰기 위해 적지 않은 노력을 기울여 많은 소재들을 다 적어 두었다. 그런데 누가 알았으랴. 얼마의 시간이 지난 뒤 서랍을 열어보았더니 그 필사본은 쥐에게 씹혀서 산산조각이 나 있었다. 이 일은 그의 마음을 아프게 하였고, 그 흥미는 완전히 쥐에 의해 교란되고 말았다. 이로부터 쥐의 형상은 그의 머리 속에 깊이 자리를 잡았다. 뒤에 그가 <북경인>을 창작할 때 쥐를 아주 교묘하게 작품 속에서 묘사했는데, 이는 그의 쥐에 대한 혐오스러움을 표시한 것이다.

쥐는 확실히 사람에게 혐오를 느끼게 하지만 미친 듯이 날뛰던 일본 침략자는 더욱 사람에게 증오를 느끼게 하였다. 노예가 되기를 거부하는 중화민족은 중국공산당의 영도 하에 만민이 한마음으로 단결하여 새로운 만리장성을 쌓으면서 일본 제국주의의 침략에 항격하였다. 항전은 중국정치·경제·군사·문화에 대한 한 차례 시련이었고, 더욱이 고로(古老)한 중화민족의 민족정신에 대한 시련이었다. 항전시기, 민족갈등의 상승이 주요갈등이 됨에 따라 중화민족 전통 중의 적극적 요소는 발양이 되기를 기다리고 있었고, 소극적 요소는 항전의 장애가 되었다. 강대하고 흉악한 적 앞에서 중국은 이전의 어떠한 역사 시기보다 더욱 민족정신을 진작시킬 필요성을 가졌다. 정직한 모든 애국 인사들은 모두 이 문제에 대

6. 〈태변(蛻變)〉

해 첨예함과 긴박함을 느꼈고, 예민하고 충동적인 애국작가 · 시인 · 극작가들은 이를 위해 더욱 조급해 하면서 붓으로 민족정신을 진작시키기 위해 외치고 노래하였다. 항전 초기의 이런 시대적 열기 가운데 조우가 중화민족에게 바친 것은 4막극 <태변(蛻變)>이었다.

1939년 여름 그는 거의 일만(一萬) 자에 가까운 <태변>의 줄거리를 다 쓴 다음 초가을에 <태변>을 완성하였다. 전하는 바에 의하면 <태변>을 창작하는 기간 아내인 정수가 그의 건강을 돌보면서 창작하는 시간을 제한하였다고 한다. 그러나 그에 대한 이런 관심은 감내하기 힘든 거였다. 왜냐하면 작가는 기계가 아니기 때문에 글 쓰는 것이 순조로울 때는 붓을 놓을 수가 없었다. 조우는 치밀하게 글을 쓰기 위해 아예 아내 정수를 처가로 보내버렸다. 그는 모든 손님을 사절하고 하루내 방에 앉아서 글을 쓰면서 거의 한 달 동안 두문불출하였다. <태변>이 완성되자, 그는 원고를 희극학교로 가져갔다. 그는 마치 해산을 하여 처음으로 자기 아들을 안은 엄마처럼 얼굴에는 기쁨으로 충만해 있었고 너무나 기뻐서 거의 눈물을 흘릴 것 같았다. 이는 승리의 기쁨이었다. 왜냐하면 그는 작품으로 공산당에 대한 찬미를 표현하였고, 작품으로 민족정신을 진작시켰기 때문이었다.

<태변>은 조우가 불현듯 영감이 떠올라서 쓴 산물이 아니라 진실적인 현실생활을 기초로 하여 쓴 것이다. 그는 전쟁이 중국이라는 이 비옥하면서도 또 척박한 토지에 가져다 준 거대한 재난과, 동시에 또 중국인에게 한 바탕의 피와 불의 세례를 가져다 준 현실을 목도하였다. "7 · 7 사변" 직후, 그는 천진에 있으면서 하동(河東)이 일본군 비행기에 폭격을 받아 난장판이 되고 그 순간 죽

조우의 희곡창작의 길

은 시체가 길거리에 깔린 차마 눈뜨고 볼 수 없는 처참한 광경을
직접 목도하였다. 일본 비행기가 중경을 폭격하자 번화한 가도는
삽시간에 불바다로 변하고 말았다. 그의 마음 속에는 일종의 말로
표현할 수 없는 민족 의분(義憤)이 일었다. 그는 또 수많은 인민들
의 애국열정의 고무를 받았고, 그들 몸에 일고 있는 민족정신을 보
았다. 천진에서 그는 보통의 한 군중이 훤한 대낮에 분을 참지 못
해 일본 침략자를 구타하는 용감한 행위를 보았다. 천진에서 홍콩
으로 가는 영국 배에 탄 그는 남녀노소 가릴 것 없이 모두가 다
<의용군진행곡(義勇軍進行曲)>·<송화강 위에서(松花江上)> 등의
애국가곡을 부르며, 이제 막 말을 할 줄 아는 어린 아이까지도 노
래를 하고 있어서 어린애의 심령에도 항일구국의 씨앗이 파종되어
있음을 보았다. 희극학교에는 수많은 유명 애국 예술가와 교수들이
모여 있었다. 그들은 편안한 생활도 다 포기하고 항일의 전쟁에 투
입이 되었다. 황좌림(黃佐臨)·단니(丹尼) 부부와 장준상(張駿祥)
이 바로 그랬다. 황좌림과 단니 부부는 상해에서의 화원이 있는 편
안한 양옥집도 마다하고 중경으로 와서 음침하고 습기 찬 지하실
에 살고 있었고, 또 그들은 결혼반지까지도 항전을 위해 바쳤다.
장준상은 특별히 미국에서 돌아와 항전에 참가하였으며, 강안의 작
은 현성(縣城)에 사는 것도 감지덕지하며 쥐꼬리만한 봉급을 받는
것에 대해서도 조금도 원망하지 않았다. 이런 지식분자들의 애국적
열정은 조우를 아주 감동시켰다. 앞에서 우리는 이미 조우가 장사
에서 서특립(徐特立)의 "항전필승, 일본필패" 강연을 듣고, 근무병
에게 서특립의 사적에 대해 이야기를 들었던 것이 극작가에게 깊
은 감명을 주었으며, 서특립은 "정말 대단하다", "이런 노인을 내
가 작품으로 쓰지 않으면 안되겠다"는 결심을 하게 되었다는 것을

6. 〈태변(蛻變)〉

이야기하였다. 동시에 또 국민당 정부의 수많은 기관들이 부패하고 부상병 병원이 혼란한 상태에 있는 것을 보고 그는 절실한 느낌이 있었다. 일부 기관에서는 부패가 하나의 풍조를 형성하고 있었고, 높고 낮은 관원들은 모두 정당하지 못한 행동을 하고 있었다. 항전 은 마치 그들과는 아무런 관계도 없는 듯 생각하며 오직 항전을 명분으로 한 몫 챙기려고만 생각하였다. 전선의 전황은 사람을 의 기소침하게 하였으며, 국민당은 이 삼일만에 하나의 성시(城市)를 잃었다. 그는 장사(長沙)에서 적지 않은 부상병 병원을 참관한 적 이 있었는데, 그 내부 상황은 참으로 사람을 화나게 하였다. 강안 현 희극학교 부근의 한 부상병 병원의 상황 역시 이와 같았다. 극 작가는 이런 생활에 대한 복잡한 체험들을 모두 그의 예술창작 가 운데 융화를 시킴으로써 <태변>이 탄생되었다.

　<태변>은 조우가 항전기간에 현실과 연관을 시켜 창작한 작품 으로, 이는 그가 민족혁명 전쟁의 위대한 현실에 고무를 받으며 그의 창작도로에서 견실한 일보를 내디뎠음을 의미한다. 항전형세 의 급격한 변동과 불결하기 이를 데 없는 국통구의 혼란한 국면은 그의 마음 속에 깊은 인상으로 남았다. 위대한 항일 열기, 특히 중 국 공산당의 항일 주장과 행동은 그에게 미래에 대한 승리의 믿음 을 충만하게 해 주었다. 그래서 이때에 와서야 그는 <태변>에서와 같이 그렇게 자기의 극작에서 직접적으로 현실주의 정치과제와 관 련을 시킬 수 있었고, 또 <태변>에서와 같이 그렇게 솔직하게 자 기 극작 중에 자기의 정치이상과 희망을 표현할 수 있게 되었다고 할 수 있다. <태변>과 같은 이런 극본의 출현은 항전기간에 하나 의 훌륭한 작품으로 손색이 없었다. 홍심(洪深)은 "만일 우리가 십 대(十大) 필독 항전극본을 추천한다고 하면 ― 스스로 숫자에 제

한을 두어 열 작품을 초과하지 않게 한다면" — 그는 <태변>이
그 중의 한 작품이라고 밝혔다.[1]

파금이 <태변>을 보고 고무를 받아 아주 흥분하여 열정적으로
찬미를 하였다. 그는 말한다. "내가 등사한 극본을 가지런히 펼쳐
놓고, 곤명 서성각의 전등불 아래서 단숨에 <태변>을 다 읽었다.
나는 밤이 깊은 줄도 잊고 피곤함도 잊어버렸으며, 마음에 쾌락이
충만하였다. 나의 눈앞에 불빛이 반짝이고 있을 때 작자는 확실히
우리에게 희망을 가져다주었다."고 하였다. 그는 또 "<뇌우>가 나
를 이렇게 감동시키더니, <일출>과 <원야>가 또 그랬다. 지금 <태
변>을 읽고 나는 또 눈물이 솟는 것을 금할 수가 없었다. 그러나
나의 이 눈물 속에는 이미 슬픔의 성분은 없었다. 이 극본은 나의
영혼을 틀어쥐었다. 나는 감동을 받았고 나는 부끄러웠고 나는 감
격하였다. 나는 큰 희망을 보고 커다란 용기를 얻었다."[2]고 하였
다. 하연(夏衍)은 중국 만세극단(萬歲劇團)이 공연한 것을 보고 그
날 저녁 붓을 들어 글을 썼다. 그는 <태변>에 대해 칭찬하여 말하
기를 "극본이 좋고, 연출이 좋고, 연기자가 좋아 만족스럽게 보았
으니, 당연히 좋다고 말해야 할 것이다."[3]라고 하였다.

이렇게 훌륭한 극본에 대해 국민당 당국은 오히려 각종 방해를
하면서 애초부터 이를 말살시켜 버리려고 기도하였다.

<태변>이 완성된 후 조우와 희극학교의 사생(師生)들은 수정과
함께 인쇄를 하면서 연습을 하였다. 장준상이 연출을 맡고, 채송령
(蔡松齡)이 양공앙(梁公仰)을, 심울덕(沈蔚德)이 정(丁)의사를, 교

---

1) 洪深: <抗戰十年來中國戲劇運動和敎育>, ≪洪深文集≫ 第4卷.
2) 巴金: <蛻變·後記>, ≪蛻變≫ 文化生活出版社 1941年版.
3) 夏衍: <觀'蛻變'>, ≪夏衍雜文隨筆錄≫.

문채(喬文彩)가 마등과(馬登科)를, 방관덕(方琯德)이 정창(丁昌)을,
심양(沈揚)이 어린 부상병을, 여은(呂恩)이 "위조직"(僞組織) 배역
을 맡았다. 근 1개월간에 걸쳐 긴장된 연습을 마치고 나자 모든
준비에 가닥이 잡혔다. 조우는 연극팀을 데리고 몇 척의 작은 목
선을 타고 강을 따라 내려가 중경에 도착, <태변>을 공연하였다.
당시의 중경에는 진보적인 문예계·희곡계 인사들이 빈번한 활동
을 하면서 항일선전에 전력을 쏟음으로써 인민들에게 크게 환영을
받고 있었다. 그러나 국민당 중의 완고파들은 암중에 계속 매국적
투항을 하며 항전극의 공연에 대해 방해공작을 펼쳤다. 특히 조우
와 같은 이런 극작가에 대해서 그들은 밤고양이 같은 눈으로 주야
를 가리지 않고 호시탐탐 곁에서 감시를 하고 있었다. 그의 <태
변>은 극본과 공연, 이중의 심사를 받아야만 했다.

극본 심사기관의 남자들은 위의 책임자에게 종합보고를 한 후,
먼저 고육수(顧毓琇)가 조우에게 연락을 하더니, 그 뒤 반공전(潘
公展)이 나타나 조우와 면담을 하였다. 반공전은 조우에게 장개석
이 제기한 네 가지 문제를 전달하였다. 네 가지 문제란 첫째, 극본
에서 반복해서 "항전필승"을 제기하고 있는 그 책은 도대체 무슨
책인가? 둘째, 국가의 병원이면 왜 위원장의 사진을 걸지 않았는
가? 셋째, 극본 중에는 왜 공산당의 노래 "유격대의 노래(遊擊隊
之歌)"를 불러야 하는가? 넷째, 왜 극이 끝나기 전 정의사의 손에
붉은 깃발을 들게 했는가? 하는 등등이었다. 이러한 문제에 대해
조우는 하나하나 잘 받아주었다. 예컨대 사진을 거는 문제에 대해
조우는 그 병원은 걸기를 원하지 않았기 때문에 어쩔 방법이 없다
고 이야기를 했고, 결말 부분에서 깃발을 흔드는 문제에 대해 조
우는 오해라고 말하였다. 이는 어린 부상병이 정의사 아들에게 준

조우의 희곡창작의 길

작은 배두렁이로써, 북방에서는 이 배두렁이를 모두 붉은 베로 만들며, 결말에서 이대대장 등이 출발하는 것을 정의사가 환송할 때 약간의 표시를 하기 위해 그 배두렁이를 흔든 것이라고 하였다. 마지막에 조우는 예의를 차리지 않고 반공전에게 물었다. "위원장은 단지 싸움하는 그런 일이나 알 뿐이고, 희곡을 쓰는 것은 그래도 우리가 전문가이니까 이런 일은 우리들 스스로가 알아서 하게 내버려두시오." 라고 하였다. 공연을 해서 항일선전 목적을 쟁취하기 위해 조우는 극본을 약간 고쳤다. 즉 "성립 부상병 병원"이라고 한 것을 "국가로부터 보조를 받는 개인병원"이라고 고쳤다. 이렇게 하여 극본은 심사에서 어렵게 통과되었다.

극본 심사가 있은 후 이어서 공연 심사가 있었다. 심사를 맡은 남자들은 합동심사를 한다며 거드름을 피웠지만, 연기자들은 오히려 그들의 체면을 봐주지 않았다. 공연을 해 보일 때 배경도 없이 화장도 하지 않았으며, 연기자들은 표정도 짓지 않고 단지 대사만 외우면서 등·퇴장을 했을 뿐이었다. 그러자 극적 분위기도 나지 않았고 극의 정서도 없었으며, 더욱이 무슨 예술적 상상이나 감정의 교류는 말할 나위도 없었다. 있는 것이라곤 단지 충만한 분노와 반항심뿐이었다.

어려운 노력과 투쟁 끝에 <태변>은 마침내 중경에서 공연이 되었다. 이 작품은 관중의 열렬한 환영을 받았고, 공연효과도 아주 좋았다. 그 후, 적지 않은 전문극단에서는 계속해서 공연을 하였다. 1941년 10월 10일, <태변>은 고간극단(苦干劇團) 창단공연으로 황좌림의 연출에 의해 "고도(孤島)"였던 상해의 잡이등(卡爾登) 대극장에서 처음으로 공연이 되었다. 매일 낮과 밤 두 차례씩 공연을 하여 연속 35일을 계속하였는데, 매번 빈 좌석이 없었다. 뒤

6. 〈태변(蛻變)〉

에 상해 공공조계공부국(公共租界工部局)에 의해 금연을 당했다. "제일 첫 번째 공연에서는 극장을 가득 메운 애국열정의 고조로 대사가 우레와 같은 박수소리 때문에 끊어지곤 하였다. 극이 끝나고 연속하여 세 번이나 앵콜 요청에 응하였고, 수많은 연기자와 스탭들은 모두 무대 뒤에서 흥분되어 눈물을 흘렸다. <태변>의 공연은 1개월 동안 계속되다가 11월 12일 손중산(孫中山) 선생의 탄신일이 되자 관중의 애국열정은 새로운 고조를 보여 주었다. 결말에서 극중 인물 정의사가 항일전사들을 향해 연설을 할 때 '중국 중국, 너는 반드시 강해야만 된다'고 말을 하자 극장의 1층 정면의 일등석에서 애국 구호가 터져 나왔다. 그러자 일시에 전 극장은 들끓기 시작하여 막이 내리고 나서도 관중들은 끝없이 박수를 치며 극장을 떠나려고 하지 않았다. 이런 형세는 당연히 조계 당국의 주목을 불러일으키지 않을 수 없었다. 다음날이 되자 공부국(工部局)에서는 <태변>에 대해 금연 조치를 취하였다."4) 이것으로 보아, <태변>의 발표와 공연은 확실히 인민들의 열렬한 항전열정을 고무해 주었음을 알 수 있다.

1942년 가을에는 중국 만세극단(萬歲劇團)이 <태변>을 공연하였다. 사동산(史東山)이 연출을 맡고, 도금(陶金)이 양공앙, 서수문(舒綉文)이 정의사, 손견백(孫堅白)이 황서당, 장만평(章曼苹)이 "위조직", 진천국(陳天國)이 마등과, 대호(戴浩)가 양공앙, 강촌(江村)이 공추평, 황신(黃晨)이 하제여, 전열(田烈)이 범홍규, 전천리(錢千里)가 진병충, 전침(田琛)이 진중의, 유리(劉犁)가 정창 배역을 맡았다. 연출 역시 성공하였다. 12월 28일 ≪신화일보(新華日報)≫에서는 특별히 특별란을 마련하여 평가를 하였다. "편집자의

---

4) 柯靈·楊英梧: <回憶"苦干">, ≪中國話劇運動五十年史料集≫.

조우의 희곡창작의 길

말"에서는 "<태변>의 공연이 거의 보편적인 찬미를 불러 일으켰기 때문에 오늘의 편폭은 거의 전부를 이 극에다 바치기로 하였다 …… "고 하였다. 평론에서는 극본과 공연이 모두 성공을 거둔 것에 대해 높이 평가하면서 조우가 창작 도로에서 견실한 일보를 전진시켰다고 칭찬하였다. 욱빙(郁冰)은 문장에서 지적하기를 "다섯 시간이나 되는 긴 시간 동안 공연을 하면서도 시종일관 관중들의 정서를 바싹 틀어쥐었는데, 이는 정말 쉬운 일이 아니었다. 그날 <태변>을 보는 사람 중 중간에 빠져나간 사람이 하나도 없었는데, 이것으로 보아서도 이번 공연이 잘 되었다는 것을 증명한다."고 하였다. 방현(方玄)의 문장에서는 <태변>이 기교 면에서 성공한 것에 대해 충분히 긍정을 하며 다음과 같이 말하였다. "첫째로, 구성이 빈틈없고 두서가 분명하여서 한 작품에서 32명의 인물이 등장을 하였는데도 질서가 있고 조리가 있어 조금도 눈이 어지럽다는 느낌이 들지 않았고, 또 스토리가 점점 발전이 되어감에도 절대 모호해지지 않았다. 예컨대 제3막의 그렇게 복잡한 장면에서도 사람들이 마치 베틀 북이 드나들 듯이 빈번하게 등·퇴장을 했지만, 줄거리가 분명하였고, 정의사가 제8구급소로 온 이 소절에서의 그 발전 역시 아주 단계가 분명하였다. 먼저 반격의 소식이 있고, 그 다음에 제8구급소의 전화가 있고, 다시 사종대의 보고가 있고, 정의사가 세 시간이나 지각을 한 일 등등이 완전히 부각되었다. 둘째로, 인물의 생동적인 면과 각 인물의 성격이 다 그들 자신의 출신·신분과 일치되는 점이다. 약한 자를 업신여기고 강한 자를 두려워하며, 비굴하게 남에게 아첨을 하고 사실을 과장하는 공추평, 노련하고 믿음이 강했으며 조심하고 신중하여 각 방면에 빈틈이 없는 황서당, 잘난 체 하고 윗사람에게는 아첨을 하고 아랫사람에게는 가혹한 미등과, 엄숙하고 확실하였으며 근무를 제일로 삼고 악을 원수처럼 미워하는 정의사, 심지어 호쾌하면서 우락부락한 이 철천까지 한 사람도 생생하지 않은 인물이 없었다. 셋째는 언어의 자연스러움이다. 어떤 말이나 다 말을 하는 그 사람이 자기의 언어를 가진 점인데, 가장 좋았던 것은 어린 나팔수의 '장명백세(長命百歲)' 축사는 정말로 진짜와 꼭 같았다. 인물의 실제와 같은 모습은 모두 이런 자연스런 언어 속에서 표현이 되어 나왔다."

어쨌든, <태변>의 운명은 역시 사람을 감개무량하게 하였다. 조우가 고육수·반공전 내지는 장개석의 책망을 감당해 내었고, 반동세력의 극본·공연에 대한 이중적 포위를 잘 감당해 내면서 <태변>을 독자와 관중에게 바친 이 점은 얼마나 귀하고 강한 민족정신인가? 그러나 훗날의 일부 평론가와 문학사가들은 이런 역사사실과 이 극이 당시에 미쳤던 중대한 영향 등을 등한시하고 <태변>에 대해 공정하지 못한 평가를 내림으로써 조우로 하여금 억울한 누명을 쓰게 하였던 것이다. 해방 후 30여 년 동안 <태변>을 공연한 극단은 하나도 없었고, 평론 문장 역시 매우 드물었다. 중국 공산당의 11차 3중전회(中全會) 이후, 상황은 비로소 호전되어 <태변>에 대한 의론이 많아지기 시작하였다. 항일전쟁 승리 40주년을 기념하기 위하여 "무계예술절(霧季藝術節)"에 중경시 연극단이 1985년 이를 무대화하였는데, 이것이 중화인민공화국 성립 후, <태변>의 최초 공연이었다.

일부 평론가와 문학사가들의 <태변>에 대한 의견은 대부분 정의사와 양전원 이 두 주요 예술형상에 집중하고 있다. 그들은 인식하기를 극본에서 소조한 정의사·양전원 이 두 인물형상에는 현실기초가 없어서, "정의사는 결점이라고는 눈곱만큼도 없는 완전

조우의 희곡창작의 길

히 새로운 신인으로, 그의 마음은 언제나 부상병에게 있었기 때문에 독자와 관중은 자연히 이런 인물을 아주 경애하며 그녀가 성공을 할 수 있기를 희망한다.”5) 그녀는 “단지 고통이나 어려움을 참고 견디며 사는 한 홀어머니이며, 부상병을 잘 보살피는 인자한 여성이며, 외로운 한 여성이다.” 그녀는 “사람들이 배울 대상이나 모범으로 삼기에는 부족하다.”6) 양공앙과 같은 “이런 현명한 신관리는 당시 국통구에서 존재할 수 없는 인물이다.” “이 양전원은 비록 형상이라는 모습을 가지기는 하였으나, 하나의 성격이라고 하기보다는 차라리 하나의 권력의 화신이라고 말하는 것이 좋을 것이다.”7)라고 하였다.

우리는 우선 이런 평론의 시비를 평론하지 말자. 중요한 것은 정의사·양전원 형상 자체가 우리에게 무엇을 제공해 주고 있는지를 연구해 보자.

<태변>은 실제로 정반(正反) 두 방면의 인물형상을 통해 국가와 사회가 구태를 벗고 새롭게 변화하는 모습을 반영한 동시에 민족정신이 어떤 면에서 새롭게 변신하는가를 표명하였다. 진중선·마등과·“위조직”, 그리고 공추평·황서당 등은 조우가 항전 초기 대후방의 지하 도랑에서 건져낸 한 무더기의 오물이자 쓰레기로서, 그들은 민족정신의 부정적 성분이다. 중국이 위급 존망의 위기에 처했을 때, 모든 정직한 중국인들은 이런 부정적 성분에 대해 더욱 절실한 아픔을 가지고 있었다. 조우는 참을 수가 없어서 정의사가 노하여 크게 호통치는 입을 빌어 다음과 같이 말하였다. “나

---

5) 王瑤: ≪中國新文學史稿≫下册, 新文藝出版社 1954年版.

6) 劉綬松: ≪中國新文學史初稿≫下卷, 作家出版社 1956年版.

7) 胡風: <在混亂裏面·‘蛻變’一解>, 王瑤의 ≪中國新文學史稿≫下册, 新文化出版社 1954年版에서 재인용.

는 지금 바로 일종의 혈청을 발명하여 당신들 모든 사람들의 혈관
에 넣어서 당신들 마음 속의 독즙, '게으른' 독, '느린' 독, '뻔뻔
스런' 독, '이기적인' 독, '지나치게 총명한' 독, '무책임한' 독을
모두 깨끗이 씻어버리고 싶다. 그러면 항전의 앞길에 어떤 방법이
있게 될 것이다." 민족정신이 빨리 구태를 벗고 새롭게 태어나기
를 갈망하는 심정에 얼마나 가슴아파 하고 얼마나 조급해 하는가!
이는 바로 조우의 "오사" 신문학에 대한 빛나는 전통의 계승이요
발양이다. 정의사·양전원 등은 바로 민족정신 중의 부정적 독소
를 씻어내는 신선한 혈청이다. 정의사의 귀한 점은 바로 그녀의
심령 깊은 곳에 찬란한 광점(光點)이 있다는 것과, 민족정신 중의
적극 성분이 불타고 있다는 점이다. 그녀는 진공형(進攻型)의 지식
분자이며, 자기의 맡은 바 직책에서 항전을 이행하기 위해 노력하
며 생활 중에 잡초처럼 생겨난 독균에 대해서는 원수처럼 증오하
였다. 어려운 생활, 열악한 환경, 복잡하고 과중한 업무는 그녀를
숨도 못 쉬게 억눌렀다. 그 역시 곤핍(困乏)함을 느끼고 심지어는
의기소침해지기도 하였다. 그러나 일종의 민족 자존심과 자신감,
일종의 말로 표현 못할 민족 의분은 그녀를 고무하였고, 이에 그
녀는 마침내 퇴보하지 않고 아들 정창에게서 또 부상병에게서 역
량을 얻어 구태를 떨치고 자아정신의 새로운 변신을 실현하였다.
이는 전통적인 민족정신 중의 긍정적인 성분과 무관한 것이 아니
다. 이 인물이 우리로 하여금 더욱 눈물을 재촉하게 하는 것은 인
도주의로 충만한 그런 희생정신이다. 챙기는 것은 아주 적고 공헌
은 극히 많은 이런 점은 중화민족, 특히 이 민족 부녀자들이 가지
고 있는 흠모할 품격인 것이다. <태변>은 어떤 면에서 중화민족의
숭고한 모성에 대한 찬가라 할 수 있을 것이다. 정의사는 자기를

조우의 희곡창작의 길

조국의 딸이라고 생각하였고, 부상병들도 그녀를 자기들의 엄마로 여겼다. 이 평범하면서도 위대한 어머니는 딸로서의 뜨거운 열정을 가졌고, 더욱 어머니로서의 부드러운 정을 가지고 있었다. 이는 바로 그녀가 부상당한 아들의 수술을 다 마치고 군중들 앞에서 고백한 바와 같다. "지금 나의 아이는 평안해졌어요. …… 오분 전만 해도 나의 마음속에는 이런 생각이 들었어요. 만일 나의 아들이 다시 좋아지기만 하면 나는 다시는 내 곁을 떠나게 하지 않을 것이고, 다시는 그가 전선으로 가는 것을 막을 것이며, 다시는 여러분을 따라가서 사경을 헤매게 하지 않겠다고 말에요. 왜냐하면 하나의 작은 생명이 태어나면서부터 장성할 때까지 낮이나 밤이나 때도 없이 엄마에게 고난을 준다는 생각이 들었기 때문이에요. 어머니의 마음이란 이렇게 이기적이랍니다." 아니다. 정의사는 이기적인 것이 아니다. 뛰어나와 그에게 고별을 하려는 사병들 앞에서 그녀의 아들을 조국인 어머니에게 바치겠다고 선포를 했을 때라든가, 또 그가 "우리 서로 사랑하며 살아갑시다."라고 열렬히 외쳤을 때라든가, 또 사병들이 정을 금치 못하고 그녀를 향해 "정의사 만세"를 외쳤을 때, 우리는 한 줄기 뜨거운 피가 목구멍으로 솟구쳐 오르며, 우리의 눈시울이 뜨거워지는 것을 느낀다. 그녀의 몸에서 우리는 민족 정신의 새로운 광점을 발견할 수 있는데, 이 새로운 광점이란 바로 시대의 하사품이요, 항전의 선물인 것이다. 정의사에 대해 "결점이라고는 하나도 없는 완전한 새로운 신인"이니, "단지 고통이나 어려움을 참고 견디며 사는 한 홀어머니"니, "외로운 한 여성"이니 하는 평론에 동의할 방법이 없다.

항전이라는 이런 잔혹하고 오랜 전쟁에서 모든 민족은 거대한 정신적 지주가 필요하였다. 이런 역량은 전통적인 민족 정신에서

섭취하는 것으로는 부족했고 일종의 참신한 사상의 주입이 필요했으며, 또 민족정신 중의 이런 고실에 대해서는 일종의 강내한 정신적 충격파가 있어야 비로소 훼멸을 시킬 수가 있었던 것이다. 생활 자체는 바로 조우를 이렇게 게시한 것이다. 그는 서특립을 모델로 하여 우리를 위해 하나의 창조정신으로 "새로운 관리" ― 양공앙 ― 를 소조해 내었던 것이다. 양공앙의 사사로움이 없고 두려움이 없으며, 호쾌하고 견결하며, 치밀하고 과감하며 생각이 깊고 집착력이 강한 그의 성격에서 우리는 일종의 전통적이면서도 또 비전통적인 뭔가가 있음을 느낄 수가 있다. 그는 몸에서 일종의 참신한 정신을 발산하였다. 그는 바로 중국 현대 문학사에서 자주 보이는 새로운 형상이 결코 아니다. 이런 형상이 예술적으로 아주 매끄럽게 그려지지 못했고, 또 어떤 면에서 개념화가 되기는 했지만, 동시기에 출현한 수많은 작품 중에 나타난 인물들과 비교를 해 볼 때, 이것은 그래도 성공한 것이었다. 오늘, 이 인물이 체현해 낸 공평무사하며 강한 개혁정신에는 역시 모종의 현실적 의의를 가지고 있다고 하겠다. 그래서 이렇게 분투하는 참신한 정신을 가진 신인형상이 항전초기에 무대에 출현함으로써 많은 사람들에게 모든 열정을 여기에 경주하게 하였던 것이다.

조우가 <태변>의 결점을 이야기 할 때, 이 극본은 "깊이가 없게 쓰여졌다."고 솔직하게 인정을 하였다. 이는 비교적 객관적인 자평이었다. 중국 역사의 발전은 민족정신의 태변(蛻變)을 의미하며, 첨예하고 격렬하고 복잡한 투쟁을 의미한다. 조우는 민족정신이 구태를 벗고 새롭게 변신하기를 강력하게 희망하면서 이를 표현하고자 했다는 것을 우리가 느낄 수 있다. 하지만 마음대로 되지는 않았다. 조우는 복잡한 생활 묘사를 너무 간단하게 처리하고,

조우의 희곡창작의 길

인물 묘사 방면에서도 개념화 현상을 보였다. 소재 측면에서 볼 때, <태변>은 조우가 극을 쓰기에 가장 적합한 소재가 결코 아니었다. 항전의 선풍이 조우를 생활 격류로 몰아갔을 때, 그를 맞이해 주었던 것은 전부가 시시각각 변화하고 있는 사람들이요 사건들이었다. 이런 사람에 대해서 조우가 이해할 수 있는 정도는 그가 주복원·번의·진백로 등과 같은 그런 인물에 비해 비교가 되지 않을 정도로 얕았다. 이것이 또 <태변>을 "깊이 없이 쓰게 한" 중요한 원인이 되었다.

　<태변>이 깊이 없이 쓰여지기는 하였지만, 그래도 중국 연극사에서는 중요한 지위를 가지고 있다. <태변> 중에 넘치고 있는 열정과 이상이 사람들에게 희망과 용기를 주고 있다는 것은 조우가 그의 창작의 도로에서 견실한 한 걸음을 더 내딛고, 그의 창작 시야가 더욱 넓어졌음을 반영하고 있는 것이다.

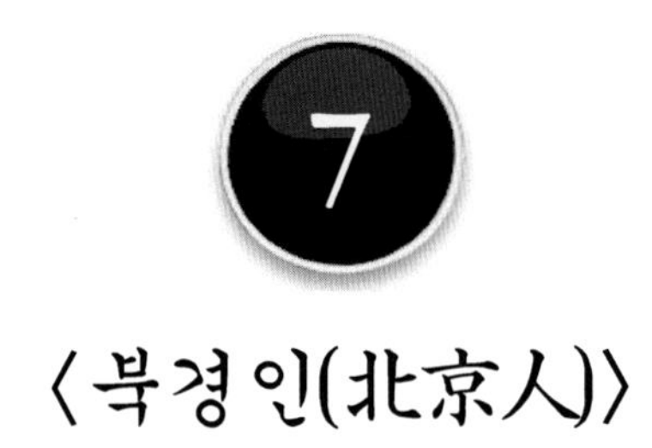

7

〈북경인(北京人)〉

　1940년 3월 25일, 제3차 중화전국문예협회이사 재선에서 조우가 이사로 뽑혔다. 7월, 국립희극학교(國立戲劇學校)는 이름을 바꿔 국립희극전과학교(國立戲劇專科學校)라 하고, 중등전문학교 과정에서 고등전문학교 과정으로 바꾸었으며, 조우는 계속하여 교무주임을 맡았다. 12월, 파금이 곤명(昆明)에서 중경(重慶)으로 조우를 보러 왔다가, 조우의 집에서 6일을 머물렀다. 그들은 매일 밤 방을 같이 쓰면서 하나의 책상을 사이에 두고 앉아 희미한 석유등을 바라보면서 아홉시, 열시까지 이야기를 나누곤 하였다. 조우는 파금에게 <북경인>의 구상과 소설 <가>를 희곡으로 각색할 의사를 밝혔고 파금은 조우에게 <태변>을 ≪조우희곡집≫에 포함시킬 계획을 이야기하였다.

　<태변> 공연의 어려운 역경을 통해 조우는 자기가 상상했던 것보다 현실생활이 너무나 엉망임을 깨닫게 되었다. 국민당이 추진하던 문화전제정책과 진보희곡에 대한 박해는 그로 하여금 항전극까지도 쓸 수 없게 하였다. 그는 시대의 고민을 깊이 체험하였다. 엄혹한 현실 앞에서 그는 북방에서 행복한 생활을 위해 투쟁하고 있는 사람들이 있다는 것을 더욱 분명하게 보았다. 그들은 중화(中華)의 불빛이었고 민족의 희망이었다. 조우는 그들이 있기에 "고난은 반드시 지나갈 것이며 미래에는 반드시 광명이 있을 것"으로 굳게 믿었다. 그러나 그는 이들에 대하여 아직 깊은 이해가 없었기 때문에 그들을 자기의 묘사를 통해 무대의 주인으로 만들 방법이 없었다. 이에 그는 시야를 항전 전의 현실로 돌렸다. 이는 어쩔 수 없는 하나의 선택이었고, 또 당시의 조건 하에서의 유일한 선

택이었다. 1940년 가을 조우는 강안에서 부패한 봉건가정이 붕괴하는 제재의 3막극 <북경인>을 창작하였다.

조우는 아주 열정적인 청년이었다. <북경인> 창작 중, 그는 완성시킨 한 단락 한 단락을 극전(劇專)의 젊은이들에게 읽어주면서 그들의 의견을 듣고 수정을 하는데 참고를 하였다. 방관덕(方琯德)의 기억에 따르면, 그 때 강안(江安)에는 아직 전깃불도 없어서 조우는 등잔불 아래서 책상 가득 원고지를 펼쳐놓고 있었으며, 창밖에는 오동나무에 가을비가 내리고 있었다. 그는 가장 진지한 심정으로 젊은이들에게 극중의 주인공 소방(愫方)의 선량함을 털어놓고 이야기하였고, 생명력이 충만한 고대인류의 자연을 향한 투쟁을 되새기면서 당시의 현실투쟁에 대하여 충만한 희망을 가지고 있었다. 젊은이들은 아무 것에도 구애됨이 없이 바닥에 앉기도 하고 의자에 걸치기도 한 채 그의 이야기를 들었는데, 그들의 모든 심령들은 극본의 예술매력에 정복이 되었고, 이 때 가을비는 극중의 정경(情境)과 같이 끊임없이 깊은 밤을 적셨다. 그 누구도 그날 밤 조우의 그 감개에 찬 눈빛을 잊을 수가 없을 것이다. 그 때 그는 병이 나 있었지만, 그 환하게 빛나던 기색에서 우리는 이미 극본의 스토리와 그 자신이 광명을 갈망하고 있음을 알 수가 있었다. 이런 기억은 조우가 <북경인>을 창작하던 시기의 정경을 진실적으로 밝힌 것으로, 조우는 완전하게 예술의 천지 속에 뛰어들어 있었다.

<북경인>은 1940년 깊은 가을에 완성하여 10월 홍콩의 ≪대공보(大公報)≫에 연재를 하기 시작하였다. 10월 24일 중앙청년극사(中央靑年劇社)가 중경(重慶) 항건예당(抗建禮堂)에서 처음으로 공연을 하였고, 12월 중경문화생활출판사가 단행본으로 출판을 하였다.

<북경인>은 최초공연에서 크게 성공을 하였다. 장준상(張駿祥)이 연출을 맡고, 양촌빈(楊村彬)이 무대감독을 맡았다. 연기자로는 장서방(張瑞芳)이 소방(愫方)을, 강촌(江村)이 증문청(曾文淸)을, 경진(耿震)이 강태(江泰)를, 심양(沈揚)이 증호(曾皓)를, 조온여(趙蘊如)가 사의(思懿)를, 여은(呂恩)이 서정(瑞貞)으로 각각 분장하였다. ≪신화일보≫에서는 이 극의 공연을 다음과 같이 광고하였다.

"체홉의 작풍으로 고로(古老)한 사회에 대해 최후의 만가(輓歌)를 노래하고, 사실주의 수법으로 소멸되어 가는 폐허 속에서 신생의 광명을 그려내다."

조우의 필하에서 모든 인물들의 성격은 아주 선명하게 묘사가 되었다. 그의 희곡을 무대화하고 극중 인물의 말을 무대언어화 하는데는 아주 조예 깊은 연출가와 표현력이 뛰어난 연기자가 없이는 무대화하기가 어렵다. 장준상은 <북경인>의 인물들이 상당히 잘 조화를 이루어 마치 한 곡의 교향악이 무대에서 조화롭게 연주되는 것처럼 지휘를 하였다. 그는 모든 연기자들이 극중 인물의 심리를 표현하는 과정에서, 또 시간과 속도를 파악함에 있어서 모두 극본의 전체적인 리듬에 따를 것을 요구하였고, 각 연기자들이 전체의 리듬 아래서 자신의 동작을 표현할 것을 요구하였다. 예컨대 경진이 맡은 강태는 공연시 비교적 빠른 리듬감을 가지게 하였다. 왜냐하면 강태는 처갓집에서 살면서 하루 내내 불평불만이나 하는 데릴사위이기 때문이었다. 그는 뜻을 펴지 못해 우울하였으며, 늘 세파에 시달렸으나 북경에 맛있는 음식이 뭐가 있는지나 생각하고 있었다. 그래서 그가 등장을 하면 곧 가라앉은 모든 분위기는 완전히 변해버렸다. 또 장서분이 맡은 소방은 공연시 아주 느린 리듬감을 가지게 하였다. 천천히 걷고 천천히 움직이며, 천천

조우의 희곡창작의 길

히 말하고 천천히 보았다. 문청을 볼 때도 곧바로 상대방에게 몸을 돌리지 않고 그를 볼 생각을 하면서 천천히 눈을 들었다. 이는 인물감정과 성격으로부터 출발한 외부표현이었다. 제3막 제1경의 가장 마지막 장면에서 소방은 문청이 집을 나갔으니 반드시 그 자신의 생활을 찾을 것이고 그렇지 않으면 돌아올 리가 없을 것이라고 생각하였다. 그녀는 침묵의 심령으로 그가 남기고 간 글씨와 그림, 비둘기 그리고 그가 지금까지 가까이 지냈던 사람들을 사랑하였다. 그녀가 서정이 곧 낳게 될 작은 생명을 위해 기뻐하고 있을 때, 멀리서는 간간이 부대로 돌아가는 나팔소리가 들려왔다. 이 나팔소리는 바람을 따라 공중에서 적막하게 울려 퍼졌고, 이 처량한 소리는 소방의 고독하고 처량한 눈물을 재촉하였으며, 이에 순결한 여성의 감정은 승화되어 정점에 이르렀다. 이 때 문청이 돌아온 것이다. 문청은 문 입구에서 낡은 두루마기를 입고 겨드랑이에는 두 축의 그림을 끼고 초췌하고 피로한 기색으로 서 있었다. 이 낭패스럽기 그지없는 장면은 서정을 너무나 놀라게 하였다. 그래서 그녀는 몽마에 시달리기라도 하듯 아무런 소리도 낼 수가 없었다. 소방은 감히 뒤돌아보지도 못하고 멍청하게 그 자리에 고정이 되고 말았다. 문청은 그 천 근이나 되는 걸음을 떼면서 고개를 숙이고 내실로 들어갔다. 소방 자신이 지어놓은 신기루가 마지막으로 허물어지는 순간, 무대의 막도 눈물을 삼키는 중에 조용히 내렸다. 이때는 무대 아래위를 막론하고 쥐죽은듯이 조용하여 가벼운 한숨 소리마저도 다 들을 수가 있었다. 이러한 공연은 소방의 감정과 성격 특징에 완전히 부합이 되어 관중과 공명이 잘 되었다.

<북경인>의 초연에서는 연극 영화계의 인사들을 초청했었는데 여기서 모든 사람들에게 한결같은 중시를 받음과 동시에 대단한

반향을 불러 일으켰다. 그 후 중경에서는 수많은 사람들이 앞을 다투어 관극을 원하였다. 이에 1941년 12월 30일 ≪신화일보≫에서는 "중앙청년극사가 <북경인>을 공연하였는데, 연일 관중들이 붐벼 이 극사에서는 30일부터 항전예당에서 계속하여 공연을 하기로 결정하였다"고 보도를 하였다. 다음해 1월 27일에는 또 "조우의 <북경인>을 31일부터 청년극사가 항건예당에서 다시 공연을 한다."고 보도를 하였다. 공연의 횟수와 장기공연은 중국 현대희곡사에서 아주 보기 드문 일이었다. 이로부터 극본과 공연의 효과가 얼마나 좋았었는지 그 일면을 알 수가 있다.

주목할 만한 것은 <북경인> 초연 후, 관중들에게 호평을 받았을 뿐만 아니라 또 ≪신화일보≫로부터 높은 평가를 받았다. 이 신문의 제1판에서는 저명 사인(詞人) 유아자(柳亞子)의 찬미시 <'북경인'예찬>을 실었다.

낡은 사회는 이미 붕괴되고
새로운 세계가 일어서려네!
오직 너, 위대한 북경인아,
조상의 영광을 이어받아 시대의 미래를 펼치고 있구나.

무너진 대가정, 이미 피할 수 없는 막바지에 직면했는데!
노망한 백발옹, 아직도 진부한 관에 연연하고 있구나!
수다쟁이 잘난 여자나 자살한 나약한 장부, 모두가 구사회의 소인배를 표현한 것들.
오직 너 위대한 북경인아,
한 줄기 힘, 한 줄기 빛으로 시대의 미래를 잉태하고 있구나!

다정한 아가씨여, 과거의 비애를 깨끗이 씻어버려라!
압박 당하는 며느리여, 예교의 범위를 깨뜨려 버리고,

조우의 희곡창작의 길

너, 위대한 북경인을 따를지어다!
광명의 앞길을 가리키면서 시대의 미래로 잘 떠나라.

　이는 시로 쓴 극평으로써, <북경인>의 주제를 풍부한 시의(詩意)를 통해 예술적으로 잘 개괄하였다. 다른 신문이나 잡지에서도 평론을 발표하였는데 이중 중요한 것들로 천평(茜萍)의 <'북경인'에 대하여(關于'北京人')>[1], 근이(靳以)의 <북경인>[2], 강포(江布)의 <조우의 '북경인'을 이야기함(談曹禺的'北京人')>[3], 모순의 <'북경인'을 이야기함(談'北京人')>[4], 호풍(胡風)의 <'북경인'의 속사에 관해(關于'北京人'的速寫)>[5] 및 <조우의 '북경인'을 논함(論曹禺的'北京人')>[6], 전린(荃麟)의 <'북경인'과 '푸레쵸프'('北京人'與'布雷曹夫')>[7] 등이 있다. 이러한 평론은 1942년에 집중적으로 발표가 되어, 이 해는 거의 <북경인>을 평론하는 해였다고 할 수 있다. 이들 문장은 모두 극본의 사상과 예술가치를 높이 평가하고, 연출가와 연기자들의 재창조를 긍정적으로 평하였다. 천평의 문장은 <북경인>을 변해(辨解)하는 글이었다. 즉 그는 당시 조우가 항전시기에 항전과 무관한 극본을 쓰지 말았어야 한다는 논조에 대해 변호하기 위해 쓴 것이었다. 천평은 문장 처음부터 아주 기쁜 어조로 "<북경인>이 다시 공연되었다. 이는 지난번 공연과 같이 중경의 희곡을 애호하는 관중들을 열광케 하였다."고 말하고, 이어

---

1) ≪新華日報≫ 1942年 2月 6日.

2) ≪現代文藝≫ 1942年 第4卷, 第6期.

3) ≪解放日報≫ 1942年 4月 27日.

4) ≪戲劇崗位≫ 1942年 第3卷 第5 - 6期.

5) ≪戲劇春秋≫ 1942年 第2卷 第1期.

6) ≪靑年文藝≫ 1942年 第1卷 第1期.

7) 上同, 第2期.

서 "항전은 무엇을 위해 하는가? 적들을 물리치기 위해서, 또 독립적이고 자유로우며 행복한 하나의 사회를 건설하기 위해서 하는 것이다. 그러나 새로운 사회를 건립하기 위해서는 옛날 암흑사회에 대한 깊고 철저한 연구, 명백한 인식, 첨예한 폭로, 견결한 타격을 가하지 않을 수가 없으며 이래야만 비로소 정확하고 절실한 개조를 할 수가 있는 것이다. 구사회를 증씨영감이 수십 번 칠한 관 속으로 보내버려야만 우리도 항전승리의 진정한 과실을 거두게 될 수 있다."고 하였다. 문장에서는 또 <북경인>과 같은 이런 극작이 "항전의 전진을 방해하는" "구사회의 생활·습관·의식형태"의 전통적 악습을 일소할 수 있다고 지적하였다. 문장에서는 또 <북경인>의 가치에 대해 심도 있게 천명을 하였다. "항전기간에는 확실히 살아 숨쉬는 영용(英勇)한 전적과 항전인물을 많이 써야 하겠지만, 구사회의 어두운 면을 폭로한 극본을 써서 그런 구사회의 질곡과 속박에 의해 숨통이 막힌 사람들을 일깨워 주고 이들을 도와 태양이 있는 곳으로 광명이 있는 곳으로 새로운 생활이 있는 곳으로 나아가게 도와주는 것을 써도 좋다."고 하였다. 천평의 문장은 중국공산당의 문예방침과 정책을 체현한 것이며, 또 중국공산당의 조우 창작에 대한 관심과 지지, 애호를 체현한 것이기도 하며, 또 <북경인>의 사상예술의 실제에 부합되는 것이기도 하다.

실제로 중국 희곡사에서 조우와 같이 그렇게 수많은 비판을 받은 극작가도 없을 것이고, 또 조우와 같이 그렇게 수많은 독자와 관중을 가진 극작가도 없을 것이다. 그가 <태변>을 완성한 후 필봉을 되돌려 항전 전의 한 봉건 사대부의 가정을 그려냈을 때 평론가들은 약간 어리둥절해 하였다. 이에 어떤 사람은 <북경인>은 조우가 노래한 완곡한 하나의 만가(輓歌)이지만, 또 "청춘을 붙잡

조우의 희곡창작의 길

지 못하는 것처럼" 장차 멸망해 가는 그 도덕과 정감을 어떻게 잡을 수가 없어서 하는 수 없이 동정을 한 것이라고 하였다. 이는 조우가 이 계급의 멸망을 애석해 하여 <북경인>을 창작한 것으로 보고 쓴 비애에 찬 문장임에 틀림없다. 어떤 사람은 또 말하기를 <북경인>은 구사회의 만가를 노래하기는 하였지만, 새로운 생활이상에 대한 계시에 있어서는 아주 희미하고 공허하다고 하면서, 인물의 소조에 있어서 증사의는 왕희봉(王熙鳳)이 다시 태어난 듯하고 증문청은 또 각신(覺新)과 비슷하다고 하였다. 그러나 몇 십 년간 냉철한 비평가들의 엄격한 검증을 통하여, 또 역사의 무정한 비바람을 통하여 <북경인>은 강대한 생명력을 가진 예술의 진품임으로 증명된 것이다.

이제는 <북경인>의 사상과 예술을 분석해 보기로 하자.

<북경인> 중 이름을 가진 인물로 13명이 있는데, 이들 중의 대부분은 증씨 공관의 3대에 속하는 사람들이다.

증호는 제1대에 속하는 사람으로, 그는 진부한 세력의 대표이다. 증씨집은 과거 한 때 명성이 자자하던 봉건관료 지주 가정이었다. 그 당시에는 "남색 모자를 쓰지 않으면 정3품이라도 대문을 들어서지 못하였다." 증호는 바로 이러한 가정에서 "조상의 유산을 향유하면서 몇 십 년을 편안하게 살아왔다." 지금의 증씨 가문은 이미 몰락하여 증호는 점차 의욕을 잃어버렸다. 극본에서는 그의 이기적이고 음침한 심리와 공허하며 죽음을 두려워하는 사상을 두드러지게 표현해 내었다. 하나의 녹나무 관은 그의 전도(前途)였고, 또 그가 가장 귀하게 여기는 것이었다. 이 관은 15년 동안 수백 번을 칠하고도 "천천히 칠을 하자구! 다시 4, 5년만 칠하면 그런대로 잠들 수가 있을 것"이라고 하였다. 하루 내내 생각하는 것이

라고는 앞으로의 일이었으나 그는 죽음을 두려워하였을 뿐만 아니라 눈앞의 처경을 두려워하였다. 그는 자기에게 돈이 있다는 것을 말하고 싶지 않았고, 또 자기에게 돈이 없다고도 감히 말을 할 수가 없었다. 엄살을 부려서 곤란한 사정을 털어놓으면 확실히 현재의 처경에 대처해 나갈 수가 있었으나, 정말로 돈이 없다는 것이 탄로가 나면 며느리가 무시무시한 얼굴로 그를 쏘아볼 것이라는 것을 잘 알고 있었다. 그는 증씨집이 "4대가 함께 사는" 집이 될 수 있기를 환상하고 있었으나 그는 도리어 소방의 청춘을 헛되이 소모해 버리게 하면서 계속하여 이 외롭고 의지할 데 없는 여자를 필사적으로 붙잡고 시집을 가지 못하게 하였다. 가도(家道)가 쇠퇴해 버린 현실에 직면한 증호는 어쩔 수가 없는 상황에서 때로 모든 것을 원망하며 자손들의 불효 무능함을 꾸짖었으며, 또 가운이 번창치 못함을 탄식하였고 이웃집의 거칠고 무례함을 비방하였다. 때로는 또 기만하는 식으로 자기와 다른 사람을 위로하여 "운"이 대통할 것을 빌거나 혹은 "내년 봄"에 희망을 기탁하기도 하였다.

만일에 증호가 진부하고 파멸에 직면한 제1대라고 한다면, 증씨집의 제2대는 주로 무너져버린 세대라고 할 수 있다. 증문청과 강태는 제2대 중 서로 다른 두 형상으로 봉건가정에서 파생되어 나온 다른 유형의 폐물이다. 바로 증문청 자신이 밝힌 바와 같다. 즉 강태는 "내가 말을 하지 않으면 평생 어떠한 일도 하지 않았고, 사납게 싸우기나 하면서 평생 아무 것도 하지 않았다."

강태는 증호의 사위로, 화학을 전공한 유학생이었다. 그는 외국에 나가 보기도 하였고 벼슬을 지내보기도 하였다. 뒤에 공금을 횡령했다는 혐의에 따라, "사방으로 쫓기는 몸이 되어 처갓집에 숨어 있었다." 그는 말한다. "나는 돈을 사랑하고 돈을 생각하고,

조우의 희곡창작의 길

나는 줄곧 크게 한 몫 볼 것을 생각하는데 …… ” 그러나 이것은
일종의 몽상에 불과하였다. “나는 운이 좋지 않아서 곳곳에서 손
해를 보고 곤란을 당하고, 사업이 나의 손에 오기만 하면 곧 바로
영문도 없이 엉망이 되고 말았던 것”이다. 그는 가난하였지만 성
질이 급하였고, 말을 잘 했으며 불평불만이 가득했으며, 술에 취하
면 탁자를 치면서 사람을 욕하고 접시를 깨뜨리는 것은 늘 있는
일이었다. 증씨집에서 강태는 그래도 비교적 솔직한 사람으로 진
솔한 말을 몇 마디씩 할 줄을 알았다. 그러나 그의 솔직함과 불평
때문에 그는 더욱 친척들에게 미움을 샀다. 결국 그는 처갓집에
기숙하면서 모순 투성이의 증씨집에서 생활하는 한 일원이 되었다.
한없이 무료한 가운데 그는 관상으로 자기의 코를 연구하며 이어
서 다시 한 번 부자가 되어 볼 몽상을 하고 있었다. 불평을 마음
껏 하고 나면 발작을 부렸다. “너무 답답해 나도 혁명을 해야겠어.
나도 반항을 하고, 나도 타도를 하고, 나도 서정 그 애를 배워서
혁명당 친구들과 좀 사귀고, 반항하고, 타도하고, 타도하고, 반항해
야겠어! 그 개 같은 것을 뒤집어엎고, 그 엿 같은 것을 혁명한다
구! 모든 것을 다 뒤집어버려야지!” 그러나 코는 그에게 재신(財
神)을 불러 주지 못했고, 혁명이란 말은 말로만 하고 말았다. 그는
여전히 이전과 같이 아무런 의미도 없이 무료한 생활을 보냈다.
　강태와는 상반되게 증문청의 두드러진 성격은 침체되어 있고 나
태한 점이다. 그는 동작이나 말, 걸음걸이, 기상시간, 사람을 만나
는 것 등에 있어서 게을렀으며, 어떠한 힘드는 일을 하는 것에 게
을렀고, 게을러서 자기에게 아직도 느낌이 있다는 것을 생각하기
도 싫어하였다. 너무나 게을러서 다른 사람들의 눈에 “그는 그저
생명의 한 껍데기에 불과하다”는 모습으로 비춰졌다. 만일 증문청

에게도 자기의 사상과 능력이 있다고 말한다면 그건 바로 봉건세가가 배양시켜준 "향수(享受)"였다. 그는 장기를 둘 줄 알았고, 시를 짓고 그림을 그릴 줄 알았으며 비둘기를 가지고 놀기 좋아하였을 뿐만 아니라 특별히 차(茶를) 음미할 줄 알았다. "그는 차를 마실라치면 손을 씻고, 입을 헹구고, 향을 피우고, 조용히 앉아서 차를 마셨다. 그의 혀는 차 잎의 성질·연령·출신·만든 방법 등을 알아낼 수 있을 뿐만 아니라, 한 잔의 차에 사용한 물이 산 속의 물인지, 강물인지, 우물물인지, 눈(雪)물인지, 아니면 수돗물인지를 구별해낼 수 있었으며, 끓일 때의 불은 목탄 불이었는지, 석탄 불이었는지, 혹은 장작불이었는지를 알아낼 수 있었다." 그는 소방을 사랑하였는데 아주 진실적으로 사랑을 하였다. 그러나 이상(理想)으로써의 사랑일 뿐이었다. 그는 겁약하고 무능했기 때문에 그녀를 감히 찾아가지도 못했고, 찾았다 할지라도 그는 또 감히 그녀를 원하지 못하였다. 그는 단지 일 장의 애정비극을 공연했을 뿐이다. 증사의가 그를 괴롭히자 그는 이루 말할 수 없이 고민을 하였고 빨리 집을 떠나고 싶었지만 그는 또 그럴 결심과 용기가 부족하였다. 뒤에 그는 용기를 내어 집을 떠났지만 또 다시 돌아오고 말았다. 소방은 그가 이미 날 수가 없고, 날고 싶어도 날아 움직일 수가 없다는 것으로 결론을 내렸다.

증문청은 강태와 마찬가지로 몰락한 봉건가정의 산물로서, 그들이 존재하는 그 자체는 바로 진부한 악세력에 대하여 강력하게 폭로를 하기 위한 것이었다.

증사의와 소방은 제2대 중의 또 다른 한 쌍의 형상이다. 그들의 출신이나 교양, 그리고 생활 역정의 부동함과, 특히 사상과 기질의 차이 등에서 완전히 다른 성격특징을 표현하였다. 사의는 증씨집의

조우의 희곡창작의 길

큰머느리로 그녀는 학식과 교양이 있고 예절이 바르며 똑똑하고 빈틈이 없다고 자처하며 온종일 만면에 웃음을 보였으나 허위에 차 있으며 이기적이고 수다스러웠으며 의심이 많았다. 그러면서도 자기는 강개하고 대범하다고 여겼다. 남이 말을 하면 어떠한 말이라도 여기에는 음모와 계산이 들어 있는 것으로 그녀는 들었다. 그녀는 또 묘연한 분위기 중에서 암투를 잘 벌였다. 소방은 그녀와는 아주 반대였다. 그녀는 증씨집에서 기식하는 고아로 성격이 차분하고 오랜 기간을 통해 놀랄만한 일종의 인내력을 길렀으며, 아주 과묵하였다. 그녀는 진지한 애정을 가지고 있었고 선량하고 아름다우며 투명하고 맑은 마음씨를 가졌다. 하지만 이 냉정하고 엄혹한 가정에서 이런 성품은 억압이 되어 "사랑하고 싶어도 감히 사랑할 수 없었고, 증오하고 싶어도 감히 증오할 수 없었으며, 울고 싶어도 감히 울 수가 없었고, 소리치고 싶어도 감히 소리칠 수가 없었다." 만일 증사의의 비극이 그녀가 좋은 때를 타고나지 못해서, 또 지나치게 자기가 강하다고 믿은 결과 친척들 내지는 남편과 대립을 함으로써 생긴 것이라고 한다면, 소방의 비극은 그녀가 "쓸데없는 사람에게 자기의 희망과 행복을 기탁하고, 실제적으로 그녀를 망치게 한 사람을 사랑하고 실제적으로 그녀를 해친 사람을 동정함으로써"[8] 생겼다고 할 수 있다. 증정과 서정은 약간 밝은 색의 제3대이다. 이제 겨우 열일곱 열여덟의 이 어린 부부가 결혼을 하게 된 것은 그들이 아직 강보에 쌓여 있을 때 이들 양쪽 할아버지들이 서로 결정을 함으로써 이루어진 것이다. 결혼 후의 생활은 결코 행복하지 못했다. 냉랭한 신방에서 2년 남짓 생활을 했지만 아직까지도 모습만 부부였지 열흘이고 보름이고 말 한 마디 나누지

---

8) 顔振奮: <曹禺創作生活片斷>, ≪劇本≫ 1957年 第7期.

않았다. 그들은 비록 애정은 없었지만 우정으로 서로 동정은 하고 있었다. 그들은 죽음 같은 이 작은 세상에서의 생활을 싫어하였고, 봉건세가의 번잡하고 쓸모 없는 예절 속에서 규율을 지키며 남이 하는대로 따라 하는 것을 싫어하였다. 그래서 그들은 각기 다른 사상과 방법으로 그 암흑의 천지를 파괴해 갔고 각자의 이상을 향해 걸어갔다. 특히 서정이 그러하였다. 증정과 서정의 비극은 애정의 작은 비극이었지만, 사회의 더욱 큰 비극이었다.

이 제3세대 형상은 모두 생생하게 묘사가 잘 되었다. 이런 선명한 예술형상은 모두 화원의 작은 응접실 중에서의 일반적인 생활 내용을 통해 표현이 되었다. 이에 사람들은 형상 소조에 있어서의 수준 높은 조우의 예술기교를 높이 사지 않을 수 없었다.

<북경인>의 예술형상 소조에 있어서의 귀한 점은 서로 다른 인물들의 각기 다른 성격을 묘사한 점에 있을 뿐만 아니라, 또 인물 성격의 발전 과정을 훌륭하게 그려낸 점에 있다.

소방은 아주 건강하고 마음이 밝은 여자이다. 증문청을 사랑하고, 증정과 서정에 대해 관심을 기울이는 과정에서 그녀의 성격은 더욱 선명하고 더욱 충분하게 표현이 되었다. 증문청이 집을 떠남으로써 그녀의 사상감정에 일차적으로 뚜렷한 변화가 생겼다. 즉 그녀의 문청에 대한 감정이 더욱 진지해졌고, 문청이 생활하던 가정을 더욱 세세하게 보살폈던 것이다. 평상시에는 그렇게 과묵하던 소방이었지만 문청이 가출한 후에는 서정에게 그렇게 많은 이야기를 하였고, 구구절절이 진심에서 우러나오는 말로 심금을 울렸다. 소방은 사실 서정과는 다른 세대에 속한다 하겠다. 그녀는 자기의 행복과 이상, 그리고 애정을 얼마 후면 관 뚜껑을 닫게 될 증씨 공관에 가두어 두었다. 문청의 가출은 더욱 그녀를 그렇게

조우의 희곡창작의 길

하도록 만들었다. 그러나 그녀가 그 불행한 애정을 위해 모든 것을 희생할 준비를 하고 있을 때, 문청은 다시 슬그머니 돌아와 버렸다. 이는 그녀에게 있어서 가장 심한 충격이었다. 이 때에 와서야 비로소 소방의 성격에 진정한 변화가 생긴 것이다. 즉 그녀는 문청에 대한 믿음이 사라지고 애정의 불꽃도 식어버린 것이다. 그녀는 증씨공관을 하나의 "감옥"으로 인정을 하고, 마침내는 서정의 권고를 받아들여 증씨집을 박차고 나가 새로운 투쟁생활에 투신하게 된다. 반면, 증문청은 점점 자기를 망치는 길로 걸어갔다. 서정은 결연하게 증정과의 약혼은 파기하고 혁명의 흐름에 투신을 하였다. 인물의 소조과정에서 조우는 인물성격의 발전변화를 빈틈없이 포착하였기 때문에 더욱 풍만하고 진실적인 인물형상을 묘사해 낼 수가 있었으며, 더욱 풍부한 예술 감화력을 가지게 할 수가 있었던 것이다.

조우는 이런 인물들의 형상 소조를 통해 봉건사대부 가정의 죄악을 폭로 비판하고 봉건계급의 부패와 붕괴를 표현해 내었으며, 또 자본주의의 액운을 투시해 내었던 것이다. 이는 바로 조우 자신의 말과 같다. "<북경인>을 창작할 때 나의 저주는 비교적 분명하였다. 이런 봉건주의 자산계급은 일찌감치 관으로 들어가야만 했다! 그들은 수목(壽木)으로 다투고 있었지만, 이 세상은 더욱 새로운 혈액과 생명이 필요했다." "사람들에게 진부한 감을 주는 악세력은 반드시 죽어 없어질 것이고, 매장이 되지 않으면 안 된다."9)

<북경인>은 조우의 창작 역정 중 최고봉이라 하겠다. "절정에 오르고 보면 자잘한 모든 산들을 한 눈에 볼 수가 있다." <북경인>이라는 조우극작의 훌륭한 예술 고봉에 서서 보면 극작가의 기

---

9) 曹禺: <曹禺選集·後記>, 人民文學出版社 1978年版.

복이 있었던 창작역정의 대체적인 윤곽을 기본적으로 볼 수가 있다. 우리가 잠시 <북경인> 이후의 극작에 대해서는 논하지 않더라도 의견이 크게 엇갈리는 <원야>를 그 중간에 놓고, 단순하게 주제가 비슷한 <뇌우>·<일출>과 비교를 하면서 <북경인>의 사상·예술상의 성과를 보기로 하자.

<뇌우>·<일출>·<북경인> 중에서 조우는 자기의 붓을 빌어 가슴 가득한 불만을 표현하였고, 생활 중의 썩어 문드러진 모습과 부패상을 폭로하면서 사회생활의 한 측면을 성공적으로 반영함으로써 아주 높은 예술성과를 얻었다. 이들은 주제 면에서 일맥상통하는 관계를 가진다. <뇌우> 중에서는 빛 좋은 개살구 같은 한 "모범가정"을 하루가 못되는 시간 안에 놓고, 수습할 수 없는 부스러기들을 두드러지게 부각시키고 첨예한 충돌을 안배하여 비참한 하나의 비극으로 만들었다. <일출>에서는 기괴한 반봉건 반식민지 도시사회 속에서의 인간들이 서로 아귀다툼을 벌이는 모습과 "보화하처(寶和下處)"의 인간답지 못한 생활을 펼쳐 보이면서 "부족한 자의 것으로 넉넉한 자의 배를 채우는" 어두운 현실에 대해 "세상이 언제 망할 것인가? 내가 너와 같이 망하겠노라!"는 증오에 찬 저주를 보냈다. <북경인>에서는 수천 년 동안 봉건사회의 먼지가 두텁게 쌓여 있고, 사람의 호흡을 질식시키는 요소가 있었지만 조우의 격분은 더 이상 <뇌우>·<일출>에서와 같이 그렇게 남김없이 털어놓는 식으로 하지 않고 소방을 떠나게 함으로써 극본에 새로운 혈액과 생명을 불어넣었던 것이다.

어떠한 극본에서든지 사건이 없을 수 없다. 사건은 주로 인물관계의 변화를 일으키는 데서 제기가 되어야지 그렇지 않으면 사건으로 인해 인물의 성격이 묻혀 버리기 십상이다. 베린스키는 특별

조우의 희곡창작의 길

히 인물의 성격을 묘사할 때 "어떤 인물이 어떻게 행동할 것이라는 비밀스런 영혼의 충동을 완전하게 꿰뚫어 볼 수 있게 해야 한다"10)고 강조를 하였다. 인물의 비밀스런 영혼 충동이 독특하면 할수록 인물성격은 일반화되고 개념화가 되어버린다.

<뇌우> 중 "약을 마실 것을 강요하는" 대목에서는 번의가 주복원의 그런 전제주의적 압박을 참아내지 못하는 비밀스런 영혼의 충동을 생동적으로 표현해냄으로써 그녀가 필사적으로 발버둥치는 반항적인 성격과 심리상의 아픔 및 기형을 잘 실현시킬 수가 있었던 것이다. 아쉬운 것은 이런 묘사를 극본에서 더 많이 보여주지 못한 점이다. <북경인>에서는 일반적인 생활 현상처럼 보이는 것으로부터 깊고 풍부한 의미를 굴착하는데 치중하였다. 예컨대 쥐가 그림을 갉아먹은 이런 사건은 표면적으로 <뇌우>의 사건과 같이 그렇게 엄중한 것처럼 보이지 않으나, 이 사건은 인물의 정감 세계를 직접적으로 충격을 가함으로써 인물의 독특한 정감신경을 움직이게 하였고, 또 아주 자연스럽게 인물의 특유하고 비밀스런 심령의 충동을 불러 일으켰던 것이다. 동시에 거의 모든 인물들의 비밀스런 심령의 충동은 더욱 복잡하고 풍부하며 심각한 상태로 발전이 되고, 이에 따라 그들의 진실적인 사상 동기는 말로 분명히 표현하기 어렵게 되어버린다. 소방, "언제나 흐릿한 가을 안개 속에 덮여 있는" 이 여자는 왜 시집을 못 가는 한이 있더라도 증씨 공관을 떠나기 싫어하는가? 어떻게 다른 사람의 차가운 눈길을 받으면서도 인적 드문 산골짜기의 난초와 같이 견결하게 생활해 갈 수 있는가? 또 왜 그녀를 가장 필요로 할 때 증씨집을 떠나려고 하는가? 이러한 물음들은 모두가 비평가들의 발목을 잡았고 의

---

10) 別林斯基: <1947年俄國文學一瞥>, ≪別林斯基全集≫ 第3卷.

혹의 탄식을 하게 하였다. 증사의는 온종일 상하를 가리지 않고 기만과 억압으로 쓸데없이 시비를 걸었으며, 심지어는 남편에게까지도 정신적으로 육체적으로 고통을 주었다. 그녀는 "사람이 산다는 게 조금도 재미가 없어. 조만 간에 관 뚜껑이 닫히고 두 다리를 쭉 펴고 나면 모든 것이 다 헛된 것이 되고 마는데"라고 하면서도 그녀는 왜 정력을 소모하면서 다른 사람을 괴롭히고 또 자신을 괴롭히려고 하는가? 강태도 <일출> 중의 장교치보다 깊이가 있다. 그의 그 비밀스런 영혼의 충동은 마치 하늘의 구름과 같이 변화무雙하며 고정됨이 없이 흔들거렸다. 이렇게 살아 숨쉬는 듯한 인물들은 심지어 눈에서까지도 깊고 풍부한 색채를 가지고 있었다.

<뇌우>·<일출>로부터 <북경인>에 이르기까지 인물의 성격은 점점 복잡해지고 풍부해 졌는데, 이는 조우의 사회에 대한 인식이 날로 깊어졌음을 말해준다. <뇌우>에서 우리는 극중에 아홉번째의 인물이 극중 인물의 운명을 조종하고 있음을 분명하게 알 수가 있었다. <일출>에서는 진백로가 해가 솟는 것을 보고 기뻐하는 것을 통해 조우는 한 줄기 광명과 희망을 추구함을 표현하였지만, 태양이 어디 있고 희망이 어디에 있는지 그는 아직 분명하게 알지를 못했다. <북경인>에 와서 조우는 그가 깊이 동정하는 인물을 위해 이전과는 다른 새로운 길을 안배하여 그들로 하여금 곧 뚜껑이 닫힐 관을 떠나 새로운 생활을 할 수 있는 천지를 찾아가게 하였던 것이다. 조우는 그의 사랑을 소방의 몸에 쏟아 부었다. 그러나 어떤 사람은 말하기를 그녀는 "봉건도덕 정감을 대표하는 구식 아가씨로", "무슨 각오를 한 요소가 없다."고 하였다. 이러한 견해에 대해 우리는 동의할 수가 없다. 물론 그녀에게 어떤 봉건적인 사

조우의 희곡창작의 길

상과 도덕 정감의 낙인이 찍혀 있다는 것을 부인하지는 않는다. 하지만 그녀의 연약한 몸뚱이 중에는 의연하고 침착한 마음이 뛰고 있다. 의연함이 때로는 날카롭게 밖으로 표현되지는 않았다. 소방의 성격 중에서 우리는 철같이 강한 강인함과, 그리고 일종의 과묵함 속에 가진 강인함과 인내하는 중에 가지고 있는 용감성을 발견할 수가 있다. 이것이 바로 소방 성격의 주요 특징으로, 이는 뒤에 그녀가 집을 떠나게 되는 계기가 될 수 있었다.

희곡은 공연을 하는 예술이며, 희곡은 대화와 동작을 주요 표현 수단으로 한 예술이다. 동작은 충돌을 표현하는 수단이다. 그래서 극적 충돌은 실제로 동작의 도움을 받아서 실현이 된다. <뇌우> 중 번의가 약을 마시는 장면과 사봉이 맹서를 하는 장면은 모두 아주 강한 외부동작을 가지고 있고 충격력이 아주 강한 대화로 되어 있다. 제4막에서 사봉이 무릎을 꿇고 주평에게 애걸을 하고, 번의가 대문을 걸어 잠그고 주복원을 불러 오며, 사봉과 주충이 전깃줄에 감전이 되어 죽고, 주평이 총으로 자살을 하는 등 인물의 외부동작들은 하나하나 긴장스럽게 이어지고, 또 그 정도의 폭과 힘이 대단하였기 때문에 사람들에게 주는 인상은 아주 깊었다. <북경인>에서는 소리 없는 음악으로 더욱 감미로운 맛을 주는 것 같다. 여기서는 인물동작의 선택에 있어서 더욱 세밀하고 정확하고 또 엄격하였다. 소방의 외부동작의 폭은 아주 작았다. 사의가 "미소짓는 눈 속에 갑자기 무섭고 악독한 생각을 떠올리며" 소방의 재간 많은 그 두 손목을 잘라버리고 싶다는 "우스개 소리"를 했을 때, 소방의 반응은 단지 "자기도 모르게 그 창백한 두 손을 움츠릴" 뿐이었고, 또 사의가 야비하게 문청을 협박하여 편지를 소방에게 돌려주게 했을 때, 소방은 먼저 "고통스럽게 문청을 바라보면서 얼어붙은 듯 서서 움직이지를 않다가” 이어서 “떨리는 손으로 증문청 수중의 편지를 받아” “묵묵하게 서재의 작은 문으로 나갔다.” 다른 인물의 외부동작의 폭 역시 그렇게 크지가 않다. 제2막이 끝나기 전 증씨영감이 졸도를 하자 모든 사람들이 달려들어 그를 들어 병원으로 옮긴다. 문을 나서려고 할 때 “노인의 창백한 손이 갑자기 그 문짝을 꽉 잡고는 죽어도 놓지를 않으려고 하자” 사의는 “힘껏 들라고” 외치면서 “증호의 손을 억지로 떼 내다가” 너무 사납게 해서 피를 흘리게 하였다. 여기에서 “붙잡고 있는 것”과 “손을 떼 내려는” 극히 짧은 동작인데도 불구하고 인물의 은밀한 내심활동을 강력하게 보여주었고 인물간의 엄중한 대립과 첨예한 충돌을 표현해 내었는데, 이 역시 정취가 가득한 외부동작이라 할 수 있다.

인물의 외부동작과 내심동작 사이에는 절대적인 한계가 있는 것은 아니지만, <북경인> 중에서는 인물의 외부동작과 내심동작이 더욱 완전하게 융합이 되어있다. 이 작품에서는 희곡 예술 특유의 표현수단을 충분하게 발휘하여 인물의 내심동작을 최대한으로 묘사해 내었고, 심지어는 외부동작이 거의 정지된 상태에서도 내심동작은 여전히 진행이 되도록 하였다. 제3막 제1경이 끝날 무렵의 그 “정지”된 신묘함을 연출한 것은 그 얼마나 사람의 애간장을 끓게 하는 장면인가! 소방이 북받치는 감정으로 아름다운 꿈을 꾸고 있을 때 큰 응접실로 통하는 문이 서서히 열리면서 황혼 빛을 받으며 초췌하고 피로에 지친 모습의 증문청이 들어왔다. 이 순간 소방의 꿈은 찰나에 깨지고 말았다. 인물의 내심활동에는 천지가 뒤집히는 듯한 격한 동요가 있었지만, 오히려 외부활동에는 큰 폭의 움직임이 없었다. 무대에 나타난 것이라고는 단지 공기까지도

조우의 희곡창작의 길

응고될 것 같은 "정지"였다. 이는 정말 훌륭한 "정지"였다. 이는 인물이 막 경험한 일종의 혼란스런 마음을 완결시킨 표현이었을 뿐만 아니라 동시에 또 일종의 새로운 기대와 정서의 폭발을 예시하는 것이기도 했다. 이는 침묵도 공백도 죽어버린 심정이 아니었다. 바로 인물의 내심활동이 가장 팽배하고 가장 열렬하고 가장 긴장된 찰나였던 것이다. 수천 수만의 말들이 다 이 "정지"에서 응결이 된 것이다.

<북경인>의 극적 갈등은 <뇌우>·<일출>과 다르다. 조우는 사건과 인물로부터 극적 상황을 창조하는데 주력하였고, 충돌의 폭발과정을 더 이상 <뇌우>·<일출>에서와 같이 그렇게 자세하게 부각시켜 묘사하지 않았다. 제3막 제1경에서 소방과 서정의 긴 대화를 통해 인물의 정감활동을 고조시켰고, 또 복잡한 내심충돌을 위한 극적 상황을 준비시켰던 것이다. 소방은 "아"하고 소리를 지른 후 "멍청히 그 자리에 얼어붙어 버렸다." 오랫동안 축적된 충돌이 갑자기 폭발하였지만, 단지 의미심장한 하나의 "정지"로 막을 내리기만 하였다. 막이 다시 오른 것은 10분 후지만 관중들 앞에 펼쳐진 것은 이 충돌의 여파였다. 즉 소방이 미간을 찌푸리고 후회하는 문청을 위로하고, 가지고 있던 상자의 열쇠를 조용히 문청에게 넘겨주고 너무나 평정된 심정으로 집을 떠날 준비를 하였다. 극작가는 소방이 증씨집을 떠나기 싫어하다가 의연하게 집을 떠나려는 이 변화 과정을 독자와 관중에게 보여줌으로써, 그들로 하여금 상상을 통해 작품을 완성토록 하였던 것이다.

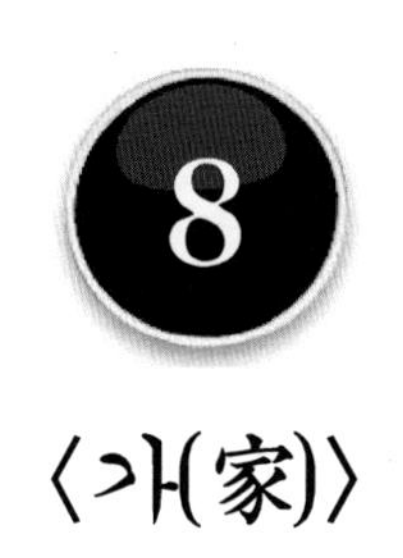

8

〈가(家)〉

조우가 1941년 여름, 쥐가 갉아먹어 파손된 <삼인행(三人行)> 원고를 뒤적거리며 창작을 계속해 가려고 할 때, 연안 노신 예술학원에서 전보가 왔다. 연안에서 <일출> 공연이 성공했다는 기쁜 소식이었다. 이는 조우에 대한 숭경의 표시였다. 전보를 보낸 지방이 연안이었기 때문에 강안(江岸) 전보국의 직원은 놀랍기도 하고 불안하기도 하였다. 그들은 전보를 조우에게 전달하는 한편, 동시에 헌병대에 보고를 하였다. 전보가 조우의 손에 닿기가 무섭게 완전무장을 한 헌병들이 조우의 집을 쳐들어와 쥐잡듯이 조사를 하면서 그의 모든 원고와 편지, 그리고 의심이 갈만한 것들은 모두 빼앗아 갔다. 울지도 웃지도 못할 일은, 이 우매하고 무지한 헌병들이 강의록에 쓴 "제4 도장(堵墙)"이란 구절을 발견하고는 마치 보물이라도 얻은 듯이 "무엇을 제4도장이라고 하느냐? 이것은 너희들의 무슨 암호냐? 말을 하라!"고 호통을 쳤던 일이다. 이 말을 들은 후 조우는 담담하게 말하기를 "이것 말이오? 우리 1학년 희곡개론 과목을 좀 들어보기만 하면 이해가 갈 것이오."라고 하였다. 무슨 "죄가 될만한 증거"를 찾지 못한 그들은 못내 아쉬워하며 매일 특무를 파견하여 감시를 하였다. 조우는 완전히 행동의 자유를 잃고 어떻게 창작에 손을 댈 수가 없었다. 그래서 <삼인행>의 창작은 다시 한 번 중단을 하지 않을 수 없었다. 항일 애국 역량이 점차 강대해감에 따라 강안의 헌병 특무는 갈수록 전제를 부렸다. 얼마지 않아 중공강안현위(中共江岸縣委)가 파괴되고, 희극학교의 몇 몇 진보성향의 학생이 체포를 당했다. 조우는 더욱 분개하여 의연히 국립 희극학교의 교직을 사퇴하고 다시 중경으로 갔다.

조우의 희곡창작의 길

조우가 중경에 왔을 때는 1942년 초였다. 이 해 여름, 그는 중경에서 동쪽으로 십 킬로 정도 떨어진 장강 변의 한 조그마한 부두 — 당가타(唐家沱) — 에 도착한 후, 강에 떠 있는 한 배에 들어가 그의 친구인 파금(巴金)의 소설 <가(家)>를 현대희곡으로 각색하였다. 당가타는 첩첩한 산에 둘러 쌓여 있고, 협곡이 깎아지른 듯 솟아있으며, 풍경이 아름다워 창작을 하는데 있어서 아주 적합한 환경이었다. 이 극본의 창작 상황에 대해 조우 자신은 이렇게 기재하고 있다. "기억되기로 1942년 중경의 찌는 듯이 더운 날 나는 중경 부근의 당가타의 강강 위에 떠있는 배 안에서 한 책상에 엎드려 이 극본을 썼다. 이 배는 자그마한 강에서만 다니는 식당 배로 아침 저녁으로는 아주 조용하였다. 점심 때와 황혼 무렵이 되어야만 일부 선원들과 내가 같이 밥을 먹었다. 그들은 내가 웃통을 벗고 등에 땀방울을 흘리는 것을 보았지만 나는 주야로 쉬지 않고 썼다." "그 배에서 나는 대충 3개월 정도 머물렀는데, 한 해 여름을 완전히 여기서 보냈다."[1] 우리는 이 기술에서 조우가 <가>를 각색한 대체적인 상황을 알 수가 있다. 확실히 그는 작품 중의 인물에 대하여 깊은 감정이 일었기에 연기자가 배역 안으로 들어가는 것처럼 그렇게 심신 전체를 창작에 투입하였던 것이다. 이렇게 해서 나온 극본이 독자와 관중의 심금을 깊이 울려줄 수 있었음은 두 말할 필요도 없다. 파금의 소설 <가>가 1931년 출판이 된 이래 시종 수많은 독자들을 끌었다고 한다면, 조우가 각색한 극본 <가>는 중국 현대 무대에서 가장 관중들에게 환영을 받은 작품의 하나였다고 할 수가 있다. 훌륭한 소설과 극본이 모여 서

---

1) 曹禺: <爲了不能忘記的記念—'家'重版後記>, ≪文匯報≫ 1978年 8月 6日.

로를 돋보이게 하였다.

　매번 <가>의 각색을 거론할 때면 조우는 늘 파금의 깊은 정을 잊지 못한다. 그는 말하기를 "내가 마침내 이 극본 <가>를 완성한 후 파금 동지에게 보냈을 때, 마음속으로 아주 불안하였다. 나는 그가 나의 각색에 동의를 해 주지 않을까 걱정이 되었던 것이다. 대체적인 스토리와 인물은 모두 원작에 근거를 했지만, 어쨌든 일부 다른 부분도 있었다. 그러나 나의 벗 파금 동지는 작품을 다 읽어본 후 아주 긍정적으로 평가를 해 주었다. 나는 이를 평생토록 잊을 수가 없다. '문인의 상호 경시(輕視)'라는 이 말은 파금 동지처럼 이렇게 가슴이 넓은 문인에게는 완전히 적용이 되지 않는 말이다."2)

　현대희곡 <가>에 대한 평가에서 포폄(褒貶)은 다양하며 그 분기(分岐) 역시 상당히 많다. 대부분 <가>는 반봉건의 의의를 가지고 있다고 인식을 하며, 이 고도의 예술성취에 대해 특히 긍정적인 태도를 보이고 있다. 또 일부 평론가들은 이 작품이 시대의 분위기와 아주 어울리지가 않고, 극본의 중심이 신생 세대가 분투·반항하는데 있지 않고 연애 혼인의 불행으로 나가고 있다고 보았다. 희곡 <가>가 탄생된 그 시기는 한참 항일전쟁 중으로 서로가 대치하고 있던 상태였다. 항전 대후방에서 이런 비극성의 극본을 각색해 낸 것은 우리가 보기에 그 전쟁의 불꽃이 튀기는 시대 분위기와 서로 조화가 되지 않는다. 하지만 우리가 깊이 생각해 볼 것은, 이 극본이 항전시기나 해방전쟁 시기에, 그리고 해방구와 국통구에서 공연이 될 때면 모두 관중들의 환영을 받았고, 해방 후 지

---

2) 曹禺: <爲了不能忘記的記念—'家'重版後記>, ≪文匯報≫ 1978年 8月 6日.

조우의 희곡창작의 길

금에 이르기까지도 수많은 관중의 열렬한 환영을 받았다는 사실이다. 1985년 3월 10일, <가>는 다시 한 번 무대에서 공연이 되었다. 황좌림(黃佐臨)의 연출로 상해 인민예술극원이 서금(瑞金) 극장에서 공연을 한 것인데, 3월 말까지 매번 좌석을 꽉 메웠다. 극장 표를 사기 위해 수많은 관중들이 밤을 새며 줄을 서 있었는데, 그 중에는 청년들이 적지 않았다. 4월 4일 <가> 공연팀은 사천 성도(成都)·자공(自貢)에 가서 공연을 하였는데, 모두 24회의 막을 올렸다. 성도에서의 7회 공연은 매번 극장이 터질 듯 하였으며, 열렬한 반응을 얻었다. 원래의 계획으로는 자공에서 5회 공연만 하기로 하였으나 공연팀이 아직 도착하기도 전에 극장에서는 13회 공연표를 이미 다 팔아 버렸다. 근 몇 년 동안 사천에서의 연극 관중은 이미 몇 명 되지도 않았는데, 이번에는 뜻밖에 앞을 다투어 <가>를 보려는 관중들로 성황을 이루어 사람을 놀라게 하였다. 이로 보건대, 공연의 실천은 결코 어떤 일부 비평가의 의견으로 전이되는 것은 결코 아님을 알 수가 있다. <가>의 '반봉건(反封建)'이란 이 주제가 보여주는 청춘과 애정비극의 역량은 줄곧 사람들이 아름다운 생활을 할 수 있도록 격려를 하고 있는 것이다.

어떤 평론가는 주장하기를, 조우의 극본 <가>의 사상성은 파금의 소설 <가>보다 못하다고 하였다. 그 원인은 소설 <가>에서는 불합리한 구사회 중에서 성장한 젊은이가 어떻게 분투하고 반항하다가 마침내 구가정을 배반하고 사회로 걸어나가는 바를 묘사하고 있지만, 극본 <가>에서는 단지 각신(覺新)·서각(瑞珏)·매아가씨 간의 애정만을 묘사하여 행복한 애정이 광포하게 박해를 받는 것만을 표현하고 있기 때문이라는 것이었다. 이런 비교는 합당하지 못하다. 봉건가정에 반항하고 수많은 청년들이 새로운 투쟁의 길로 나아가도록 격려 고무하는 것에는 당연히 강렬한 진보성과 혁명성을 가지고 있다. 그러나 이로 인해서 봉건가정의 극단적인 추악함과 어두움을 폭로하고, 봉건세력이 날로 쇠퇴하여 필연적으로 멸망할 추세의 작품 사상성을 펼쳐 보임이 약해졌다고 말할 수는 없다. 노사(老舍)의 희곡 <차관(茶館)>에서는 단지 북경의 한 오래된 차관의 흥망에서 쇠퇴해 가는 과정을 묘사하면서 차관 주인 왕리발(王利發)과 바삐 왔다 갔다 하는 과객들의 50년간의 조우를 그리면서, 세 개의 부동한 시대 ― 대청제국(大淸帝國)·군벌혼전·국민당의 반동통치 ― 를 매장시키고 있다. 그러나 관중들은 연극을 보면서 자연스럽게 하나의 진리, 즉 공산당이 있어야 중국을 구할 수 있다는 사실을 깨닫게 된다. 외국의 친구까지도 <차관>을 보고 구사회의 멸망과 신중국의 탄생은 꼭 같이 피할 수 없는 것이라고 주장하였다. 이러한 극본에서 그 사상성은 반드시 공산당이 폭동을 영도하는 것보다 백성들이 반항을 하는 정도가 약하다고는 할 수 없다. 성공적인 예술작품은 각각 그 예술가치를 가지고 있으며, 성공적인 소설과 성공적인 각색본 사이의 관계 역시 이와 같은 것이다.

희곡 <가>의 예술성취는 다방면에 걸쳐 있다. 이것의 탄생은 장편소설을 각색하여 희곡 극본으로 만든 데 하나의 좋은 본보기가 되었다.

극본의 각색은 하나의 어렵고 창조적인 예술노동이다. 표면적으로는 "원작에 충실하였다."고 하기는 하지만, 사실 충실할 수가 없었다. 소설 중에 표현된 풍만한 시의적(詩意的) 상상 요소를 희곡에서 어떻게 이와 잘 어울리는 형식으로 표현해 내느냐 하는 문제는 극작가가 각색을 할 때 부딪치는 난제이다. 희곡과 기타 문학양

조우의 희곡창작의 길

식을 비교해 볼 때 그 차이는 천양지차이다. 특히 <가>와 같이 가정의 일상생활과 그 변혁을 기술한 장편소설에서 전부의 내용을 무대에 옮겨놓기란 사실상 불가능한 것이다. 조우 눈앞에 놓인 난제는 바로 어떻게 원작에 충실한 기초 위에서 소설의 풍부한 내용을 유한한 무대공간과 공연 시간 내에 구체적으로 재현해 낼 수 있을까 하는 것이었다. 그는 자기의 원작에 대한 이해와 평가에 따라 필요한 것을 선택하고 제련하고 집중을 시켜야만 했던 것이다. 각색을 시작했을 때 조우는 소설 중의 모든 인물과 사건, 그리고 장면들을 모두 극본 중에 써넣을 수가 없고 단지 자기에게 가장 인상이 깊었던 내용만을 쓸 수밖에 없다고 느꼈던 것이다. 그가 소설 <가>에서 가장 깊이 느낌으로 와 닿았던 부분은 봉건혼인에 대한 반항이었다. 당시 그는 생활 중에서 이런 문제에 대해 많은 느낌을 가지고 있었기에 각색 때 각신·서각·매아가씨 세 인물의 운명과 그 관계변화를 극본의 주요 골간으로 삼고, 소설 중 각혜와 그 친구들의 진보활동 부분은 모두 빼버리고, 또 동시에 자기에게 비교적 익숙한 생활과 인물에 대해 약간의 보충을 해 넣었던 것이다. 이렇게 하여 조우는 가장 그의 심금을 울렸던 부분을 밀도 깊게 파악한 후 중점적으로 묘사를 하고 또 창조를 더하였다.

<가>는 두 권의 각색본이 있다. 조우 이전에 오천(吳天)이 각색한 <가>가 있었다. 1940년 상해 극예사가 상해에서 이 극본에 근거하여 백 여 차례 공연을 하였는데 아주 영향력이 대단하였다. 그러나 조우의 <가>가 발표되자 오천의 <가>를 다시 공연하는 극단이 없었다. 그 원인을 살펴보면, 오천은 원작에 얽매여 각신·서각·매아가씨의 애정을 묘사하고, 또 각명(覺明)·금(琴)·검운(劍雲)의 연애도 썼으며, 또 각혜(覺慧)와 명봉(鳴鳳)의 비극을 다 포

함시킴으로써 사건이 번잡하여 산란하고 난잡스럽고 복잡하다는 느낌을 주었다. 그러나 조우는 원작에서 뛰쳐나와 각신·서각·매아가씨의 애정비극을 심도 있게 파악하고 여기다가 각혜·명봉의 애정 분규를 극본의 구성으로 삼고, 스토리의 발전으로 삼았으며, 또 이것을 기준으로 하여 상술한 극적 갈등관계와는 크게 관계없는 인물과 사건은 삭제해버렸다. 즉 각혜의 동기인 황존인(黃存仁)·장혜여(張惠如), 금아가씨 주위의 진검운(陳劍雲)·허천여(許倩如)·장고모, 각혜의 학교활동과 사회활동, 각신의 서촉실업공사의 사업, 금아가씨의 가정생활과 학교생활, 그리고 고씨가정의 축하의식, 제사, 섣달 그믐날 밤에 신령이나 조상에게 제물을 바치고 절하는 의식, 용등(龍燈) 놀이 등의 장면, 또 어떤 사건은 막후로 돌려버리기도 하였는데, 예컨대 각혜가 ≪여명주보(黎明週報)≫를 만들고, 매아가씨가 죽고, 각민이 혼례를 거부한 후의 일 등이 그렇다. 남겨놓은 줄거리는 단지 각신의 혼례, 병변(兵變) 전후, 고씨 영감의 생신과 사망, 서각의 사망 등이고, 이런 정절은 또 매아가씨의 불행과 연결을 시켜놓았다. 간단하게 말해 조우는 각색에서 원작 중의 많은 부분을 삭제하고 원작 중의 수많은 부분을 고쳤으며, 원작 중의 수많은 부분을 자기의 의사대로 표현하였다. 이런 것은 전부 희곡의 특수한 표현 형식에 적합하게 하기 위한 것이었고, 원작 중의 정신을 더욱 힘차게 부각시키기 위한 것이었으며, 주제 사상의 예술 표현력을 강화시키기 위한 것이었다. 삭제·수정·발휘는 조우의 <가> 중 어디서나 다 그렇다. 예컨대 각신과 서각의 혼례는 소설에서는 겨우 백 글자 정도밖에 되지 않지만 극본에서는 한 막 전체가 다 이에 대한 묘사이며, 이 중에는 적지 않은 세절(細節)과 장면을 첨가시켜 혼례가 어떻게 진행되는지 관

조우의 희곡창작의 길

중들로 하여금 구체적으로 볼 수 있게 하였고, 각신이 어떻게 괴뢰(傀儡)가 되고, 그와 서각의 생활이 또 어떻게 시작되는지를 보여주고 있다. 또 각혜의 명봉에 대한 애정에 대하여 소설에서는 명봉에 대한 각혜의 사랑을 묘사하고 또 그가 갈등으로 망설이는 심리를 그리고 있다. 명봉이 떠밀려서 풍락산에게 시집을 가게 되었다는 소식을 각혜가 알게 되었을 때, 소설에서는 이렇게 묘사하고 있다. "그는 명봉을 생각하지 않을 수 없었고, 명봉을 생각하면 그는 또 그의 마음이 뛰었다. 그러나 이는 결코 그가 반드시 명봉을 붙잡아야겠다는 것을 말하는 것은 아니었다. 아니, 사실상 하룻밤의 생각을 거친 후 그는 그 소녀를 놓아줄 준비를 하였는데, 이러한 결정은 물론 그에게 아주 큰 고통을 주었다. 그러나 그는 참을 수가 있었고, 또 참을 이유가 있었다." 이러한 묘사는 각혜의 자산계급 지식분자의 자존심과 동요성을 구체적으로 표현한 것이다. 그러나 극본에서는 오히려 그가 포기한 것을 각혜가 명봉에 대해 진지하게 사랑하는 것을 중점적으로 묘사하였는데, 이렇게 함으로써 그와 명봉의 애정에 있어서의 비극성이 더욱 강화되었다. 명봉의 죽음에 대해 소설에서는 심리묘사가 아주 구체적이나 외재하는 동작은 그렇게 많지 않았다. 이는 소설의 특징이다. 그녀가 각혜를 만났을 때 단지 몇 마디 말만 하고는 각민의 휘파람 소리에 끊기고 말았다. 이 이후 그녀는 물에 빠져 자살을 하였다.

조우는 명봉의 죽음을 가볍게 넘기지 않았다. 극본에서는 그녀를 위해 더욱 강하게 보강을 시키고 그녀의 행복에 대한 더욱 큰 희망과 생활에 대한 더욱 아름다운 동경을 부여하였다. 이런 것은 모두 그녀가 연속하여 세 번이나 각혜를 찾는 행동을 통하여 구체적으로 표현이 되었다. 첫 번째에서는 그녀의 각혜에 대한 순진한

사랑을 표현하였다. 그녀가 각혜에게 "죽어도 나는 역시 너를 생
각할 거야" "나는 정말 말이 부족해!" 그녀는 각혜에게 입맞춤을
당하자 최후에 감정이 솟구쳐 마음속에 있던 말을 했다. "난, 난
너를 정말 사랑해!" 두 번째로 그녀가 내일 풍락산의 집으로 보내
지게 되었다는 것을 알고 그녀는 다시 한 번 각혜를 찾아가 잠깐
나와서 자기의 말을 좀 들어보라고 각혜에게 간구했으나, 각혜는
내일의 ≪여명주보≫ 원고를 급히 쓰는 일이 바쁘니 내일 이야기
를 하자고 하였다. 세 번째 역시 사람의 심금을 울리는 한 차례였
다. 극본에서는 그녀의 등장을 이렇게 묘사하고 있다. "어두운 길
에서 천천히 걸어나오는 명봉, 전신이 물에 흠뻑 젖어 있고, 머리
칼은 산발을 하여 등뒤로 내려져 있다. 머리에는 풀잎과 물풀이
붙어 있으며, 손에는 시든 연꽃을 들었다. 희미한 붉은 처마등 불
빛에 혼이 나간 듯한 그녀의 움푹한 눈이 비친다." 이 때의 명봉
은 이미 한 차례 죽은 상태였다. 그녀가 호수에 뛰어들었다가 각
혜를 잊을 수가 없어서, 생활에 대하여 일말의 약한 희망이 있어
서 그녀는 다시 물에서 기어 나와 각혜를 찾아온 것이다. 각혜에
게 그녀는 "다시 한 번 네가 보고 싶었어", "꼭 한 번" 이라고 슬
프게 말하였다. 각혜가 그녀를 보내자, 그녀는 원통하게 "안 올 거
야, 이번에 가면 정말로 가는거 야."라고 하면서 이렇게 여러 차례
부각을 시키는데 어찌 사람의 눈물이 흐르지 않겠는가? 어찌 순결
한 명봉에게 사람들은 지극한 동정을 보내지 않겠으며, 그녀를 죽
음으로 몰아친 구세력에 대하여 어찌 지극한 증오를 일으키지 않
겠는가? 무대에서는 명봉에게 이런 행동을 부여하여 그녀의 형상
이 더욱 풍부하게 나타나게 하였으며, 또 이 인물의 비극성을 강
조하여 극적 효과를 높였던 것이다.

조우의 희곡창작의 길

풍락산이란 이 인물에 대하여 소설에서는 정면묘사가 얼마 없었지만, 조우는 오히려 그를 고씨집과 결탁한 봉건세력의 대표로 하여 극 전체를 관통하게 하였고, 또 행동에서 부각을 시켰다. 풍락산은 각신과 매아가씨의 인연을 파괴시키고 명봉을 죽음으로 몰아간 아주 도덕군자인 체 하면서 점잖을 빼는 거짓군자였지만, 그는 아주 "고상"하게 폼을 잡았다. 그는 느긋한 동작으로 등장하여 세속에 얽매이지 않은 모습을 해 보이며, 시(詩)·사(詞)·가(歌)·부(賦) 등 도덕적인 문장을 논하고, 손에는 시고(詩稿)를 들고 숭고한 명상에 깊이 잠겨 있었다. 그는 연달아 혼잣말을 하고 있는 것 같다. "음, 나는 소탈한 것, 영기가 있는 것, 일종의 상쾌한 기상, 굼뜨지 않고, 아주 온유하고, 절대적으로 넋을 잃을 수 있는 것을 사랑하지." 옆에서 모시고 있던 극정(克定)이 묻기를 "무슨 말씀인지요 — "하자, 풍락산은 갑자기 얼음처럼 냉철한 눈빛으로 대답하기를 "춘부장 어른의 시(詩)야!" 라고 하였다. 이에 고씨 영감은 재빨리 겸손하게 대답하기를 "평가가 너무 높습니다, 평가가 너무 높아요!"라고 하였다. 이렇게 소탈한 모습은 마치 득의양양하여 신선이 되려는 듯한 그런 태도이다. 각신과 서각의 인연을 이야기할 때 풍락산은 아주 활달하고 도량이 넓은 듯한 모습으로 웃으며 말하기를 "사람이 늙으면 만사를 모두 담담하게 봐야하는데, 유독 사람은 자녀들로 바빠하는 마음이 늙어가면서 더욱 절실해진단 말야."라고 하였다. 명봉이 차를 가져와 풍락산 탁자 앞에 놨을 때, 풍락산은 갑자기 몸을 돌려 명봉을 한 번 보더니 마치 골동품을 감상하는 듯한 눈빛으로 한참을 주시하고 있었다. 입은 여전히 아주 담담하게 한 채, 천천히 고개를 끄덕이며, "아주 영기가 있고" "아주 총명한 눈을 가졌군." "그런데 좀 작은 게 애석해." 라고 하었다. 세상에서 위선적인 사람이 만일 시원스럽게 자기가 위선적이라고 인정을 할 수 있다면 그는 단지 무뢰한일 뿐이다. 만일 위선적이면서 또 거짓으로 도덕군자인체 하고, 또 근본적으로 자기가 위선자인 줄을 모르면 그의 면모는 더욱 가증스러워진다. 조우 필하의 풍락산은 후자에 속하는 인물로, 사람들은 그에게서 혐오를 느낀다.

조우는 파금의 <가>를 각색하기 전에 장서방(張瑞芳)에게 그녀를 위해 하나의 극본을 쓸 것이니 그녀가 신부를 맡으라고 말한 적이 있었다. 극본이 완성되자 여러 극단에서 다투어 연습을 하자고 요구하였다. 조우는 각 극단의 기반이나 풍격, 그리고 각 연기자들의 기질에 대하여 잘 알고 있었다. 그는 장서방의 연기 재능을 칭찬하면서 장서방이 <가> 중의 서각을 맡을 것을 요구하였다. 장서방은 조우의 수업을 들어본 적이 있었고, 조우의 극작에 대해 아주 연구가 깊었을 뿐만 아니라, 또 일찍이 조우의 <흑자이십팔>·<북경인> 등에서 배역을 맡아본 적이 있었다. 그래서 조우는 "어떤 극단이 이 극을 공연해도 좋으나, 서각, 이 배역만은 서방이 연기를 하지 않으면 안 된다."고 하였다. 결국, 장서방이 소속해 있던 중국예술극사(中國藝術劇社)가 최초 공연권을 얻었다.

<가>를 중국예술극사가 처음으로 공연을 하기에는 더없이 좋았다. 이 극사의 주요 책임자는 하연(夏衍)이었다. 1941년 1월 환남사변(皖南事變) 후, 하연이 주관하고 있던 ≪구망일보(救亡日報)≫가 차압을 당해 봉인이 되자, 그는 주은래의 급전(急電)에 따라 계림(桂林)에서 홍콩으로 갔다. 같은 해 12월 8일 태평양전쟁이 폭발하자 하연은 다음해에 다시 계림으로 왔다. 주은래의 안배에 따라 이해 4월 9일에 중경으로 왔다. 중경에서 하연의 공개적인 신

조우의 희곡창작의 길

분은 ≪신화일보≫ 특약 평론원이었지만, 당내에서는 중공 남방국 중경 사무소 문화조 부조장을 맡고 문화계 통일전선 임무를 책임졌다. 전쟁의 영향으로 중경의 영화는 아주 곤란을 겪고 있었고, 이에 따라 적지 않은 연출가·감독·연기자들이 점점 희곡 쪽으로 방향을 돌렸다. 주은래는 당시의 상황에 따라, 국민당이 규제를 하고 있는 문화기구를 이용해서, 극작가·연출가·연기자를 통해 공작을 해야 한다고 인식하고, 희곡이란 이 무기로 진보 문예에 대한 국민당의 고압 정책을 격파시켜야 한다고 생각을 하였다. 하연은 이 지시에 따라 문예계·희곡계의 많은 친구들과 관계를 맺으면서 우령(丁伶)·사도혜민(司徒慧敏)·송지적(宋之的) 등과 합작을 하여 아주 빠르게 중국예술극사를 조직하였던 것이다. 중국예술극사의 연기자들은 대부분이 홍콩으로부터 포위망을 뚫고 온 여항극인협회(旅港劇人協會)의 회원들이었고, 일부는 당시 항적 연극대에서 활약하고 있던 사람들이었다. <가>는 중국예술극사가 조직된 후 세 번째로 공연된 작품이다. (첫 작품은 <조국이 부르고 있다(祖國在呼喚)>, 두 번째 작품은 <북경인>이었다.)

　1943년 4월 18일, <가>는 중국예술극사에 의해 처음으로 공연이 되었다. 공연 진용은 아주 잘 짜여졌다. 장민(章泯)이 연출을, 금산(金山)이 각신을, 장서방이 서각을, 사몽(沙蒙)이 고씨영감을, 남마(藍馬)가 풍락산을, 왕평(王苹)이 진이태(陳姨太)를, 능관(凌琯)이 매아가씨를, 우정자(虞靜子)가 명봉을, 서강(舒強)이 각혜를, 진건(陳健)이 각민을, 황완소(黃宛蘇)가 완아를, 사이빙(謝怡冰)이 황심씨를, 담운(譚云)이 유사저를, 여은(呂恩)이 주씨를, 호문지(胡文之)가 극정을 각각 맡았다. 관중은 연기자들의 정채로운 연기에 경도(傾倒)되었다. 특히 금산과 장서방의 신방에서의 연기는 관중들의 마음을 깊이 울렸다. 이 장면은 연출자 장민이 애를 많이 썼고, 조우도 아주 관심을 가졌다. 아직 한 번도 얼굴을 본 적이 없는 각신과 서각이 결혼을 한 것이다. 각신은 생각하고 있던 사람을 잃고 생각하지 않던 사람을 얻었고, 서각은 완전히 낯선 곳으로 시집을 와서 완전히 모르는 한 사람과 결혼을 하여 부부가 된 것이다. 그들이 어떻게 첫 대면을 하고 어떻게 첫마디 말을 하며, 또 어떻게 해서 서로 슬픔과 두려움으로 상처받은 마음을 손질할 것인가? 이런 것을 조우는 시적 수법으로 완성을 함으로써 공연에서 이 장면을 원만하게 재현해 내었다. 멀리서 뻐꾸기가 노래를 하고, 창 밖의 호수는 매화를 비추고 있었다. 이렇게 배경이 받쳐주는 가운데 두 젊은이의 마음은 점점 가까워지면서 서서히 입을 맞추었다. 금산이 각신 배역을 맡아 아주 정감에 넘치게 연기를 하였고, 서방은 서각 배역을 맡아 아주 온유하게 연기를 하였다. 그들이 표현해 낸 한 쌍의 신인의 고통을 통해 관중들은 끝없는 눈물을 흘렸다. 백 번을 보아도 물리지 않을 이 장면에서 시와 그림 같은 느낌을 받을 수 있었다. 이 외에 정총(丁聰)이 설계한 배경, 신도(辛濤)가 설계한 의상, 호지(胡之)가 설계한 조명 등 역시 <가>의 성공적 공연을 위해 상당한 공헌을 하였다. 이 공연은 산성(山城) 전체를 들끓게 하였다. ≪신화일보≫ 1943년 7월 3일 보도에서는 "중국예술극단이 조우가 각색한 <가>를 공연하였는데, 총 63회의 막을 올렸고, 이 극단은 지금 사평파(沙坪壩) 학교의 요청에 응해 9일에는 중대(中大) 대강당에서 이 학교의 개교 28주년 기념 공연을 하기로 결정이 되었고, 11월부터는 악서(鄂西) 장사병들을 위문하기 위해 5일 동안 공연을 하게 되는데, 티켓은 이미 예매를 하기 시작하였다. 이 극단은 사평파에서 공연을 한 후

조우의 희곡창작의 길

바로 북매(北碚)로 가서 공연을 하고, 동시에 새로운 연극을 연습하여 안개가 깔리는 계절이 되면 다시 중경으로 가서 공연을 하게 된다."고 기사를 내보냈다. <가>는 100여 차례 공연이 되었는데, 매 번 관객이 만원을 이루어 당시 중경의 연극 공연 횟수의 신기록을 갱신하였다. 사실이 증명하듯, <가>의 비극역량은 관중들을 정복하였다.

이해 겨울, 주은래는 다시 한 번 조우를 청해 담화를 나누었다. 그는 조우에게 해방구의 상황과 국민당의 완고파가 거짓으로 일본에 항거하면서 진짜로는 공산주의를 반대하고 있다는 정치형세를 소개해 주었고, 또 중국이 어떠한 사회를 건립하고 작가가 어떠한 직책을 가져야 하는지 등에 대해 이야기를 하는 한편, 또 특별히 연안에서 짠 회색 트위드 옷을 주면서 추위를 막으라고 하였다. 조우는 일찍부터 해방구의 민주·진보·광명 등을 동경하고 있었고, 그는 주은래에게 해방구로 가겠다는 결심을 말했다. 주은래는 아직 국통구에 할 일이 너무나 많이 산적해 있음을 고려하여, 조우에게 남아서 계속 투쟁을 견지할 것을 재삼 강조하였다.

1943년 1월 9일, 노후사(怒吼社)는 중경 국태(國泰) 극장에서 헝가리 작가 파라·파라츠의 명극 <안혼곡(安魂曲)>을 공연하였는데, 조우는 이 극에서 주인공 모차르트 배역을 맡았다. <안혼곡>은 18세기 오스트리아의 음악가 모차르트의 비참한 조우를 묘사한 것이다. 웨예나 극장에서 그의 가극을 공연하고 있을 때, 그의 명성과 곡은 거의 모든 사람들이 다 알고 있었다. 그러나 그 자신은 거리를 배회하며 춥고 배고픔을 해결하지 못하고 있었다. 그의 불후의 명작 <마적(魔笛)>이 완성되었을 때, 극장에서는 박수소리가 진동을 하였지만, 이 음악가는 오히려 불도 없는 누추한 거실에 앉아서 기아와 추위에 허덕이며 계속 그의 곡을 쓰고 있었다. 드디어 그는 <안혼곡>을 완성하였다. 그가 막 그의 학생들과 <누광곡(淚光曲)>을 합창하고 있을 때, 그는 빈곤과 질병으로 쓰러져 이 세상을 떠나고 말았다. 이는 한 천재의 비극이며, 또 시대의 비극이었다. 모차르트는 비록 죽었지만, 그의 음악은 영원히 남아 있다. <안혼곡>의 공연 가치를 낮게 평할 수 없다. 그의 비극역량은 사람들에게 연민과 동정을 불러 일으켰을 뿐만 아니라, 사람들에게 용기를 불러 넣어 줄 수 있었으며, 또 사람들에게 어떠한 심정과 태도와 희망을 가지고 이 어두운 암흑 속에서 광명을 높이 찬양해야할지를 깨닫게 해 주었다. 조우가 바쁜 창작생활 가운데서도 시간을 할애하여 이 극본을 각색하고 또 모차르트로 분장을 했던 그 의미는 바로 여기에 있었던 것이다.

　<안혼곡>은 초국은(焦菊隱)이 독일어 번역본에 근거하여 번역한 불어본(佛語本)을 다시 번역한 것이다. 초국은은 극본을 무대화하고 중국관중들이 쉽게 이해할 수 있도록 조우에게 수정과 보충을 부탁했던 것이다. 이때 공연은 장준상의 연출로, 조우가 모차르트를, 장서방이 가극 연기자이자 모차르트가 사랑하는 아루샤를, 노희(路曦)가 아류샤의 동생이자 뒤에 모차르트의 아내가 된 캉스탄스·위뽀를, 심양(沈揚)이 모차르트의 부친을, 조온여(趙蘊如)가 모차르트의 누나를, 경진(耿震)이 극장의 사장을 맡았다. 극 중에는 음악과 무용의 내용이 있었기에 특별히 피아니스트 범계삼(範繼森), 바이올린의 명수 여국전(黎國銓)·주숭지(朱崇志)·진건(陳健), 그리고 무용가 대애련(戴愛蓮)에게 공연협조를 요청하였다. 조우는 일찍이 남개중학에서 공부를 할 때 천재 음악가 모차르트를 열렬히 좋아했었다. <안혼곡> 공연시 조우는 극중에서 음악가 모차르

조우의 희곡창작의 길

트의 형상을 표현해 내었을 뿐만 아니라, 또 한 수난자의 영혼을
표현해 내었다. 진신모(陳辛蓦)는 1943년 2월 14일 《신화일보》
에 평론을 발표, 조우의 연기재능을 열렬히 칭찬하였다. 문장에서
그는 "모차르트의 음악은 그의 마음 깊은 곳에서 나온 소리이며,
이것이 하나 하나의 음악부호로 만들어져 선율을 이루고 있다. 모
차르트 이 전형은 조우의 마음 깊은 곳에서 터져 나온 감정이 한
마디 한 마디 언어가 되고 하나 하나 동작이 되어, 생생한 한 인
물로 무대에서 표현이 되었다. 이는 바로 조우가 모차르트 이 인
물에 자기의 느낌과 체험을 주입시키고 자기의 생명과 영혼을 주
입시킴으로써 물과 젖처럼 서로 융합이 잘 되게 하였다. 이렇게
하여 그는 이 인물에 심도를 가지게 하였다."

<안혼곡> 공연의 반향은 아주 강렬하였다. 특히 지식계와 문화
계에서, 모차르트의 비참한 조우는 사람들에게 아주 큰 공명을 불
러 일으켜 주었다. 이에 국민당 당국은 온갖 수단을 다하여 이 공
연을 막고, 진보 연극활동의 영향과 발전을 약화시키고 저해하려
고 기도하였다. 그들은 극장 주인에게 명령하여 무대를 부수고 영
화를 상영할 수 있도록 개조를 하라고 하였다. 극단의 투쟁을 통
하여 국민당 당국에서는 억지로 야간에 영화를 다 상영한 후에 이
연극을 공연하도록 허락을 하였다. 그래서 공연은 단지 심야 11시
이후에야 막을 올려 새벽 1시나 2시가 되어서야 막을 내릴 수가
있었다. 이렇게 하기는 했지만, 관중의 정서는 여전히 높았다. 그
들은 뼈를 깎는 듯한 추위를 참으면서 극장 부근의 처마 밑에서
영화가 끝나기를 기다리고 있었고, 멀리서 온 관중들은 연극을 다
보고는 바로 돌아갈 수가 없어서 극장 입구에서 웅크리고 앉아 날
이 새기를 기다렸다. 저명한 교육가 도행지(陶行知)는 보면서 감동

하여 눈물을 흘렸다. 이튿날 새벽 그는 일찍 육재학교(育才學校)로 돌아가 직접 전교 사생(師生)들을 긴급하게 소집시킨 후, 그들을 이끌고 100여 리 길을 걸어와 최후 마지막 공연을 보게 하였다. 좌석이 없어서 2층 객석 계단에 빽빽하게 앉아서 보았다. 비참한 장면을 연기할 때 이층 객석 양쪽에서는 때도 없이 훌쩍거리는 소리가 들렸고, 연극이 끝났을 때는 또 그쪽에서 가장 열렬한 박수를 보냈다. 이것이 연극팀에게 준 고무역량은 상당히 컸다.

<가>와 <안혼곡>의 각색과 공연의 성공은 조우로 하여금 비극의 역량에 대하여 새로운 인식을 하게 하였다. 그는 자기의 실천기초 위에서 이론적으로 비극에 대하여 분석과 연구를 진행하면서 점차 수많은 깊고 예리한 견해를 가지게 되었다. 이해 2월 19일 밤, 그는 중경의 저회국(儲匯局) 동인 진수복무사(同人進修服務社)의 요청에 응해, 상청사(上淸寺) 저회대루(儲匯大樓)에서 '비극의 정신'이란 제목으로 강연을 하였다. 중경 ≪신화일보≫ 20일자 보도에서는 이 소식을 발표하였고, 8일에는 계림(桂林)의 ≪반월문췌(半月文萃)≫ 제2권 제2기에서 이가안(李家安)의 기록을 실었다.

조우는 강연의 제목을 "비극의 정신"으로 정한 이유는, 일부 사람들이 국가의 재난을 생각하려 하지 않고, 인간의 비극을 보고싶어 하지 않고, 비극적인 인물이 되는 것은 더더욱 원하지 않기 때문이라고 하였다. 그는 비극이란 "소아(小我)의 이해관계를 어느 정도 떠난 사람", 숭고한 이상을 가지고 차라리 죽음을 택할지언정 굽히지 않겠다는 정신을 가진 사람이라야 비로소 비극의 주인공이 될 수 있다고 인식하였다.

그는 "비극정신이란 아주 능동적인 것"이라고 인식하였다. 하고 싶은 바가 있고, 취하고 싶은 바가 있고, 참지 못하는 바가 있고,

조우의 희곡창작의 길

섭섭해하는 바가 있는 이런 사람은 비로소 비극정신이 있는 사람이라는 것이었다. 그는 셰익스피어의 <카이사르 대장(愷撒將軍)>을 예로 들어 구체적으로 설명을 하면서 포로투스가 "숭고한 비극정신을 가지고 있다"고 주장하였다. 포로투스는 카이사르가 가장 신뢰하는 친구였다. 그는 진솔하고 단순한 사람으로, 카이사르의 야심이 로마의 공화와 자유를 훼멸(毀滅)시킬 것이라는 것을 늘 근심걱정하고 있었다. 그의 성격은 집요하여 좋은 친구는 버릴 수가 있어도 로마가 자유를 잃고 공화를 잃으며 로마인들이 영원히 노예가 되게 할 수는 없다고 인식하였다. 포로투스의 선량한 성격은 마침내 야심가 카이시에스에게 이용당하고 기만을 당하여 카이시에스가 음모활동을 하는데 친밀한 친구가 되어 마침내는 카이사르를 죽인다. 이로부터 로마의 내전은 끊이질 않는다. 포로투스는 누차 전쟁에서 패한다. 그는 칼을 하나 들고 그의 부하에게 자기를 죽여달라고 시켰으나 부하들은 다 고개를 흔들며 거절하였다. 결국 한 하인이 그 칼을 들고 고개를 돌리고 있을 때 포르투스는 칼을 향해 뛰어들었다. 정직하고 진솔한 포로투스는 로마의 공화와 자유를 위해, 시민의 행복을 위해 키이사르에게 대항하는 것을 유감스럽게 생각하지 않았다. 조우는 "포로투스의 일생에는 비극정신이 충만해 있다."고 하였다.

또 예를 들어보자면, 굴원의 일생은 충정(忠貞)으로 충만해 있었다. 하지만 그는 반동 귀족들과의 투쟁에서 참소를 당해 실직되고 말았다. 그는 반동귀족의 우둔하고 썩어빠진 모습을 폭로하고, 국사(國事)를 걱정하며 이상을 위해 헌신하다가 마침내는 초(楚)나라의 위기를 구할 방법이 없어서 격앙된 가슴으로 <이소(離騷)>를 짓고, 멱라강(汨羅江)에 빠져 죽고 말았다. 조우는 "위대한 굴원에게 비극정신이 있다"고 하였다.

제갈무후(諸葛武侯)가 정치에서 보인 재지(才智)와 절조(節操)는 천고에 빛났다. 그는 일생동안 부지런하고 성실하였으며 죽도록 노동을 마다하지 않았다. 악비(岳飛)·문천상(文天祥)은 퍽 감동적인 인물로 청사에 빛나고 있는데, 이들은 모두 비극정신을 가지고 있다.

그러면 어떻게 해야 비로소 비극적인 인물이라고 할 수 있는가?

그는 주장하기를, 비극적인 인물은 불같은 열정을 가지고 숭고한 이상을 위해 추구하고 분투하며, 이 이상을 실현하기 위해 모든 것을 버릴 수 있어야 하며, 또 그렇지 않으면 이런 것을 위해 열심히 노력하여 새로운 인생관에게 영향을 주게 하며, 만약 참된 지식이 있다면 전력투구하며, 죽음을 당할지라도 절대로 중도에서 포기하지 않으며 어떤 일을 할 때는 애매 모호한 태도를 취해서는 안되며, 하나의 숭고한 이상을 세웠으면 이 이상을 실현하기 위해 자기의 이해(利害)를 버릴 수 있고 소아(小我)의 범주를 벗어나야 하며, 일종의 웅대하고 위엄 있는 기백이 있어야 한다고 하였다. 그는 또 민족을 위해서 존재해야 하며 중국이 세계 속에 서기 위해서는 나라를 멸망으로부터 구해야 하고 반항을 해야 하고 용기를 가지고 전진하는 기백이 있어야 한다고 하였다.

이 밖에도 강연 중에 조우는 무엇이 비극정신인가에 대해 자세하게 설명을 하였다. 그는 비극정신에는 반드시 시대의 내용을 담고 있고, 시대정신이 반영되어 있어야 하며 또 관념의 염원을 전달해야 한다고 강조하였다.

강연을 마무리지으면서 조우는 다시 한 번 모든 사람들이 "해이하지 않고 용감하게 앞으로 전진하는 기백을 가지고 비극의 정신을 체험하여 터득해 간다면", "중국의 장래는 반드시 혼돈의 국면

조우의 희곡창작의 길

을 벗어나 하나의 자강불식(自强不息)하고 독립 부강한 중국이 될 것이라고 격려하였다.

이 때의 강연의 작용은 이것에 그치지 않았다. 이 때 조우는 "강연을 하고 싶어도 모든 것을 명백하게 말로 할 수 없는" 험악한 환경 중에 처해 있었다. 그는 정의감과 신념에 격앙되어 단련을 받고 있었고, 진리를 위해, 광명을 위해, 승리의 도래를 위해 노력분투하고 있었다. 그래서 이번 강연은 그의 창작 실천 중의 경험을 총 집결한 것이기도 하며, 또 그의 창작사상이 시대의 변천에 따라 새롭게 발전하고 있음을 의미하는 것이기도 하였다. 이로써 그는 중국의 비극이론을 위해 중요한 내용을 더해주었다.

1944년초, 조우는 장준상의 요청에 따라 중경에서 셰익스피어의 <로미오와 줄리엣(柔蜜歐與幽麗葉)>을 개편 번역하였다. 3월, 개편 번역본은 《문학수양(文學修養)》 제2권 제3, 4기에 발표가 되었고, 이어서 중경 문화생활출판사에서 단행본으로 출판을 하였다. 같은 해 초겨울, 이 극은 장준상의 연출과 김염(金焰)·백양(白楊)의 주연으로 사천 성도에서 처음으로 공연이 되었다. (공연을 할 때는 제목을 바꾸어 <주정(鑄情)>이라 하였다.) 공연 전 《신화일보》에서는 소식을 실으면서 "<주정> 이 극에는 이미 200만원이 넘는 투자가 되었는데, 이는 극단이 생긴 이후 공연비가 가장 높은 기록을 세운다."고 하였다. 이로 보건대, 극단은 이 극의 공연을 아주 중시하였음을 알 수 있다. 해방 후, 북경·상해 등지에서 여러 차례 이 극을 공연하였는데 모두 성공을 거두었다. 이런 공연은 모두 조우의 번역본을 채용하였다.

수많은 극단에서 조우의 번역본을 채용한 것에는 이유가 있다. 중국에서 이 극의 번역본은 상당히 많은데, 특히 주생호(朱生豪)의 번역본이 가장 널리 유전되고 있었다. 주선호의 번역본은 문장이 명백하고 유창하여 독자의 환영을 널리 받아왔다. 그러나 이 번역본은 산문체로 번역을 했기 때문에 셰익스피어극 원래의 시의(詩意)를 어느 정도 약화시켜서 원래의 시극(詩劇)을 산문극(散文劇)으로 만들어 놓았다. 조우의 번역본은 주생호의 번역본과는 달랐다. 그의 번역본은 중국에서 처음으로 셰익스피어극 원래의 시체 형식과 시적 언어로 원작의 시의(詩意)와 격정을 그대로 살린 극본이었다. 그의 번역본은 또 공연본으로 무대공연에 적합하였다. 그는 적지 않은 극본을 창작하였고, 적지 않은 연극에 배역을 맡았으며, 또 적지 않은 연극의 연출을 맡아왔었다. 그래서 그에게는 풍부한 창작경험이 있고 또 수많은 무대실천이 있어서 연기자와 관중의 심리를 잘 이해하고 있었다. 그는 풍부한 시정(詩情)과 화의(畵意) 및 풍부한 음악성을 가진 언어로 이 불후의 셰익스피어의 비극을 성공적으로 번역해 냈다. 그는 극작가였기에 그의 번역본은 더욱 많이 희곡예술에서 착안을 하였다. 그는 다른 사람의 번역본에서 보여주지 못했던 무대지시를 창조적으로 첨가시켰다. 조우가 이렇게 한 것에는 뚜렷한 목적이 있었다. 그는 <역자전기(譯者前記)>에서 말하기를 "우리 독자들을 좀 더 쉽게 셰익스피어에 접근시키기 위해 각종 셰익스피어 번역본 중 이런 종류의 번역본이 하나쯤 있어도 좋겠다는 생각이 들었다. 만일 번역본에 이런 '설명'을 첨가시키게 되면 사람들이 셰익스피어를 이해하는데 도움이 되고 그에 대해 곡해를 하지 않을 수 있다."고 하였다. 그의 목적은 달성되었다. 조우의 이런 생각은 합리성을 갖는다. 역본 중에 덧붙인 수많은 무대지시 혹은 상황설명은 확실히 독자와 연기자들이 이해하고 감상하는데 도움이 되었다.

조우의 희곡창작의 길

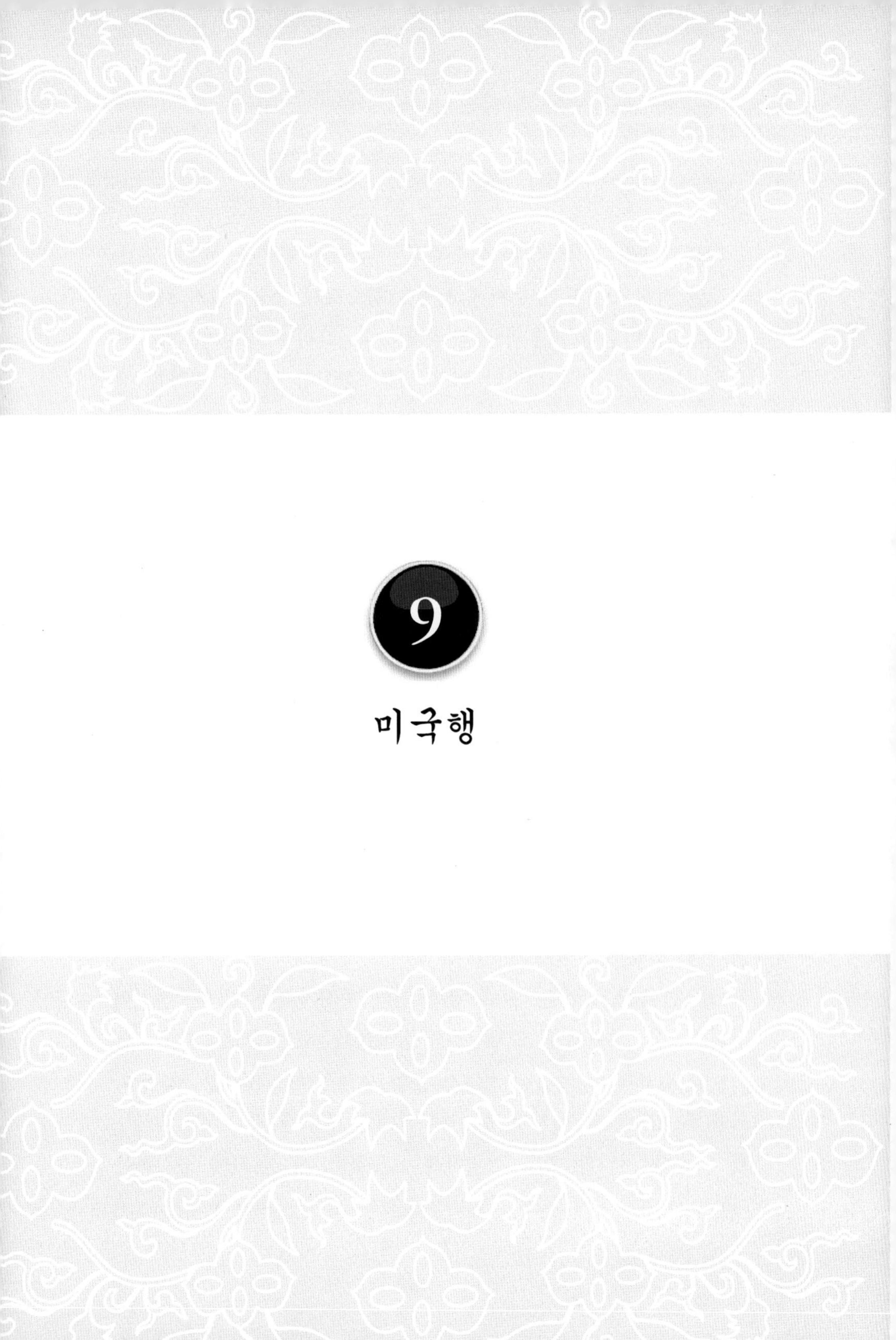

9

미국행

1945년 8월 14일, 일본 제국주의는 무조건 항복을 선포하고, 9월 2일 정식으로 투항 문서에 서명을 함으로써 중국인민의 8년 간의 항전은 마침내 최후의 승리를 얻었다. 그러나 내전의 검은 구름은 신속하게 전국 인민의 머리 위를 덮었다. 국내의 평화를 쟁취하기 위해 1945년 8월 하순, 중공 중앙주석 모택동은 주은래·왕약비(王若飛)등과 함께 중경에 도착하여 국민당과 담판을 벌였다. 9월 주은래의 안배에 따라 조우는 상청사(上清寺)에서 처음으로 모택동을 만났다. 모택동은 그의 양호한 공작과 인민을 위한 복무에 노력하는 것을 격려하였다. 이 회견은 조우를 크게 고무시켜 주었다. 10월 21일 밤, 조우는 중화전국문예협회가 장가화원(張家花園)에서 거행한 친목연회에 참가를 하였다. 주은래도 요청에 응해 참가를 하였고, 여기서 주은래는 '연안의 문예활동(延安的文藝活動)'이란 제목으로 발언을 하였다. 발언 중 그는 조우의 창작에 대해 높이 평가를 하면서 "많은 작가들이 과거에는 도시생활과 인물에 대해 비교적 자신을 가지고 구현을 해 내었는데, 애증(愛憎)을 분명하게 하고, 구사회에 대한 인식을 매우 깊게 하였기 때문에 우수한 작품들이 많이 나왔다. 조우선생의 <일출>·<북경인>이 이런 작품이다."라고 하였다.

1946년 1월, 조우는 진보 영화 연극 종사자들과 함께 <정치협상회의 각 위원에게 보내는 의견서(致政治協商會議各委員意見書)>를 발표하여, 국민당 정부가 문화 통제정책을 폐지할 것, 당화교육(黨化敎育)을 폐지할 것, 특무정책을 취소할 것, 문화 매국노를 엄중히 처리할 것을 강력하게 요구하고, 또 문화에 종사하는

조우의 희곡창작의 길

사람들이 각각 기본적 자유를 누릴 수 있어야 한다고 주장을 하였
다. 이와 동시에 조우는 또 홍심(洪深)·마언상(馬彦祥)·양한생
(陽翰笙)·송지적(宋之的) 등 50여명과 연극 영화계를 대표하여
여섯 항목의 요구와 다섯 항목의 건의를 제기하였다. 여섯 항목의
요구란 즉, 연극·영화·구극·신극에 대한 모든 심사제도를 폐지
할 것, 연극·영화 사업의 영업자유를 정부가 보장해 줄 것, 극장
은 국세와 인지세로 상업규정에 따라 40퍼센트를 내는 외에 오락
세금과 모든 잡세를 면제할 것, 연극·영화계의 매국노 명단을 공
포하고, 모든 이적(利敵) 영화를 불태울 것, 거두어들인 괴뢰정권
의 연극·영화산업 등을 항전 중에 손해를 보았다거나 공을 세운
연극·영화단체에 분배해 주고, 중앙 영화처를 자세히 조사하여
관(官)을 빌어 사사로운 영업을 한 조직을 해산할 것, 갈데 없는
연극·영화계 인사들에게 정부가 도움을 줘서 복원을 시켜 줄 것
등이었다. 다섯 항목의 건의란 즉, 연극·영화 사업이 국내에서 자
유롭게 발전할 수 있는 국책을 확립할 것, 국제무대에서 중국의
영화문화를 발양시킬 국책을 확립할 것, 사리를 꾀하지 않는 국립
극장을 건립할 것, 연극·영화사업을 도울 것, 연극·영화예술에
대한 기술연구와 교육을 장려할 것 등이었다. 이런 요구와 건의에
서 제기된 문제는 모두 당시 절박하게 해결을 해야 될 것들이었
다. 그러나 모든 정치문제가 해결이 되기 전에는 해결이 될 수 없
었다. 그래서 조우 등 50여 명의 저명 인사들은 다시 정치협의회
를 소집하기 전에 반드시 내전이 정지되어야 한다고 인식을 하였
고, 정치협상 회의 중에는 반드시 평화건국 강령을 제정하고 연합
정부를 건립함으로써 그들이 제기한 요구와 건의가 실현될 수 있
을 것으로 믿었다.

이 해 1월 1일, 미국 국무원에서는 노사(老舍)와 조우를 미국으로 초청하여 1년간 학술 강연을 하도록 하겠다고 선포를 하였다. 조우는 이 요청을 받아들였다. 항전 승리 후 얼마간 국민당 당국은 문화방면의 검열을 약간 완화하였다. 조우가 미국으로 가서 강연을 하면서 중국의 신문예를 미국의 작가와 인민에게 소개를 하는 것은 양국간의 문화와 감정 교류에 아주 큰 의의가 있을 수 있었다.

조우는 초청장을 접수한 후, 주은래를 만나보고 그에게서 어떤 지시를 받고 싶었다. 그러나 이때 주은래는 중경에 없었다. 조우는 팔로군(八路軍) 사무실에 전화를 해서 오옥장(吳玉章)·동필무(董必武) 등을 찾았으나 그들도 없었다. 뒤에 그는 모순(茅盾)을 찾아갔다. 모순의 부인 공덕지(孔德沚)는 넉넉하지도 않은 형편에 특별히 그를 위해 풍성한 식사를 준비하였다. 이 자리에서 모순은 조우의 미국행에 대해 두 가지 의견을 이야기하였다. 중국의 상황을 이야기하면서 중국의 실제상황을 세계에 소개하고, 문학의 사회의의를 이야기하면서 문학은 오락을 위한 것이 아니라 인류의 진보를 위해 복무하는 것이라는 거였다. 이런 의견은 조우의 생각과 부합되는 것이었기에 조우에게 아주 큰 영향을 주었다. 미국에 있는 동안 그는 확실히 이렇게 하였다.

1월 20일 저녁 "문협(文協)"에서는 노사와 조우의 부미(赴美)를 위해 중경 장가화원에서 환송회를 열었는데, 모순·파금(巴金)·호풍(胡風)·하기방(何其芳)·유백우(劉白羽)·풍설봉(馮雪峰) 등 50여명이 출석하였다. 조우는 이 모임에 도착하여 살그머니 한 좌석에 앉았다. 환송회는 모순이 사회를 보았다. 조우는 박수소리에 일어나 입을 열었다. 그가 한 말의 요지는 이러하다. 이번에 학술 강

조우의 희곡창작의 길

연을 하러 가서 미국인들로 하여금 중국의 신문화가 어떤 어려운 환경 가운데서 탄생하였고, 중국의 신문화 운동이 오늘날에 어떤 성취를 보이고 있는지를 이해시키기 위해 노력하겠다. 우유와 버터를 먹는 외국인들은 풀을 먹는 중국작가를 그다지 깊게 이해하지 못하고 있는데, 그들이 노사 선생을 만나보면 중국작가의 생활과 환경을 분명하게 알게 될 것이다. 어떤 사람은 외국인에게 보여주기 위해 창작을 하는데 이러는 것은 바람직하지 못하다. 그 결과는 반드시 실패하는데 왜냐하면 이렇게 묘사된 것은 결코 진정한 중국인이 아니기 때문이다. 우리는 마땅히 우리가 잘 아는 사람을 써야 한다는 내용이었다. 마지막에 조우는 농담 식으로 그의 말을 맺었다. "발바리를 끌고 세계를 일주하고 돌아왔는데도 여전히 발바리였다. 내가 돌아온 후에 발바리가 되지 않을지 모르겠다."고 하였다.

미국측의 안배에 따르면 노사와 조우는 상해에서 배를 타고 미국으로 가게 되어 있었다. 조우는 중경에서 약간의 준비를 한 다음 비행기를 타고 상해로 왔다. 상해에서는 황좌림(黃佐臨)의 집에 머물렀다. 한 극작가와 한 연출가, 이 친한 친구는 마치 고기가 물을 만난 듯 하였다. 그들 둘은 무릎을 맞대고 서로 흉금을 터놓고 심야까지 이야기를 하였다.

2월 18일 오후 4시, "문협" 상해분회에서는 노사와 조우가 미국으로 학술강연을 가는 것을 환송해 주기 위해 금련(金聯)식당에서 모였는데, 비정청(費正淸)과 외국기자도 참가를 하였다. 비정청은 청화대학(淸華大學)의 교수를 지낸 바 있으며, 당시에는 미국 주화 대사관 신문처 문화부 주임으로 있었는데, 이번 노사와 조우가 미국으로 가서 학술강연을 할 수 있도록 소개를 한 사람은 바로 그였다. 집회는 아주 성대히였고, 출석한 유명인사도 많았고 그 발언도 적지 않았다. 정진탁(鄭振鐸)·엽성도(葉聖陶)·오조광(吳祖光)·원수박(袁水拍)·봉자(鳳子)·허걸(許杰) 등이 연속하여 열정적인 발언을 하였다. 비정청 교수도 발언에 응하였다. 어떤 사람이 이번 집회는 아주 의의가 있으므로 기념을 남길 필요가 있다고 제의를 하였다. 이에 돈이(敦易)가 한 장의 큰 종이를 가져왔다. 엽성도가 붓을 들어 몇 마디 적었다. "문협 상해분회에서는 서사여(舒舍予)와 만가보(萬家寶) 두 선생이 미국으로 학술강연을 가서 우리나라의 신문예를 선양하게됨을 환영하며, 모임에 참석한 사람들이 이 종이에 서명을 하여 영원히 기념으로 남긴다. 35년 2월 28일 오후 4시, 금련식당에서 엽성도가 말의 머리를 적는다." 이어서 모임에 온 사람들이 모두 이 진귀한 종이 위에 서명을 하였다.

조우는 집회에서 발언을 하였다. 그의 발언에는 그 당시 조우의 문예사상이 진실적으로 반영되어 있었다. 그는 다음과 같이 말하였다.

생각지도 않게 이곳에서 새로운 친구와 오랜 친구들을 만나보게 되어 정말로 유쾌하다. 8년간의 심정을 어떻게 말해야 좋을지 모르겠다. 친구들은 모두 유일한 진리를 찾았는데, 우리는 이 진리가 오늘날 무엇인지를 잘 안다. 모두가 이 때문에 고생한 것을 고기가 물을 마시듯 우리가 그 심정을 잘 안다. 우리가 받은 시달림과 고통, 그리고 물질상의 재난은 자랑할만하다. 우리 마음 속의 불꽃은 꺼진 적이 없이 날마다 뜨거웠다. 글을 쓰는 사람은 여러 해 동안 각종 방법을 통해 백성을 대신해 말을 함으로써 높은 자리에 앉아 있는 사람들에게 백성들의 고통을 알게 하였다. 누구든 백성을 대신하여 일을 할 수 있고, 누구든 중국의 조직 중에 존재할 수 있다. 지금 이 목표는 아직도 요원하며, 아직도 각 방면에서 노력을 해야만 한다. 지금 각 지방의

조우의 희곡창작의 길

백성들은 문예운동과는 아주 거리가 멀다. 생활도 유지할 수 없는데 문화는 더욱 이야기 할 필요가 없다. 우리는 백성들의 생활을 안정시켜야 하며, 그들의 책임이 막중하며, 그들이 장래의 새로운 조직 중의 주인이라는 것을 그들로 하여금 알게 해야 한다. 이후에 내가 만일 다시 작품을 쓴다면 너무 큰 문제를 이야기하는 것보다 백성들과 접근할 수 있는 구체적인 문제를 쓰는 것이 더 좋다고 생각한다.
이번에 우리가 미국에 가면 미국 작가들에게서 뭔가를 배우고, 우리는 자연스럽게 미국으로부터 어떤 것을 가져올 수 있을 것이라고 노사는 말하는데, 이 외에 우리에게 또 하나의 사명이 있다. 이는 바로 변화 중에 있는 현대 중국을 어떻게 미국 민중들에게 알려주느냐 하는 것이다. 노사의 <낙타상자(駱駝祥子)> 영역본 겉면에 그려진 인력거꾼이 아직도 변발을 하고 있는 것으로만 보아도 미국인이 아직도 중국을 충분히 이해하지 못하고 있음을 알 수 있다. 중국과 미국 두 민족 중 하나는 과거에 역사가 느렸고 하나는 빨랐지만, 민주의 진리라는 그 방향은 모두 이미 확정이 되었다. 우리의 신문예 운동의 시간은 길지 않아서 우유를 짜는 것처럼 아직도 좀 더 짜야만 한다. 모순의 <자야(子夜)>, 노사의 <낙타상자>와 같은 작품을 놓고 감히 자만하지는 말아야 하겠지만, 외국의 일류 작품과 나란히 놓고 볼 때 부끄럽다고 생각되지 않는다. 우리는 미국인으로 하여금 우리나라 인민의 생활을 알게 해야 한다. 진짜 중국을 대표할 수 있는 작품을 어떻게 선택할 것인가? 외국인이 중국의 작품을 읽기에는 너무 불편하므로 우리가 스스로 선택을 해서 이를 소개하는 것도 가치 있는 일일 것이다.

조우의 발언은 아주 간결하였지만, 여기에는 아주 풍부한 내용이 담겨있다. 그는 8년간의 항전승리가 쉽지 않게 이루어졌다는 말과 문예가 민중을 위해 복무한다는 것을 목표로 삼아야 한다고 이야기를 하였고, 또 미국 작가와 민중에게 배우면서도 중국에는 세계 행렬에 나란히 설 수 있는 수많은 작품이 있기 때문에 중국인은 자신감과 자존심을 가져야 한다는 말이었다. 엄혹한 사회생활과 간고한 창작 역정 중에서 그의 사회에 대한 인식정도는 이전에 비해서 아주 깊어졌다.

조우가 상해에 도착한 후 배의 출항이 자꾸 문제가 생김으로 인하여 언제 출발을 하게될 지 확실한 소식을 알 수 없었다. 그래서 어쩔 수 없이 인내하는 마음으로 기다려야만 했다. 미국측에서는 끊임없이 그에게 우두 주사·방역 주사·방뇌막염 주사·방장티푸스 주사 …… 등을 줘서 팔은 벌집처럼 부어있었다. 뒤에서야 출항이 늦어진 이유를 알게 되었다. 원래 그가 탄 배는 "스커트 장군"호였는데, 이 배는 상해에 와서 미국 군인들을 귀국시킬 병력수송선이었다. 이 미국 병사들은 배가 머뭇거리는 것에 화가 나자 그들은 "민주"정신을 발휘, 이 삼백 명이 집합을 하여 하나의 "병사법정"을 조직한 다음 이 병력수송선에게 "사형"을 내리느라고 한 바탕 난리를 벌였다. 사천 톤이 못되는 이 배는 모두가 큰 3등창으로 되어 있어서 부유한 규수들까지도 이 3등창에 탔으니 조우도 예외는 아니었다. 3월 4일 오후 2시, 조우는 "스커트 장군"호를 타고 조국을 떠났다. 두 주일이 넘는 항해를 거쳐 3월 20일에 미국의 서해안 시애틀에 도착을 하였다.

조우는 시애틀에서 열흘을 보낸 후, 기차를 타고 미국의 수도인 워싱턴으로 가서 미국 전역을 가로질러 학술강연과 여행을 하였다. 그는 연속하여 뉴욕·시카고·로스앤젤레스·시애틀·샌프란시스코와 그리고 신멕시코주를 다녔다. 마지막에 뉴욕에서 다시 샌프란시스코로 가서 그곳에서 귀국선을 탔다. 이 번 미국여행은 9개월 동안 11개 도시를 돌면서 14개 대학을 방문하였다.

조우는 미국에 도착한 후 미국 국무원과 각 분야 인사들의 열렬한 접대를 받았다. 화납(華納) 영화회사에서는 조우의 미국에서의 활동 상황을 단편 뉴스로 제작하여 각지방에서 방영을 하였다. 그

조우의 희곡창작의 길

의 강연 내용은 그때마다 미국의 기간(期刊) 잡지에 등재를 하고, 그의 <뇌우>·<일출>·<북경인> 등의 극작도 미국 무대에서 공연을 하였다. 워싱턴에서 그는 백악관 맞은 편에 있는 귀빈을 전문적으로 접대하는 호텔로 안배되었고, 미국 국무원 의전실의 직원은 그와 학술 강연과 여행 일자를 상의하였다.

조우는 각 지방에 도착을 할 때마다 그 지방의 대학에서 '중국 희곡의 역사와 현상'이란 주제로 강연을 하였다. 그의 강연은 미국 사생(師生)들 및 문예계 인사들의 열렬한 환영을 받았다. 강연 기간 중 그는 또 미국의 풍토와 인정을 고찰하고 많은 사회활동에 참가하였다.

워싱턴에서 그는 미국 제16대 대통령 아브라함·링컨의 소상(塑像)을 찾아보았다. 그는 젊었을 때 링컨을 아주 숭상하였다. 그의 머리 속에 링컨은 남부 노예주에게 반동하여 일어난 무장반란을 평정하고 흑인노예의 해방을 선언한 아주 훌륭하고 위대한 인물로 알고 있었다. 조우는 일흔이 넘은 나이에도 아직 링컨이 1863년 11월 19일 게티스버그에서 한 연설을 영어로 유창하게 외우고 있었다. "80년전 우리의 선조들은 이 대륙에 새로운 하나의 국가를 만들었고, 이 국가는 자유 가운데서 자라며 모든 사람은 태어나면서 평등하다는 원칙을 지켜왔다. …… " 링컨이 피살된 뒤 시인 월트·휘트만은 환상적이고 상징적 의미가 풍부한 한 수의 만가 <선장, 나의 선장(船長, 我的船長)>을 지어 이 위인에게 애도를 표현하였는데, 조우는 이때까지도 그 시를 그대로 영어로 유창하게 암송하고 있었다.

미국은 링컨의 고향이며, 조우는 여기서 이 위대한 정치가의 소상을 보게되자 자연스럽게 숭경(崇敬)의 정이 솟구쳤다. 그러나 링컨이 세상을 떠난 이후 아직도 미국에는 여전히 종족차별 문제가 존재하고 있다는 것을 그는 직접 목도하였다. 이에 미국의 자유와 평등에 대하여 회의가 들지 않을 수 없었다.

1962년 링컨은 '흑인 노예의 해방선언'을 반포하였다. 이 말대로라면 미국에서 흑인과 백인이 마땅히 평등해야만 했다. 그러나 수도인 워싱턴의 외곽에는 아직도 가난한 흑인들이 수없이 살고 있고, 그곳에는 대로처럼 생긴 길 하나도 없다는 것을 이전에는 생각도 못했던 조우였다. 흑인들이 살고 있는 그 곳의 환경과 조건은 아주 열악하였다. 모두가 판자집에 사방이 다 썩은 물웅덩이에 쓰레기 더미였다. 헤진 옷을 입은 흑인 아이들은 그 곳에서 냄새나는 물로 장난을 치고 넝마를 줍고 있었다. 워싱턴시 중심의 수많은 식당에서 "흑인 출입금지"라는 모욕적인 글씨가 붙어 있는 것을 볼 수 있었다. 한 번은 조우가 한 흑인작가를 초대하여 백악관 부근의 한 식당에서 간단한 식사를 하고자 하였다. 그가 막 들어가려고 하는데 그 흑인작가가 머뭇머뭇하였다. 왜냐하면 원래 이 식당은 흑인을 받지 않는 곳이었기 때문이었다. 이런 일은 조우로 하여금 아주 분개하게 하였고, 미국의 민주·자유·평등에 대하여 실망을 하게 하였다.

미국의 서남부에 있는 신멕시코주에서 조우는 꼭 같은 경우를 보았다. 그곳에는 수많은 인디안들이 살고 있었는데, 전문적으로 토착민들을 위해 만들어 놓은 "보류지(保留地)"였다. 그의 눈앞에 펼쳐진 것은 황량하고 처참한 모습이었다. 그가 그곳에 도착하였을 때는 바로 무더운 여름이었는데, 그 주위에는 녹색이라고는 조금도 찾아볼 수가 없었다. 조우가 차에서 내리자 토착인의 애들이 떼거리로 몰려들더니 주머니에서 자기들이 만든 오지 그릇을 끄집

조우의 희곡창작의 길

어내어 그에게 내밀었다. 남루한 옷을 걸친 노인들도 계속 그에게 구걸을 하였다. 이런 모습은 오랫동안 잊을 수가 없었다. 흑인과 백인이 완전히 다른 세계에 살고 있는 것이다. 링컨이 사람은 태어나면서부터 모두 평등하다고 하였는데, 왜 유색인종은 태어나면서부터 평등하지 못한가! 조우 자신은 중국인인데, 유색인종이 이와 같이 차별대우를 받는 것을 목도하게 되자 마음이 아주 불편하였다. 미국의 종족차별은 그에게 깊은 인상을 주었다.

조우는 각종 사회활동에 참가를 하면서, 문예인은 인류를 위해 복무해야 한다는 기본 관점을 명백히 표현하였다. 뉴욕에 있을 때 그는 바라휘가의 파크여관에서 머물렀다. 미국의 저명한 여작가요, 1938년 노벨 문학상을 탄 바 있는 싸이젼쥬는 미국 국무원의 위탁을 받고 조우를 접대함과 동시에 그에게 '중국희곡'에 대하여 이야기를 해 달라고 부탁을 하였다. 조우는 강연 중, 중국에는 앙가극(秧歌劇)이라는 것이 있는데 아주 영향력이 크며, 이것은 민중들이 즐겨 보고 듣는 예술이며, 연기자들은 전문적으로 민중을 위해 공연을 함으로써 민중에게 아주 환영을 받는데, 서안(西安)에 있는 것이 아니고 연안(延安)에 있는 것이라고 소개를 하였다. 당시 중국 주미대사도 이를 듣고 있었는데 다 듣고 나서는 아주 기분이 상한 듯이 조우에게 강연이 아주 좋지 못했다고 하였다. 조우는 공산당을 선전하지 않고 단지 진실적으로 중국희곡의 실제상황만을 반영했을 뿐이었다. 싸이젼쥬는 다시 한 차례의 다과회를 열어서 조우와 미국 문화계의 저명인사들을 초청하였는데, 여기에는 소설가·평론가·무용가 등이 참석을 하였다. 이들은 이 모임에서 의론을 제기하여 문학이란 단지 일종의 취미이며, 이는 단지 수신양기(修身陽氣)와 초연무도(超然無度)의 작용을 일으킨다고 이야기를 하였다. 조우는 이에 동의하지 않았다. 그는 반박하여 말하기를 "이런 관점에 대해 나는 맞다고 인정할 수 없다. 이는 단지 어떤 한 파(派)를 대표할 뿐이다. 우리가 작품을 쓸 때는 반드시 사회효과와 사회의의를 고려해야만 한다. 지금 우리 중국은 사회의의를 위하고 인민을 위해서 창작을 하고 있다."고 하였다. 이 말은 격렬한 쟁론을 불러일으켰다. 한 평론가는 바로 그를 공산당과 연결을 시켜서 말하기를 "나는 일찍부터 이것이 공산당의 이론이라는 것을 알았다. 공산당의 이런 이론은 근본적으로 성립될 수 없는 것이다."고 하였다. 조우는 다시 이론에 근거하여 그의 주장을 말하자 모임은 아수라장이 되었고 사람들은 불쾌한 기분으로 헤어졌다. 조우의 옆에 앉았던 연극·영화예술가 왕영(王瑩)은 흥분하여 조우에게 "당신의 이런 태도는 너무 좋았고 떳떳한 말이었다."고 하였다. 왕영은 미국에서 아주 영향력이 있는 사람이었다. 1942년 주은래는 그녀를 미국으로 보내 공부하게 하고, 중국과 미국의 우호를 위해 일을 좀 많이 하라고 지시했었다. 그녀는 중공 지하당원이었으나, 조우는 당시 모르고 있었다.

시애틀에서 조우는 전미작자회의(全美作家會議)의 요청을 받아 참석을 하였다. 모임에는 계란에 관계되는 소설을 한 편 써서 책이 바로 베스트 셀러가 되고, 이로 인해 영향력을 크게 가진 한 여작가가 있었다. 이 여작가는 모임에서 한참을 이야기했는데, 무슨 말을 했는지 알 수가 없었지만 사람들에게 인상을 주었던 것은 가정부녀라는 것이었다. 그녀는 발언 중에서 두 개의 문제를 제기하여 여러 사람들에게 흥미를 불러 일으켰다. 그 중 하나는 글을 쓰는데 있어서 어떻게 해야 편집자의 기호에 맞출 수 있느냐 하는 것이었고, 또 하나는 어떻게 하면 훌륭한 대리인을 찾아 작가가

조우의 희곡창작의 길

권익을 보호받고 작가의 작품이 잘 팔릴 수 있도록 판로를 확장할 수 있느냐 하는 것이었다. 이 토론은 조우로 하여금 미국 문예작품의 상업화 추세를 이해하게 하였다. 원래 미국에서는 힘있고 수완 좋은 많은 브로커들이 작가를 통제하고 있기 때문에 많은 작가들은 고분고분하면서 그들의 요구에 영합하여 창작을 할 수밖에 없으며, 그렇지 않으면 쓴 책을 출판할 방법이 없고, 설령 출판을 했다고 하더라도 팔 수가 없었다. 왜냐하면 시장은 모두 브로커들의 손에 의해 통제되고 있었기 때문이었다.

뉴욕에서 조우는 아파스탄 ― 지금의 전국인대상위(全國人大常委)·≪중국건설≫ 잡지 주편 ― 의 요청에 응하여 그의 집에서 준비한 파티에 참가를 하였다. 파티가 한참 무르익었을 때 비정청(費正淸) 교수가 왔다. 비정청은 조우에게 반 년 동안 미국에 머물면서 무슨 깊은 인상을 받았느냐고 물었다. 비정청은 희망하기를 미국을 위해 좀 좋은 말을 해주기를 희망하였고, 또 조우가 귀국 후에 글을 좀 써서 미국에서의 인상을 세계에 알려줄 것을 희망하였다. 이에 조우는 단도직입적으로 "미국에서는 종족차별이 이미 말로 표현할 수 없는 정도에까지 이르렀다."고 말했다. 비정청은 아주 점잖게 웃으면서 "당신이 쓰고 싶으면 뭐든지 쓰라."고 말했다. 조우는 미국의 이런 불합리한 사회제도에 침묵으로써 항의라도 하듯, 귀국 후 미국을 소개하는 문장은 한 편도 쓰지 않았다.

조우는 미국에서 유쾌하지 못한 일들을 너무나 많이 당했다. 워싱턴에서 그는 국회빌딩과 박물관을 참관하였는데, 여기에는 중국의 골동품과 그림·글씨·불상 등이 진열되어 있었는데, 이 중에는 당대(唐代)의 것, 송대(宋代)의 것도 있었으며 또 돈황(敦煌)의 벽화도 있었다. 멀리 조국을 떠나 미국에서 이런 중국의 문물을 보고 그의 마음은 아주 불편하였다. 왜 이렇게 많은 중국의 보배들이 이곳으로 올 수 있었을까? 어쩌면 간상(奸商)들이 높은 값을 받고 팔았을지도 모르고, 어쩌면 제국주의 분자들이 중국에서 빼앗아 왔을지도 몰랐다. 어쨌든 이런 진품은 지금 중국에 귀속되어 있지 않고 이미 미국 박물관의 소장품이 되어버렸다. 한 번은 중국 주미대사관에서 근무하는 진씨(陳氏)라는 일등 비서가 조우를 찾아와 말하기를 대사관에서 약간의 돈을 준비해 두었다고 하였다. 왜냐하면 그는 중국의 대작가이기 때문에 이 돈으로 좀 크게 손님을 청함으로써 중국인의 얼굴이 좀 나게 하자는 목적이 있었기 때문이었다. 이것은 국민당이 그의 명성을 이용하여 선전을 하기 위한 것이라는 것을 안 조우는 즉시 거절하였다. 그가 신멕시코주에 있을 때 한 미국의 관원이 자만에 찬 태도로 묻기를 미국이 어떻게 중국을 도왔으면 좋겠느냐고 하였다. 조우는 대답하기를 가장 좋은 도움은 미국이 중국으로부터 모든 군대를 철수하여 한 명의 병졸도 남겨두지 않는 것이라고 하였다. 이 대답은 그의 강렬한 민족자존심을 표시한 것이며, 미국정부가 중국의 내정을 간섭하는 것에 대한 그의 불만을 반영한 것이다.

조우는 운이 좋게도 독일의 저명한 작가 비틀·프라히트를 두 번이나 만나 보았다. 이 두 차례의 회견은 모두 왕영의 주선으로 이루어진 것이다. 당시 프라히트는 한참 <갈릴레이 전기>를 쓰고 있었다. "그와의 만남은 이 방문기간 중 가장 잊기 어려운 대사였다." "그는 사람을 대하는 것이 아주 상냥하고 친절하였으며 중국을 아주 열애하였다." "우리는 영어로 이야기를 하였는데, 프라히트는 유명한 인물이었지만 결코 거드름을 피우지 않았다." "나는 그에게 '왜 중국에는 가지 않느냐?'고 했더니, 그는 '가고싶은데,

지금은 아직 시기가 아니다.'고 하였다." 이로 보건대, 두 극작가는 미국에서 서로 만나게 된 것에 대해 아주 즐거워했으며 대화를 나누는 분위기도 상당히 좋았음을 알 수 있다.

미국에 머물고 있는 화교들은 조국에서 온 유명 작가에게 환대를 하였는데, 이는 이국땅에 선 조우에게 커다란 위로가 되었다. 당시 사도혜민(司徒慧敏)은 샌프란시스코에 세계극장을 차려놓고 주로 중국영화를 방영하고 있었다. 한 번은 사도혜민이 그를 청해 한 음식점에서 식사를 같이 하였다. 음식은 아주 풍성하여 열 접시 이상의 유명한 반찬이 나왔다. 술과 음식으로 배를 채운 후 사도혜민이 계산을 하려고 하는데 음식점 주인이 오히려 아주 공손하게 "당신들이 와서 제가 얼마나 기쁜지 모르겠는데, 돈은 무슨 돈입니까."라고 하였다. 알고 보니 이 주인은 화교였다.

미국에 있는 동안 조우는 많은 배우 즉, 하룬하스·카사전카나알·레몬마스·베티다이웨스·카알먼·위안쟈휠 등과 알게 되었는데, 그들은 모두 조우를 위해 개인적으로 파티를 열어주면서 환영을 표시하였다. 조우는 또 가극·라디오 방송극·음악극·연극 등의 많은 극을 보았다. 뉴욕의 세기극장에서 로웰크 극단의 명배우인 로렌스·올리웨이가 주연한 <허리티스>, 바라휘가 공연한 오닐의 <얼음 배달원>, 샤바나의 <성녀정덕(聖女貞德)> 등은 그에게 아름다운 인상을 주었다. 연기와 설비 측면에서 바라휘는 최고라고 할 수 있었지만, 사상과 예술 탐색 측면에 있어서는 다른 극장이 바라휘를 능가한다고 그는 생각하였다. 극본과 연기에 있어서 그 수준은 상당히 높기는 하였지만 사람을 놀라게 하는 것은 없었다. 여기서 그는 중국의 현대희곡이 극본은 물론이고 연기에 있어서도 그 성취가 상당히 높아 결코 미국에 뒤지지 않는다는 생각을 하였다.

미국에 있는 동안 조우는 또 캐나다 정부의 요청에 응하여 그곳에 가서 1개월 동안 유람과 참관을 하였다.

조우가 미국에서 가장 두드러지게 받은 느낌은 미국의 종족차별에 대한 느낌에서 가장 반감이 일었고 혐오를 느꼈다. "나는 미국의 그런 자본주의 민주문명에 대해 그렇게 높이 말할 것이 못되며, 그런 사회제도는 전도가 없다는 생각이 들었으며, 국민당 주미대사와 또 영사관의 그런 관료들의 작태에 혐오감을 느꼈다. 문일다 선생의 죽음은 더욱 나의 마음을 고통스럽게 했다."[1]고 하면서, 그는 "이 곳은 영감(靈感)에 대해 전혀 말할 가치가 없다."[2]고 생각하였다. 고향생각으로 그는 늘 모차르트와 바하의 음악을 듣거나 술집에 앉아 술을 마셨다. 뒤에 그는 모친이 병이 나서 좀 일찍 귀국을 해야겠다고 핑계를 대어 1947년 1월 샌프란시스코에서 배를 타고 귀국을 함으로써 그의 미국 나들이는 마감이 되었다.

조우와 노사가 미국에서 같이 생활한 기간은 9개월이었지만, 두 사람간의 진솔하고 깊은 감정은 날마다 더해갔다. 1949년 10월 어느 날, 조우가 머무르고 있는 북경반점으로 주은래가 와서 특별히 그에게 말하기를 "편지를 써서 노사더러 빨리 돌아 오라."고 하였다. 이에 조우는 주은래의 부탁을 받고 그날 밤 편지를 써서 노사에게 보냈다. 노사는 이 편지를 받은 후, 동년 11월에 바로 조국의 수도 북경으로 돌아왔다.

---

1) 烏韋・克勞特: <戲劇家曹禺>, ≪人物≫ 1981年 第4期.
2) ≪上海文化≫ 第8期.

조우의 희곡창작의 길

10

〈화창한 봄날(艷陽天)〉

1942년 <가(家)>를 각색한 이후부터 아주 긴 기간 동안 조우는 새로운 작품을 창작해 내지 않았다. 그는 말하기를 절망하고 비분한 세월 중에서 생활에 대한 믿음이 쉽게 떠나버리자 글을 쓸 마음도 없어져버렸다고 하였다. 그래서 그는 심지어 길을 바꾸어 볼 생각까지 하였다. 신문 잡지에서는 때로 조우가 <다리(橋)>를 창작한다는 소식을 발표하였다. 1943년 ≪희극시대(戲劇時代)≫ 제1권 제3기에서는 "극단 동정"이라고 하여 "조우가 금년에 새로운 작품 <다리>를 창작하게 되는데, 이는 항전 대후방의 공업건설을 주제로 한 작품으로써 곧 탈고가 될 것이다."라고 썼다. 1945년 6월 12일 ≪신화일보≫에서는 "극신일속(劇訊一束)"이란 제하(題下)에서 "조우의 <다리>는 9월 초에 탈고가 되며, 듣기로 우선 곤명에서 공연을 하고 그 다음에는 중경에서 공연을 하게 된다."고 쓰고 있으나 이 작품은 줄곧 독자들 앞에 나타나지 않고 있다가 1946년 4월에 와서야 사람들 앞에 그의 신작 <다리>가 나타났던 것이다. <다리>는 정진탁(鄭振鐸)·이건오(李健吾)가 주편으로 있던 ≪문예부흥≫ 제1권 제3기(제1막)·제4기(제2막 제1경)·제5기(제2막 제2경)에 연재가 되었다. 유감인 것은 조우가 이 극을 다 완성시키지 못했다는 점이다. 그러나 이미 발표된 두 막에서 우리는 동란 연대 중의 그의 사상 궤적을 알 수 있고, 또 그가 새로운 제재 영역을 개척하고 예술탐색을 하기 위해 노력한 용기가 뚜렷하게 보인다. 이로써 그는 그의 창작도로에서 또 다시 간난(艱難)의 일보를 전진시켰다

조우는 이렇게 이야기 한 적이 있다. "다리는 일종의 상징이다.

조우의 희곡창작의 길

나의 의도는 이러하였다. 즉 피안(彼岸)의 행복한 세계를 얻기 위해서는 하나의 다리가 필요하다. 사람들은 물 속에 서서 다리를 만들지 않으면 안되며, 심지어는 다리의 일부가 되어 다른 사람이 그들을 밟고 피안으로 향하게 해야 한다는 것이었다."[1] <다리>는 민족공업인 무화강철공사(懋華鋼鐵公司)가 관료자본에 의해 겸병되고 박해를 받는 것을 둘러싸고 갈등과 충돌이 전개되는데, 여기서 관료자본의 죄악을 폭로하고 중국민족 공업이 무엇으로 출로를 삼을 것인지에 대한 물음을 제기하고 있다. 극본에서는 동시에 민족공업에 헌신하기를 원하는 수많은 지식분자들의 재능과 그런 열악한 환경 중에서도 열정을 가지고 일하는 모습을 보여주고 있다. 극중의 인물 하상여(何湘如)는 "돈 모으는 재주가 출중한" 수완 많은 관료자본가였다. 온갖 종류의 인물들이 모두 그의 주위에서 그를 위해 목숨을 바쳤다. 그는 "나아가서는 벼슬이요, 물러나서는 장사"라는 생각에서 벼슬을 하면서 장사를 함으로써 일을 척척 잘 처리하였다. 무대 위에서는 권력을 이용하여 "그의 이익에 마찰이 생기는 사업을 압박하였고", 무대 아래에서는 법령에 상관없이 의연하게 제멋대로 행동을 하였다. 그는 금융자본의 위력을 믿고 무화(懋華)에 손을 내밀어 자기의 부를 축적하였다. 발표된 두 막에서 이미 염치없이 재물을 탐하는 관료자본가의 성격을 묘사하였다. <다리>에서는 또 민족 자본가와 몇 몇 지식분자의 형상을 소조하였다. 사장인 심칩부(沈蟄夫)는 용감하고 기상이 가득한 민족 자본가였다. 그는 "상대를 따라잡아야겠다는 뜻을 세워놓고 외국기업과 겨루고 있었다." 그러나 바로 조우가 말한 것과 같았다. "이 반봉건 반식민지 사회에서 자본의 부족, 공업기술의 부족, 관리를 할

---

1) 烏韋・克勞特: <戲劇家曹禺>, ≪人物≫ 1981年 第4期.

10. 〈화창한 봄날(艶陽天)〉

수 있는 인재의 부족, 제국주의 공업과 매판은행의 압박, 국내 상업 자본가의 발호, 공업을 보장할 정부의 결심 부족, 관료들의 소란, 외국인의 공업을 도와 박해를 하는 등등 …… 이런 모든 것들은 그를 고뇌하게 하고 기죽게 하였으며, 심지어는 실망하게 하였다."2) 심칩부가 세운 기업이 고난을 겪는 역사를 통해 우리는 여기서 조우가 중국 사회의 성질에 대해 명확하게 인식을 하고, 민족공업이 발전을 할 수 없는 진정한 원인을 보여주고 있음을 알 수가 있다. 심칩부의 아들 심승찬(沈承燦)은 조우가 신경을 써서 소조해낸 주요인물이다. 그는 강철공장의 부공장장으로 정통 공정기술원이다. 그는 미국에서 유학을 하였으며 중국 강철공업 사업에 헌신할 마음을 가졌으며, 그의 심령 깊은 곳에는 일종의 자유를 사랑하고 진리를 사랑하는 불멸의 천성이 감추어져 있었다. 그는 젊은 세대에 있어서의 지식분자의 대표였다. 조우는 그가 착실하게 일하고 노동자들을 존중하며, 극도로 곤란한 조건 하에서도 온갖 방법을 동원하여 강철을 제련해냄으로써, "제일 첫 번째 열차가 사천의 제일 철도에서 운행되는 것을 보고자 하는 것"을 그려내었다. 조우는 그의 몸에 진보·열정·희망을 기탁하였다. 조우는 극본에서 또 오천장(吳天長)·고공헌(古恭憲) 등 지식분자 형상들을 묘사하였다. 그는 그들의 우수성은 물론 그들의 결점도 묘사를 했는데, 인물의 성격이 모두 아주 선명하였다. 이런 지식분자들은 이미 미래에 대한 동경에만 머무르지 않고 역사의 조류를 따라 진보를 향해 노력을 하였다.

중국 현대 극작가 중에서 연강공업을 극본에 묘사해 넣은 사람은 조우가 첫 번째라고 할 수 있다. 그는 하나의 대기업의 규모와

---

2) 曹禺: <橋>, ≪文藝復興≫ 第1卷 第3期.

조우의 희곡창작의 길

배경을 아주 기백 있게 그렸고, 웅장한 장면과 불이 이글거리는 연철 장면은 그에 의해 생동적으로 펼쳐졌다. 극적 갈등은 "민족 자본가와 관료 자본가 사이에서 표현을 하였고, 나는 관중들이 극중의 관료 자본가의 형상이 장개석의 동서이며 또 국민당 재벌인 공상희(孔祥熙)에 비춰서 소조한 것이라는 것을 일목요연하게 볼 수 있도록 하였다."3) 사실 이런 극본이 완성이 되었다 하더라도 공연의 기회를 얻기란 어려웠을 것이며, 게다가 조우가 미국으로 학술 강연을 가는 것 때문에 <다리>는 끝내 완성을 보지 못했다.

해방전쟁의 포성 가운데 조우는 1947년 1월말 상해로 왔다. 그는 즉시 격정에 찬 붓으로 새로운 중국의 탄생을 영접하기 위해 분투하였다.

1947년, 침침하게 깔린 구름이 국민당 통치구를 뒤덮었다. 장개석이 발동한 전면적인 내전에 따라 진보 작가들의 창작에 어려움이 뒤따랐고 그 저지력은 갈수록 강해졌다. 2월에 조우는 상해 문화영업공사(文華影業公司)의 초빙에 응해 각색 및 연출을 맡았다. 그는 완전히 1년간의 시간을 통해 처음으로 영화 극본 <화창한 봄날(艶陽天)>을 창작하고, 다시 4개월의 시간을 통해 직접 이 영화의 연출을 맡았다. 1948년 5월 23일 <화창한 봄날>은 마침내 상해의 관중들 앞에 선을 보였다. 같은 해 영화 문학 극본은 상해 문화생활출판사에 의해 단행본으로 출판이 되었다.

<화창한 봄날>에서는 이러한 이야기를 담고 있다. 국민당 통치의 어두운 사회에서 악세력이 횡행하고 있을 때 많은 사람들은 시비를 분간 못하고 있었지만, 어떤 사람은 떳떳하게 나서서 압박당하고 모욕당하는 사람들을 위해 생존의 권리를 쟁취하였다. 음

---

3) 烏韋·克勞特: <戲劇家曹禺>, ≪人物≫ 1981年 第4期.

조시(陰兆時) 변호사는 바로 이런 사람 중의 한 사람이었다. 그에게는 위탁평(魏卓平)이란 친구가 하나 있었는데, 그는 혜인 고아원의 원장이었다. 고아원이 부두에 가까이 있었기 때문에 환경은 상당히 외지고 조용했다. 그러나 이 것은 한 때 한간(漢奸)이었다가 모습을 바꾸어 부자가 된 악패(惡覇) 김환오(金煥吾)의 눈에 걸려들었다. 김환오는 원장 위탁평과 귀엽고도 가련한 고아들을 내쫓고 고아원 부동산을 차지함과 동시에 비밀리에 물건을 쌓아두는 창고로 사용하였다.

음조시 변호사는 "재물은 귀하게 여기지 않고 의리를 중히 여겼으며, 전문적으로 학대받는 약자 편에 서서" "불합리한 일에 끝까지 물고늘어지는" 그런 사람이었다. 그는 고아원을 빼앗기고 또 위탁평이 강압에 못 이겨 부동산 계약서에 서명을 한 것을 뻔히 보면서도 어떻게 투쟁할 방법이 없어서 분노의 마음을 삭이며 때를 기다릴 수밖에 없었다. 얼마지 않아 김환오의 매점매석에 대한 고발이 들어옴에 따라 이미 창고로 개조가 되어버린 고아원을 조사하게 되었다. 김환오는 음조시 변호사가 쓸데없이 참견을 한다고 여기고 음조시의 40세 생일날 양대(楊大)에게 지시를 하여 깡패들을 데리고 가서 소란을 피우고 음조시를 구타하는 동시에 그의 집을 부셔놓으라고 시켰다. 그날 밤 음조시는 위탁평으로부터 김환오는 한간이라는 이야기를 듣고 이 기회를 이용하여 수사를 하게 된다. 증거를 찾은 후 법정에 가서 김환오의 죄행을 기소하였다. 그 결과 김환오는 쇠고랑을 차고 입건이 되었다. 그러나 이야기는 여기서 끝나지 않았다. 법정이 열리는 그날, 위탁평은 권총과 폭탄이 그려진 협박편지를 받았으며, 그가 법정에 나서서 증인으로 서지 말라는 협박을 받았다. 위탁평은 원래 김환오의 수하에

조우의 희곡창작의 길

서 한간 보장(保長)을 지낸 적이 있었다. 양대는 또 깡패들을 소집하여 음조시가 출정에 나서는 것을 막고자 기도하였다. 삼륜차 노동자들의 도움으로 그들은 마침내 깡패들의 포위를 뚫고 나가 제시간에 법정에 도착하고, 그 앞에서 김환오의 죄행을 모두 폭로하였다. 김환오는 징역을 살게 되고 고아원은 돌려 받았다. 음변호사와 위원장이 승소한 후 집으로 돌아오는 길에 김환오의 수하 양대가 돌멩이로 음변호사를 내리치고, 또 장의사의 고취수들을 고용하여 그를 저주하게 하였다. 이런 각종 고난을 받으면서도 음변호사는 결코 이것으로 인해 용기를 잃지 않았다. 상처를 다 치료한후 그는 더욱 건강하고 더욱 충실한 변호사가 되어 그의 신성한직무를 수행하였다. 사오월의 화사한 봄날, 음조시는 그의 질녀를데리고 아주 신바람 나게 "모욕당하고 손해 당하는" 무고한 불쌍한 인물들을 위해 정의의 기소를 하러 간다.

<화창한 봄날>의 주제에 대해 조우는 이렇게 말한 적이 있다. "중국 사람들에게는 '자기 집 앞의 눈은 쓸면서, 남의 집 기와 위의 눈은 상관하지 않는다.'는 대련(對聯)과 '쓸데없는 일은 상관하지 말라.'는 말이 있는데, 나는 이것이 틀렸다고 생각한다. 우리는 반드시 옳고 그름을 판별해야 하며, 일을 할 때는 반드시 진지해야 하고, 성가신 것을 무서워하거나 손해보는 것을 두려워해서는안 된다."[4]고 하였다. 이는 사람들이 "시비를 가려서", "일을 진지하게 하며" "성가신 것도 무서워하지 않고", "손해보는 것도 두려워하지 않으며", 구 중국 전통인 "자기 집 앞의 눈은 쓸면서 남의집 기와 위의 눈은 상관하지 않는" 이기적인 사상을 뿌리뽑자는의미인 것이다. 이러한 관념은 당시 상당히 진보적인 것이었다. 그

---

4) 居黜: <曹禺和他的'艶陽天'>, 上海 ≪大晚報≫ 1948年 4月 28日.

래서 작품에서는 "화창한 봄날"에 대한 조우의 갈망과 조바심을 열렬하게 표현해 내었던 것이다. 영화에서는 음조시가 간상(奸商)·깡패들과 벌인 충돌을 통해, 전후(戰後) 국민당 통치구의 어두운 현실을 묘사함과 동시에 정의감을 가진 사람이 이런 어두운 현실에 반항하고 투쟁하는 바를 생동적으로 표현하였다. 음조시의 의리에 불타는 용감한 행위와 그에 대한 여론의 지지 외에, 영화에서는 군중의 역할과 역량에 대해서도 긍정을 함으로써 조우의 사상 면에서 진보가 있었음을 보여주었다.

　　<화창한 봄날>은 조우가 독자와 관중에게 바친 또 하나의 역작이었다. 작품의 주제는 선명하였고, 주인공 음변호사의 묘사 역시 상당히 성공적이었다. 시비를 가리고 강포(强暴)함을 무시하는 그의 기개, 자기와 관계없는 일인데도 신경을 쓰고 가난한 사람을 구제하고 곤란함을 도와주는 그의 행위, 낙관적이고 활달하며 대범하고 구속받지 않는 그의 개성에는 옛날 중국의 협객의사(俠客義士)들이 가지고 있던 풍모를 너무나 많이 가지고 있어서 수많은 관중의 사랑을 받을 수가 있었다. 음조시와 같은 이런 예술형상은 당시에 나약하여 일을 두려워하고 "남의 기와 위의 눈을 상관하지 않는" 사람들에게 교육이 될 수 있었기에 그 역할이 상당했다고 할 수 있다. 영화에서는 기법에 신경을 많이 썼는데, 여기서 하나의 장면을 예로 들어 조우가 어떻게 영화수법을 운용하여 인물을 묘사해 내었는지를 살펴보아도 좋을 것 같다. 부하인 양대와 마비정(馬屁精)이 술을 마실 때 탁자 위에는 핏물이 줄줄 흐르는 소라 껍질이 수북하게 쌓여 있었다. 조우는 이 같은 일반적인 안주를 빌어 이 나쁜 일당들의 잔혹함을 은유하였다. 수많은 작은 생명들이 그들에 의해 피를 흘리며 먹히는 것으로 약자의 절명을 상징하

조우의 희곡창작의 길

었다. 그러나 식객과 관객들에게 이런 것은 이미 일반적인 것으로 습관이 되어 왔기 때문에 이상할 것이 하나도 없었다. 양대와 마비정이 큰 계획을 세워놓고 부모도 없는 고아들을 쫓아내려고 할 때 그들의 술좌석에는 술잔과 접시들이 어지럽게 흩어져 있었고 소라껍질은 시간이 갈수록 점점 높아만 갔다. 이것이 의미하는 바는 아주 심오하였고, 관중들에게 연상 작용을 해 주는 장면은 계속 이렇게 연결이 되었다.

<화창한 봄날>의 연기진은 아주 잘 짜여졌다. 조우가 연출을 맡고, 허기(許琦)와 갈위경(葛偉卿)이 촬영을 맡고, 석휘(石揮)가 음조시를, 석우(石羽)가 위탁평을, 이건오가 김환오를, 최초명(崔超明)이 양대를, 이려화(李麗華)가 음조시의 질녀를 맡았으며, 정지(程之)·한비(韓非)·임진(林榛) 등도 배역을 맡았다. 특히 석휘는 그의 배역에 맞게 외형이나 성격, 감정 등을 잘 살려 숙련된 연기로 생생한 모습을 보여주었다. 이는 당시 중국 영화계에서 아주 보기 드문 일이었다.

<화창한 봄날>은 중국 영화사에서도 홀시할 수 없는 위치를 차지하고 있음을 지적할 만하다. 항전 승리 후, 중국의 영화는 대체로 세 차례의 성황을 이루었다. 그 한 번은 <팔 천리 길의 구름과 달(八千里路雲和月)>·<천당춘몽(天堂春夢)>의 상영이었고, 또 한 번은 <봄의 강물 동으로 흐르다(一江春水向東流)>·<송화강 위에서(松花江上)>·<강남 생각(憶江南)>의 상영이었으며, 또 한 번은 <신규원(新閨怨)>과 <화창한 봄날>의 상영이었다. <팔 천리 길의 구름과 달>·<천당춘몽>은 항전 중 지식분자의 발자취를 생동적으로 기록하면서 그들의 행복한 몽상 중의 환멸을 반영하였는데, 전자는 제재의 진실함과 사람을 감동시키는 것으로 우수성을 보였

고, 후자는 결구의 치밀함과 완전함으로 우수성을 보였다. <봄의 강물 동으로 흐르다>·<송화강 위에서>·<강남 생각>이 세 편의 영화에서는 중국인민이 항일전쟁 중에 겪는 고난을 깊이있게 반영하였다. <봄의 강물 동으로 흐르다>에서는 슬픔과 원망, 격분의 감정을 기조로 하여 "객관적 환경"이 중국 인민에게 준 무지막지한 압제와 협박을 공소하였고, <송화강 위에서>는 소박한 제재로 중국 농민이 어려운 투쟁 중에서 성장해 가는 과정을 묘사하였고, <강남 생각>에서는 동요하고 실족하여 타락한 지식분자를 정확하게 비판하였다. 이 세 편의 영화는 모두 관중들에게 강한 투지를 가지게 하는데 큰 역할을 하였다. <화창한 봄날>이 반영한 사회면은 앞에서 언급한 영화들에 비해 폭이 넓지는 못했으나, 여기서는 "옳고 그름에 대한 투쟁"이란 현실주의의 반항정신을 창도하고 발양하였다는 점에서 큰 의의를 가진다. 이런 정신은 압박 당하는 사람들이 흑암의 왕국을 소멸시키는데 앞장 설 것을 격려하고 있고, 사람들이 용기를 잃지 않고 타협함이 없이 흑암의 왕국과 그 악세력에 대항하여 투쟁할 것을 고무하고 있는 것이다.

물론 <화창한 봄날>에도 결점은 있었다. 조우는 이 흑암 왕국에서의 시비가 전도된 현상에 대해 "시비를 가리고" 악세력과 투쟁을 해야한다는 것을 주장하였지만, 이런 투쟁은 개인적으로는 불가능한 것이었고, 더욱이 협객 식으로 정의를 위해 공정한 말을 하고 위급할 때 칼을 뽑아 도와주는 행위로는 불가능한 것이었다. 오직 압박 당하고 모욕 당하는 자들이 연합하여 투쟁해야만 진정으로 시비곡절을 분명하게 가려낼 수가 있는 것이었다.

<화창한 봄날>을 상영했을 때는 바로 중국 인민 해방군이 국민당 군대와 결전을 벌이기 바로 직전이었다. 상해는 당시 국민당

조우의 희곡창작의 길

통치의 요지였는데, 국민당 정부는 군사상에서 연달아 실패를 하고 정치에서도 빈번하게 파탄이 되고, 재정경제도 총체적인 붕괴 상태에 처함으로써 상해의 상황은 아주 혼란하였다. 경제파산을 만회하기 위해 국민당 정부는 금원권(金圓券)5)을 발행하여 다시 한 번 백성들에 대한 대규모의 약탈을 감행하였다. 이에 물가는 하루에도 몇 번씩이나 바뀌고 사람들은 날마다 근심이었다. 특무·헌병·경찰들은 사방에서 횡행하며 공산당원과 진보성향의 인사들을 붙잡아 들이고 대낮에도 무고한 노동자와 학생들을 붙잡아 갔다. 사람을 붙잡아 가는 경찰차의 무서운 사이렌 소리는 종일토록 요란스럽게 울리면서 대로나 골목을 가리지 않고 누비고 다녔다. 희미한 대로에는 화물을 실은 트럭들이 줄을 지어 부둣가로 달려가고 있었는데, 이들은 미국 달러와 무고한 죄수들, 무기 및 패배한 국민당 관병들을 싣고 가는 차였다. 조우는 이러한 것들을 목도하고 조국의 화창한 봄날이 빨리 도래하기를 더욱 갈망하였다. 매일 밤이 깊어지면 그는 침대에 들어간 후 살며시 라디오를 켜 익숙한 자리에 다이얼을 맞추었다. 나지막하기는 하지만 너무나 친절한 소리로 "여기는 한단(邯鄲) 인민 라디오 방송국입니다. …… " 라는 낭랑하고 힘찬 보도를 들을 때면 조우의 고뇌와 피로는 일순간에 사라지고 온 전신은 그 생기가 충만한 소리로 빨려 들어갔다. 왜냐하면 이 소리는 인민 해방군이 보내는 방송이었기 때문이었다. 그는 거의 한 마디의 말도 놓치지 않고 다 들었다. 조우는 상해의 인민과 꼭 같이 조급한 심정으로 화창한 봄날을 영접하고 있었다.

---

5) 국민당 정부가 1948년에 발행한 지폐의 일종. 금원권 1원(圓)은 법정 지폐 300만원(元), 4원(圓)은 1달러에 해당하였음. (역자주)

1949년 초, 중공 상해 지하조직의 엄밀한 안배 하에 조우는 상해에서 비행기를 타고 홍공으로 갔다. 다시 홍콩에서 당의 지하조직의 안배로 엽성도(葉聖陶)·마인초(馬寅初)·조초구(趙超構) 등과 함께 상인으로 변장을 한 후, 북구해륜(北歐海輪)을 타고 연대(煙臺)로 가려고 해방구로 들어갔다. 국민당 특무의 눈을 피하기 위해 배를 타기 전날 밤, 그들은 예닐곱 개의 여관을 바꾸었다. 마침내 안전하게 배를 타고 순조롭게 연태에 도착, 해방이 된 조국의 땅에 발을 내디뎠다. 해방구의 하늘은 명랑한 날씨였다. 조우는 말을 하고 싶어도 그 기쁨을 말로 표현할 수가 없었다. "나라가 일어서리라고 생각은 했지만, 과거에는 열등감이 있었고, 매를 맞는데 습관이 되었었다. 과거, 알다시피 오월 한 달에는 부끄러운 기념일이 많아서 심리적으로 말할 수 없이 괴로웠다. …… 즐겁지 못한 날이 너무 많았는데, 49년 이후부터는 마음이 아주 편해졌다."[6]

조우가 기대하던 화창한 봄날이 마침내 도래한 것이다. 중화인민공화국이 탄생하던 날, 그는 줄곧 희열과 행복감에 차 있었다. 중국 공산당은 그가 해방구로 온 것을 열정적으로 환영하였고, 또 그에게 충분한 믿음을 주었다. 그는 가슴 가득한 정치열정을 가지고 인민의 혁명사업에 투신을 하였다.

아래의 시간표에서 우리는 중화인민공화국 성립이 되기 전의 짧은 8개월 동안 조우에게 당면했던 업무들이 얼마나 많았었는지를 알 수가 있다.

1월말에 북평(北平)이 해방되자, 조우는 2월에 북평에 도착하였다.

3월 22일, 그는 해방구와 국통구의 문예가들이 마련한 제1차 집

---

6) 趙浩生: ＜曹禺從‘雷雨’談到‘王昭軍’＞, 香港 ≪七十年代≫ 1979年 第2期.

조우의 희곡창작의 길

회에 참가하였다.

3월 29일, 그는 중국 인민의 평화 사절이 되어, 곽말약을 단장으로 한 중국 대표단을 따라서 체코슬로바키아의 수도인 프라하에 가서 제1차 세계 평화대회에 참가하였다.

6월 15일부터 19일까지, 그는 신 정치협상회의 주비회의에 참가, 중공 중앙 영도자 및 각 민주당파와 인민 단체의 대표들과 함께 신정협(新政協)을 소집하고 중화인민공화국을 건립하는 일을 상의하였다.

6월 30일, 그는 제1차 전국 문학예술 종사자 대표대회 예비회의에 참가하였는데, 여기서 그는 대회 주석단 성원으로, 제안정리 위원회 위원으로 피선되었다.

7월 2일, 제1차 문대회(文代會)가 정식으로 개막되었는데, 이날 그는 ≪인민일보≫에 <대회에 관한 나의 의견(我對于大會的一點意見)>을 발표하였다.

7월 11일, 그는 제1차 문대회 전체회의에서 발언을 하였다.

7월 18일, 그는 전국희곡협회 주비회의에 참가를 하였다.

7월 19일, 전국문련(全國文聯)이 성립되었는데, 여기서 그는 위원으로 당선이 되었고, 전국 문련 편집부 책임자의 하나로 피선되었다.

7월 23일, 중화 전국 문학 종사자 협회가 성립되었는데, 그는 위원으로 피선되었다.

7월 24일, 중화 전국 연극 종사자 협회가 성립되었는데, 여기서 그는 이사·상무위원으로 피선되었고, 또 극협 편집출판부 책임자의 하나로 추대되었다.

7월 25일, 중화 전국 영화 종사자 협회가 성립되었는데, 그는

10. 〈화창한 봄날(艶陽天)〉

여기서 위원으로 피선되었다.

9월 21일부터 30일까지 그는 중국 인민 정치 협상회의 제1차 전체회의에 참가하였다. 이번 회의는 위대한 역사적 의의를 가진 회의였다. 그는 대표들과 함께 중화 인민공화국의 성립을 위해 공헌을 하였다. 정협회의 후, 그는 대외 문화 공작을 담당하였다.

10월 1일, 중화 인민공화국이 성립되자, 그는 영광스럽게 천안문 관례대(觀禮臺)에 올라 개국대전(開國大典)의 관람대에 참가를 하였다.

조우는 일찍부터 조국의 독립과 부강함을 바라고 있다가, 이제는 마침내 조국이 거인처럼 세계의 동방에 우뚝 선 것을 보게 되었고, 그 자신도 화창한 햇빛을 받으며 새로운 생활을 시작하게 되었다.

11

왕성한 예술 청춘력

중화인민공화국이 성립된 후 지금에 이르기까지 30여 년 동안, 조우의 정력은 희곡창작에만 경주하지 아니하고 광범한 사회활동 쪽으로도 많은 노력을 하였다. 그는 하나의 유명한 희곡 대사이기도 하였지만, 또 하나의 지칠 줄 모르는 사회 활동가이기도 하였다.

1949년 10월부터 지금까지 조우는 계속하여 중앙희곡학원 부원장·원장·명예원장, 북경 인민예술극원(人民藝術劇院) 원장, 북경시 문련(文聯) 주석, 전국 극협이사 및 주석, 제5차 전국 인대상위(人代常委) 등을 지냈다. 그는 중공 성립 이후의 중국 연극사업을 번영시키고, 대외 문화교류를 촉진하는 방면에 중요한 공헌을 하였다. 그러나 조우는 필경 하나의 극작가였기에 그는 늘 예술 청춘력을 가지고 희곡을 창작하고자 하였다. 들끓는 사회주의의 신생활을 대하고 그는 억제할 수 없는 강렬한 창작 열정이 일었다. 그는 새로운 시대를 구가하고 새로운 생활을 찬양하고 싶었다.

조우는 구사회에서 40년을 살아오면서 그런 시대의 사람과 일에 아주 익숙하였다. 그는 자기의 작품을 통해 흑암 사회의 죄악을 폭로하고 공소하였으며 또 편달하였다. 또 그의 이상 중의 신인을 가송하고 그들이 하나의 광명으로 충만한 새로운 사회를 창조해 내기를 기대했었다. 그래서 이 광명의 사회가 이루어졌을 때, 그는 감동과 흥분으로 새로운 사회 중의 참신한 사람과 일을 묘사하고 싶었다. 그러나 그는 수많은 구사회에서 온 작가들과 마찬가지로 아주 준엄한 하나의 문제에 봉착하게 되었으니, 이는 바로 새로운 사회 인물에 대해 이해가 깊지 못한 점이었다. 조우는 장기간 동안 희곡창작에 종사한 작가였기에 그는 생활과 창작의 관계를 잘

조우의 희곡창작의 길

알고 있었으며, 작자가 생활에 대한 이해가 부족하면 좋은 작품을 쓸 수가 없다는 것을 알고 있었다. 그래서 그는 모든 시간과 기회를 포착하여 인민 군중들의 불같은 투쟁에 적극적으로 투신을 하였다. 1950년, 그는 안휘성(安徽省) 치회공정(治淮工程) 노동에 참가를 하여 노동의 위대함과 공농 군중의 무궁한 역량을 깊이 깨달았다. 1951년, 그는 안휘(安徽)로 가서 토지개혁에 참가하였다. 농민들과 같이 지내는 동안 그는 노동인민들이 가지고 있는 지혜와 용감성, 그리고 부지런한 품성 등을 발견하였다. 1952년 초, 그는 주은래와 이야기를 하고 나서 창작열정이 일었고, 여기서 그는 지식분자의 사상개조를 반영한 한 편의 극본을 쓰겠다는 결심을 표현하였다. 주은래는 당시 문예 창작의 상황을 잘 알고 있었고, 조우의 창작생활도 아주 잘 이해를 하고 있었기에 조우가 표현하려는 이 주제는 아주 현실적 의의가 있다고 인식을 하였으며, 또 조우도 지식분자의 생활에 대한 이해도 비교적 깊었기에 쉽게 쓸 수가 있었다. 주은래와의 대화 후, 조우는 중국 지식분자의 특징과 발전역정에 대해 더욱 명확하게 인식을 하고 더욱 깊이 있게 이해를 하게 되었다. 얼마지 않아 그는 중공 북경시위공작조(北京市委工作組)를 따라 북경시 고등학교 교사들의 사상개조운동을 영도하는 일에 참가를 하였다. 그는 협화의학원(協和醫學院)에서 3개월을 생활하면서 그곳의 전문가·교수들과 친하게 지냈다. 이 기간 중 그가 메모한 노트는 20권이 넘었다. 협화의학원은 원래 미국 석유의 거두 록벨러가 세운 것으로, 미제국주의자들이 중국에서 문화침략을 진행하는 중요한 거점이었다. 이 학원의 교사들은 사상·근무·생활 등에서 오랫동안 미국 문화의 훈도(薰陶)를 받아왔기에 사상개조를 하는 임무는 어렵고도 크기만 하였다. 사상개조 운동을 거친 후 수많은 교사들의 사상에 커다란 변화가 일어났다. 조우는 근무를 하면서 이 학원의 상황을 더욱 깊이 이해하는 외에 상황에 대해 자세하게 사고하고 분석을 하였다. 이렇게 한 것이 자신에 대한 사상개조도 가속되었다.

1년의 구상 끝에 조우는 1954년 4월초에 창작에 들어가 7월 중순에 3막 6장의 희곡 <명랑한 날(明朗的天)>을 완성하였다. 이 3개월 반 동안, 그는 오전 9시부터 밤 11시까지 조금도 쉬는 시간이 없이 창작을 하였는데, 때로는 일요일도 쉬지 않았다. 그의 비서 오세량(吳世良)은 그의 합작자였다. 조우가 입으로 뱃속의 말을 토해내면 그는 기록을 맡았던 것이다. 조우는 구술을 할 때 어떤 때는 너무나 격동이 되어 완전히 극중 인물의 감정 속으로 빠져들어 갔다. 그가 창작을 하는 대로 북경 인민예술극원에서는 연습에 들어갔다. 한 막이 다 쓰여지면 그는 연기자들에게 대사를 들려주었고 연기자들이 좋은 의견을 제기하면 그는 허심탄회하게 받아들였다.

제목으로 볼 때, 조우는 자기가 해방 후 처음으로 노동을 통해 얻은 결과에 기쁨의 감정이 충만하였고, 또 그의 신생활에 대한 충만한 희망을 반영하였음을 알 수 있다.

<명랑한 날>은 1954년 9월 ≪인민문학≫과 ≪극본≫에다 동시에 발표를 하였다. 12월 12일 북경 인민예술극원이 처음으로 공연을 하기 시작하여 이듬해 2월 25일까지 계속되었다. 사람들은 일찍부터 조우의 새로운 창작이 나오기를 기대하고 있었다. 극본이 무대화되자 관중들은 앞을 다투어서 연극을 보기 위해 극장으로 몰려들었다. 주은래도 공연을 보았고, 뒤에는 또 극작가 및 공연에 참가한 직원들과 좌담회도 가졌다. 주은래는 각본과 공연의 성공을 높이 평가하면서 조우의 부단한 노력과 진보를 격려하였다. 조

조우의 희곡창작의 길

우는 수많은 사람들의 의견을 수렴하여 극본을 여러 차례 큰 폭으로 수정을 가하여 이를 정채롭게 하였다. 1956년 3월, <명랑한 날>은 문화부가 주관한 제1차 전국 연극 시연(試演)에서 극본 1등상과 공연 1등상을 받았다. 1956년 10월, 인민문학출판사가 <명랑한 날>을 단행본으로 출판하였다.

<명랑한 날> "이 극본은 중국의 일부 지식분자들이 대 변동의 시대 중에서 어떻게 사상을 개조하여 점차적으로 구사상의 질곡을 벗어나고, 마침내는 어떻게 새로운 지식분자의 길을 향해 변화하기 시작하는가를 이야기하고자 한 것이다."[1] 극본에서 조우는 주요인물 능사상(凌士湘)을 소조하는데 많은 노력을 경주하였다. 당시 능사상의 사상 변화 과정은 전형성을 가지고 있었다. 이 인물의 사상 변화로부터 우리는 조우가 마르크스주의 관점을 운용하여 새로운 시대 중의 새로운 인물의 성장을 표현하려고 노력하고 있음을 잘 알 수 있다.

능사상은 60여 세의 과학자이다. 신해혁명으로부터 시작하여 그는 세균학 연구에 몰두하면서 자기의 과학기술을 통해 인류의 건강을 증진시키고자 하였다. 북평이 해방되기 직전 국민당 특무는 그의 학생이자 조수인 하창전(何昌荃)을 체포하였다. 이에 그는 극도의 분노를 표시하며, 이 세계는 "너무나 어둡고 너무나 어지럽다! 중국인으로서 나는 조금도 전도를 볼 수가 없다." "무슨 인도(人道)가 있는가?"라고 이렇게 생각을 하였다. 그러나 이 과학자는 흑암의 구중국을 저주하면서도 또 굳은 마음으로 "중국이 더 나빠지고 더 썩어도 나는 여기서 살 것이요, 내가 죽어도 여기서 죽겠다. 과학자인 나 역시 중국의 것이다!"라는 생각을 밝힌다. 그는

---

1) 曹禺: <明朗的天>, 人民文學出版社 1956年版.

정치를 싫어하고 국민당을 증오하였으나 공산당도 싫어하였다. 그러다가 그는 해방을 맞이하였다. 사상개조 운동이 깊어짐에 따라 그는 극도의 고민으로 빠져들었다. 그는 수많은 문제들에 대해 의심이 갔다. 미국이 중국에 연인(燕仁) 의학원을 세운 것이 진짜 문화침략을 할 목적이었을까? 유명한 의사이며 연인 의학원의 원장이 진짜 문화 스파이일까? 세상에서 사람을 죽이는 과학자가 진짜 있을까? 학술이 진짜 정치와 결탁을 할까? 이런 것들에 대해 그는 곤혹하고 회의하고 사색하고 고민하였지만, 아무리 생각하여도 이해가 되지 않았다. 그 후, 당이 그의 과학연구를 위해 좋은 조건을 만들어 주고 동물 실험실을 만들어 줌으로써 그의 재능을 충분히 발휘하게 하였다. 그를 반(反) 세균전 전람회에 참가를 시켜 일을 하게 하고, 또 그로 하여금 미제국주의자들의 죄증(罪證)을 직접 보도록 하여 그가 의심을 하였던 세균전이 사실이라는 것을 보게 하였다. 이 때서야 비로소 그는 뭔가를 깨닫기 시작하였다. 병원에서 치료를 하는 중국인민 지원군 장정위(莊政委)가 그의 딸 능목란(凌木蘭)에게 교육을 시키는 것에서 그는 아주 큰 감동을 받았다. 여자 환자인 조왕수정(趙王秀貞)이 이상하게 죽게된 것은 가극손(賈克遜)이 그녀를 이용하여 발진티푸스를 실험한 결과였다는 사실을 알고서 그는 어쩔 수 없이 세상에는 확실히 "사람을 죽이는 과학자"도 있다는 것을 인정하게 되었다. 더욱 그를 놀라게 한 것은 미제국주의가 그의 연구성과를 이용하여 사람을 죽이고 있음으로써 그 자신도 "사람을 죽이는 과학자"가 되었다는 점이었다. 설득력 있는 사실을 통해 오랫동안 그의 몸을 속박하고 있던 초계급(超階級)의 쇠사슬은 끊어지고 모든 것은 명백하게 되었다. 그는 의연히 동관산(董觀山) 원장에게 자기가 "잘못하였으며, 그 잘못이

조우의 희곡창작의 길

이미 만회할 수 없는 지경에 이르렀다.”고 인정을 하였다. 그러나 그를 더욱 깊이 감동시킨 것은 그가 잘못을 저질렀다 해서 당 조직이 그를 싫어한 것이 아니라, 오히려 그를 신임하고 그를 애호하였으며, 그가 현미경을 무기로 삼아 조선전선으로 가서 반세균전에 참가하겠다는 간청을 들어주었던 점이다. 떠나기 전, 그는 자랑스럽게 동관산에게 말했다. “나는 중국의 과학자며 완전히 정의와 인도 편에 서 있는 과학자임에 기쁘다. 내 생각에 난 아직도 20년은 더 일할 수 있을 것 같다.” 라고 하였다. 조우는 이렇게 능사상의 사상변화 과정을 진실적이고 생동적으로 묘사하였다.

극본에서는 능사상이란 이 예술형상을 통하여 구사회로부터 내려온 중국의 수많은 지식분자들의 사상개조 과정 중에서의 정신면모를 반영하였다. 그들은 일시적으로 인식을 하면서도 인식을 못하고, 그러면서도 또 인식을 해야만 하는 새로운 현실 앞에서 극도로 곤혹스러워하고 의심하고 고민하고 후회하면서 잠잠치 못한 수많은 세월을 지내왔다. 또 그들은 사상 측면에서 “새로운 나”와 “낡은 나” 사이에서 싸우고 있었으며, 수많은 문제들로 자기를 고통스럽게 하고 있었다. 누가 옳고 누가 틀렸는지를 철저하게 알고, 또 정확한 쪽으로 굳게 선 다음에야 비로소 지금까지 마음을 누르고 있던 돌멩이를 던져버리고 새로운 중국을 건설하는 건강한 길로 들어설 수가 있었던 것이다. 극본에서는 능사상의 사상 변화의 궤적을 따라 가면서, 지식분자가 사상개조를 하는데 필요한 하나의 규율을 찾을 수 있었는데, 이는 바로 사회실천과 업무실천을 통해서 사회주의 사상을 접수하는 것이라는 것을 사람들에게 구체적으로 알려주고 있다.

<명랑한 날>의 창작 성공은 조우가 새로운 역사적 조건 하에서

보여준 훌륭한 진보였음을 말해준다. 이는 조우의 창작 생애에서 또 하나의 새로운 기점이었다. 그러나 조우 자신이 말한 것처럼 그의 이 창작방법은 역시 비교적 생소한 것이었다. 그래서 창작 중에 적지 않은 새로운 문제에 봉착했고, 또 약간 우회로를 걸을 수밖에 없었다. 이런 원인으로 인해 극본에는 불가피한 결점을 다소 안고 있다. 어떤 이는 주장하기를, <명랑한 날>의 예술 성취는 극작가가 이전에 보여주었던 수준에 못 미쳤다고 하였다. 이 비평에는 일리가 있다. 극본에서 보여준 주요 결점으로 현실 생활에 대한 반영과 인물형상의 묘사를 비교적 간단하게 처리함으로써 내용의 깊이가 부족하였고, 갈등 역시 첨예하게 이루어지지 못했다. 예컨대 능사상 성격 중에서 가장 두드러진 일면은 정치에 관심이 없어서 미제국주의가 중국을 침략한 사실도 분명하게 인식을 하지 못하고 있었다. 그렇다면, 능사상의 이런 약점은 일반 지식분자의 약점과는 어떻게 다르고, 그의 생활 환경은 그의 성격 형성에 어느 정도의 영향을 주었는지 등에 대한 이런 것들이 모두 표현되어 나왔어야 했다. 그러나 극본에서는 이런 것들이 다 생략되어 버렸다. 이는 선명한 인물성격을 약화시키고 극본의 사상의 심도에 좋은 영향을 줄 수가 없었다. 어떤 이는 지적하기를 <명랑한 날>의 결구는 치밀하지가 못하다고 하였는데, 이 비평 역시 일리가 있다. 이 극이 펼쳐 보여준 화폭은 상당히 광활하여 해방 직전 의학원의 상황을 묘사하고, 항미원조(抗美援朝)를 반영하고, 노동자가 주인으로 바뀌는 바를 표현하였다. 이런 배경은 시대 생활을 반영하고 지식분자의 사상개조에 대해 적극적인 작용을 하였지만, 이런 것들은 능사상이란 이 주요 인물의 역할을 아주 성공적으로 받쳐주지 못했고, 또 조왕수정의 죽음을 둘러싼 이 사건을 펼쳐 보여주지 못함으

조우의 희곡창작의 길

로써 극본의 완전성과 그의 예술매력에 좋은 영향을 주지 못했다. <명랑한 날>의 시대 배경은 1948년부터 1954년까지이다. 조우의 원래 의도는 이를 아주 짧은 시간 내에 집중을 시켜 주제를 표현해 내려고 하였었다. "그러나 나는 그렇게 높은 마르크스 레닌주의 수양이 없었고, 새로운 사물에 대한 이해가 부족하였기에 극본의 현재 수준까지밖에 도달할 수 없었다."2) 이것이 문제의 일면이었다. 이것말고 다른 면에서는 원인이 없었는가? 우리는 조우가 이 작품을 창작하기 전후의 역사를 잘 알기에 문제점을 발견하기에 어렵지 않다. 해방 전, 그는 공정하지 못하게 자기의 이전 작품에 대해 부정을 하였고, 심지어는 어울리지 않게 <뇌우>와 <일출>을 수정하기도 하였다. 이는 그가 전진하는 과정 중에 깊이 고민하고 심리적 갈등을 겪었음을 표현한 것이며, 동시에 건국 초기 일부 비평가들이 파금·노사·조우 등 이런 현실주의 극작들을 "소자산계급 작가"라는 꼬리표를 붙인 다음 그들의 작품이 공농(工農) 군중의 감정과는 아주 거리가 멀다고 인정을 하였기 때문이었다. 이런 "좌(左)"의 사조는 의심할 바 없이 조우에게 좋지 못한 영향을 주었다.

그렇기는 하지만, <명랑한 날>은 그래도 결점보다는 장점이 더 많고, 그의 성취는 여전히 중요하기만 하다. 해방 초기에 창작된 다막극에서 지식분자의 사상 개조를 제재로 할 수 있었다는 것은 조우에게 상당히 큰 용기가 있었다고 말할 수 있다. 이는 바로 주은래가 말한 바와 같다. "<명랑한 날>은 좀 활발한 것 같다. 어떤 이는 깊이가 없다고 하지만, 그러나 이는 해방이 되고 얼마지 않은

---

2) 蔚明: <從'雷雨'到'明朗的天'—訪劇作家曹禺>, ≪文匯報≫ 1955年 1月 11日.

1953에 쓴 것으로 이 극에서는 제국주의가 의학원을 세운 반동적인 것을 폭로하였다. 나는 몇 번을 보았는데 늘 감동을 받았다."3)

1954년 조우가 <명랑한 날>을 창작하고부터 1961년까지 7년간, 젊은 중화인민공화국은 한 바탕의 혁명과 건설이라는 거대한 변혁을 겪었고, 이 변혁 중에서 조우는 조국의 봄날을 만끽하면서 새로운 사회의 따뜻함과 행복함을 더욱 깊이 느꼈다. 그의 산문집 ≪영춘집(迎春集)≫ 속에는 이 시기의 전진하는 그의 발걸음을 진실적으로 기록하고 있다. 그는 조국의 꽃같이 아름다운 봄날을 노래하면서 <행복한 조국의 하늘 아래서(在幸福的祖國天空下)>·<북경—어제와 오늘(北京—昨日和今天)>·<반나절의 "여행"(反日的"旅行")>·<아름다운 소리(美妙的聲音)>·<사회주의 건설자의 요람(社會主義建設者的搖籃)>·<썩은 나무에 새싹이 트다(朽木生出了綠芽)> 등의 아름다운 산문을 썼다. 이런 산문에서는 날마다 새롭게 변하는 조국 건설을 반영하였을 뿐만 아니라, 새로운 생활을 열애하는 조우의 감정을 진실적으로 표현하였다. 조우는 각국 인민에 대한 깊은 정의(情誼)를 가지고 있었는데, <영춘집>에서는 이런 점도 반영을 하고 있다. 평화 사절(使節) 자격으로 그는 자주 소련·인도·일본 등을 방문하였는데, 이럴 때면 그는 평화를 사랑하는 중국 인민의 강한 결심과 우호적인 정의(情誼)를 이런 나라 인민들에게 가져다주었다. 그는 <고골리 기념회에 참가하고 돌아와서(參加果戈理紀念會歸來)>·<지울 수 없는 인상(不能磨滅的印象)>·<정복할 수 없다(征服不了)>·<땀과 눈물(汗和眼淚)>·<원자탄 아래의 일본 부녀(原子彈下的日本婦女)>·<잊을 수 없는

---

3) 周恩來: <對在京的話劇·歌劇·兒童劇作家的講話> (1962年 2月 17日于紫光閣).

조우의 희곡창작의 길

인도(難忘的印度)> 등을 통해 그의 항거할 수 없는 평화 역량의 굳은 신념을 충분히 표현해 내고, 또 그의 국제주의 정신과 각국 인민에 대한 정분을 표현하였다.

1956년 7월, 조우는 중국 공산당에 참가함으로써 하나의 공산당원이 되었다.

1960년 중국이 잠시 경제적으로 곤란을 당하게 되었을 때, 소련은 또 경제기술 합동을 묵살하고 모든 전문가들을 철수시켜 버렸다. 당과 인민들은 막 엄준한 시련을 당하고 있었다. 이렇게 험악한 형세 하에서 조우는 매천(梅阡)·우시지(于是之)와 함께 역사극 <담검편(膽劍篇)>을 창작하였다. 이해 7월 조우에 의해 집필이 된 5막 역사극 <담검편>은 ≪인민문학≫7, 8월호 합집에 발표가 되었고, 같은 해 12월 북경 인민예술극원에 의해 처음으로 무대화 되었다. 이어서 각 성(省)과 시(市) 내지는 기성극단에 의해 연속적으로 공연이 되었다. 1962년 10월 <담검편>은 중국희극출판사에 의해 단행본으로 출판이 되었다.

<담검편>은 아주 훌륭한 한 편의 역사극이다. 조우를 비롯한 그들은 중국 춘추시대 월왕(越王) 구천(勾踐)이 와신상담하면서 나라를 부강하게 하여 마침내는 강대한 오나라의 침략에 승리한 역사적 사실을 근거로 하여 예술적인 가공을 거쳐서 감동적인 스토리와 선명한 인물형상을 창조해냄으로써, 다시 한 번 2400년 전 오월(吳越)간에 일어났던 전쟁의 역사적 교훈을 예술적으로 총결(總結)하였다. 와신상담 이야기는 민간에 유전된 지 이미 오래되었기 때문에 이 교훈은 일찍부터 이미 사람들이 잘 알고 있었으나, 희곡 <담검편>은 사람들에게 새로운 계몽을 시켜주었다. 작품이 우리에게 말해주는 것은 강대한 국가라고 해서 횡포를 부리고 약소

국을 깔보고 침범을 하면 어떤 조건에서 약소국이 될 수도 있고 심지어는 멸망하기까지 하며, 반대로 약소국이라 할지라도 거국일치하며 모두가 합심하여 생산에 힘쓰면 국력을 진흥시킬 수도 있고 강대한 나라가 될 수도 있다는 것이었다. 불행하게도 오나라에게 침략을 받고 생산이 낙후하였던 월나라는 "십 년 동안 교훈을 통해, 인구를 늘리고 물자를 모으며 백성들을 가르치고 군사를 훈련시켜 나라를 부강하게 하여" 마침내는 오나라를 멸망시킴으로써 치욕을 씻었다. 여기서는 강렬한 대비를 통해 "근심 중에서 살아 나고, 안락함 중에서 죽게 되는" 바를 선명하게 묘사하였다. 이렇게 우의(寓意)가 심오한 극본이 당시의 역사 조건 하에서 출현하여 중국 인민들로 하여금 영웅적인 기개를 가지게 하고, 패권의 압력에도 굴복하지 않는 혁명정신을 고무해 주었음은 두 말할 나위 없다. <담검편>은 고금(古今)이 하나로 융화된 정치성 강한 훌륭한 작품이라고 말할 수 있다.

　<담검편>이 발표되고 공연이 되자 바로 문예계·사학계 인사들로부터 중시를 받게 되었고 관중들에게 칭찬을 받았다. ≪희극보(戲劇報)≫에서는 이를 위해 전문가들을 청해 좌담회를 열었고, 이에 참석한 하기방(何其芳)·장경(張庚)·장광년(張光年)·오함(吳晗) 등이 모두 작품에 대해 열정적으로 높이 평가를 하였다. 얼마지 않아 모순(茅盾)은 <역사와 역사극에 관하여(關于歷史和歷史劇)>란 글을 통해 지적하기를 와신상담 고사를 제재로 한 수많은 극본 중에서 <담검편>이 가장 잘 쓰여진 작품이라고 하였다. 동필무(董必武)는 극본을 읽은 후 오언율시 한 수를 지어 1962년에 조우에게 보내 주기도 하였다.

　<담검편>의 창작 성공은 해방 후 조우가 창작에서 새롭게 발전

조우의 희곡창작의 길

을 하고 새롭게 성취를 보았음을 의미하며, 또 이는 역사극의 창작에 새로운 경험을 제공해준 셈이다.

<담검편>은 역사에 충실하였지만, 역사를 그대로 옮겨놓은 것은 아니었다. 2400여 년 전 오월(吳越) 간의 전쟁은 춘추시대 하나의 큰 사건이었기에 지금까지 사학자들은 이 사건을 아주 중요시 해왔다. ≪좌전(左傳)≫·≪국어(國語)≫·≪사기·월왕구천세가(史記·越王勾踐世家)≫ 등에서는 모두 이 일에 대해 기술을 하고 있다. ≪동주열국지(東周列國志)≫에서도 사적(史籍)과 전설을 하나로 묶어 이야기로 만들어 놓고 있다. 문학사에서 오월 전쟁을 제재로한 전통 희곡의 제목들도 상당히 많다. 예컨대 관한경(關漢卿)의 <진서시(進西施)>, 궁천정(宮天庭)의 <월왕구천(越王勾踐)>, 조명원(趙明元)의 <범려귀호(範蠡歸湖)> 등은 애석하게도 이미 실전(失傳)되고 말았다. 또 한극(漢劇)·월극(越劇)·진강(秦腔)·전극(滇劇) 등 수많은 지방극에서도 유사한 제재를 가지고 있다. 비교적 영향력이 컸던 것으로는 명대(明代) 양진어(梁辰魚)의 전기(傳奇)인 <완사기(浣紗記)>가 있는데, 이는 범려(範蠡)와 서시(西施)의 비환이합(悲歡離合) 스토리를 통해 오월의 흥망 역사를 묘사하고, 두 남녀 주인공이 국가의 이익을 위해 개인의 행복을 희생하는 고상한 품격을 찬양하였다. 그러나 이는 실제로 서시를 위해 이전의 정론을 뒤집어 놓은 것으로써, 여전히 미인계를 벗어나지 못한 기존의 격식을 따르고 있으며, 당시의 역사에 대한 전면적이고 정확한 개괄이 될 수가 없었다. 조우를 비롯한 그들은 믿을 만한 역사 기록에 집중하여 오월 양국의 정치·경제와 전쟁에 대하여 깊이 있게 분석하고 연구를 하였다. 이러한 기초 위에서 희곡 예술 자체의 특징에 근거하여, 회계(會稽) 전투에서 구천이 대패한 것으로

부터 부차(夫差)가 스스로 목숨을 끊게되는 전후의 약 20년간의 역사를 중심으로 하여, 이를 인물 활동의 무대로 삼아 스토리를 전개하고, 월왕 구천이 복수를 하는 역사적 발전추세를 집중적으로 보여줌으로써 역사적 진실을 비교적 훌륭하게 반영하였다.

　<담검편> 역시 다소의 결점을 가지고 있었다. 조우를 비롯한 그들은 비록 구천을 주요인물의 위치에 놓았지만, 그러나 그를 묘사하는데는 대담하지 못했다. 예컨대 제1막에서 구천에 대한 묘사는 비교적 집중이 되었으나 제2막에서는 범려를 강하게 묘사함으로써 구천의 성격발전에 부정적 영향을 주었다. 제3, 4막에서 구천은 비록 주요인물로 무대에 출현하였지만 극작가의 열정은 오히려 인민 군중 쪽으로 가버렸다. 이런 묘사는 주요인물의 성격발전에 좋은 영향을 줄 수 없었고, 희곡 결구와 조화를 완전하게 하는데 좋지 못한 영향을 주었다. 두 번째로 극본에서는 고성(苦成)의 형상을 이상화하였다. 이는 바로 모순이 그의 글 <역사와 역사극에 관하여>에서 말한 바와 같다. "상당히 많은 고성의 장면은 아주 사람을 감동시키기는 하였지만, 어쩐지 그가 나에게 준 인상은 그렇게 깊지가 않고 특징이 없었다." 고성이란 이 인물은 월국 인민의 완강하고 불굴의 성격을 체현하고 있는데, 역사적으로 확인할 수 없는 점이기는 하나 당시의 월국 인민 중에 이와 같은 인물이 생활하였을 것이라는 허구에 기초한 것이었다. 문제는 극작가들이 그에게 너무나 지나치게 필묵을 가함으로써 객관적으로 구천과 범려 형상의 역할을 압도해버린 결과를 낳고 말았다는 것이다.

　<담검편>에 이어 조우는 또 새로운 창작 준비에 들어갔다. "정협(政協) 강당에서 총리와 우리들은 이야기를 나누었는데, 내몽고의 한 영도자가 총리에게 보고하기를 내몽고 지구에는 몽고족 총

조우의 희곡창작의 길

각들이 결혼 상대로 한족(漢族)을 찾기에 곤란을 겪고 있는데, 왜
냐하면 한족 아가씨들은 일반적으로 몽고족 총각들에게 시집을 안
가려고 한다는 것이었다. 이에 주총리는 한족 처녀들이 소수민족
에게 시집을 가고, 대한족주의(大漢族主義)를 가지지 말도록 해야
한다고 하면서 옛날에 왕소군(王昭君)이 이렇게 하였다고 피력하
였다. 총리는 이어서 나에게 ‘조우, 당신이 왕소군을 써보라구!’ 하
면서 모두들에게 잔을 들어 <왕소군>이 빨리 창작될 것을 예축(豫
祝)하였다.”4) 주은래는 중국의 민족 문제에 대해 계통적으로 깊이
연구한 바 있다. 1957년 8월의 <우리나라 민족 정책의 몇 가지
문제에 대해(關于我國民族政策的幾個問題)>는 바로 민족문제에
대한 이론을 적어놓은 그의 저작이다. 그는 깊고 예리한 견해로
왕소군에 대해 정확하게 역사적 평가를 내리면서 왕소군을 높이
평가하였다. 주은래는 늘 작가의 창작 자유를 존중하여 어떤 사람
이 무슨 제재를 채택하든지 제한하지 않았다. 조우에 대해서도 그
는 단지 상의하고 건의하는 식이었지 쓰고 안 쓰고는 조우 자신의
결정에 달려 있었다. 당시 조우는 영도자의 의견에 따라 자본가가
사회주의 개조를 진행하는 제재를 생각하면서 상해에 가서 적지
않은 자료를 보고 많은 좌담회도 열었다. 그러나 이런 자료가 그
의 창작의욕을 불러일으키지는 못했다. 그래서 결국에는 붓을 못
들고 말았다. 왕소군에 대해 그가 자료를 수집하면서 사료를 읽고
소수민족 지구(地區)에 깊숙하게 들어가 생활을 해 봄으로써 이해
가 부족하였던 것들이 점차 익숙해지고 감정이 일지 않던 것이 점
차 그의 마음에 감정이 생김으로써 창작의 욕망이 일었다.

　　조우가 <왕소군>에 대한 예술구상을 하기 시작하였을 때 “좌”

---

4) 曹禺: <昭君自有千秋在>, 《民族團結》 1979年　第2期.

11. 왕성한 예술 청춘력

의 방해가 잇달았다. 우선 "해방후의 13년을 크게 다루는" 것을
대대적으로 외치며 역사제재를 "금지의 영역"으로 정해 놓음으로
써 조우는 이미 <왕소군> 2막을 다 써 놓은 상태에서 붓을 놓고
말았다. 이어서 "문화대혁명"이 시작되자 조우는 아주 어려움을
겪게 되었다. "반동문인"이니 "반동 학술 권위자"니 "30년대 비밀
연락선 인물"이라는 등으로 몰리면서 그는 잔혹하고 무정한 타격
을 받았다. "그들은 자백을 하라고 협박을 하였다. 자백을 하고 나
자 다른 사람도 이를 믿고, 심지어는 나 자신까지도 그렇다는 생
각이 들었다. 자신이 큰 죄를 지있다는 생각이 들자 희곡도 쓰고
싶지 않고 차라리 거리나 쓸러 나가고 싶었다. 이렇게 모든 것을
스스로 포기해버렸다는 생각이 들자, 여기서 받는 고난은 차라리
죽는 것보다 더 괴로웠다."5) "문화혁명" 중 조우는 외양간6)에 들
어가 과수원도 지켰고, 심지어 북경 인민예술극원에서 문지기를
하기도 하였다. 외국의 뉴스에서 "중국의 셰익스피어가 극단의 대
문을 지키는 일을 하고 있다."는 소식을 들려준 것도 이상할 것이
없었다. 이렇게 하여 조우는 중국의 문단에서 한동안 자취를 감추
고 말았다. 조우는 이와 같은 타격과 고통을 당하고 나자 마음이
너무나 괴로웠다. 그런데다 하필 그의 아내인 방서(方瑞)가 사람을
질식시키던 1974년에 세상을 떠나고 말았다. 방서는 그의 사업의
훌륭한 조수였다. 그녀의 별세는 또 그에게 타격을 주었고, 이로
인해 그의 고통은 배로 커졌다. 그가 극도로 비통해 하고 있을 때

---

5) 趙浩生: <曹禺從'雷雨'談到'王昭君'>, 香港 《七十年代》 1979年
　　第2期.

6) 문화 대혁명 시기에 비판의 대상이 되었던 사람들이 연금되었던 장
　　소로, 정규의 형무소는 아니며, 외진 마을의 외양간 건물이 임시로
　　감금 장소로 쓰였음. (역자주)

조우의 희곡창작의 길

주은래는 병중에서도 장영(張穎)을 보내 조우를 찾아가 보라고 하였다. 주은래가 친히 관심을 가지게 됨으로써 그는 비로소 "해방"이 되어 북경시 연극단에서 일을 할 수 있게 되었다.

1976년 1월 8일 주은래가 세상을 떠나자 조우는 너무나 슬펐다. 그는 주은래의 유상(遺像)을 침실 중앙에 안치해 놓고 눈물을 흘리면서 주은래가 그에게 오랫동안 가르쳐 주고 도와주었던 지난날을 회고하였다. 같은 해 10월 7일, 당중앙이 "4인방"을 분쇄하고 나자 조우는 다시 한 번 조국의 찬란한 봄날을 맞이하였다. 그는 "4인방"에 의해 허비한 시간을 다시 찾아와서 붓으로 조국의 문예 번영을 위해 생명이 다할 때까지 노력하리라 결심하였다. 주은래의 깊은 정에 근거하여 그는 우선 빨리 <왕소군>을 창작해야겠다고 결심을 하였다.

<왕소군>을 창작하기 위해 조우는 일흔의 고령임에도 불구하고 다시 한 번 신강(新疆)으로 가서 소수민족의 유목생활을 체험하고 왕소군의 전설에 관한 것들을 이해하였다. 그는 신강에서 <왕소군> 초고를 완성한 후, 1978년 9월 회유수고(懷柔水庫)로 와서 극본을 수정하였다. 10월, 5막 역사극 <왕소군>이 완성되자 같은 해 11월호 ≪인민문학≫이 본 극본을 실었다. 1979년 2월에는 사천 인민출판사에 의해 단행본으로 출판이 되었다.

1979년 7월, <왕소군>은 매천(梅阡)·소민(蘇民)의 연출로 북경 인민예술극원이 처음으로 무대화하였다.

<왕소군>이 발표되고 공연이 되자 수많은 평론가들은 신문과 잡지에 비평의 문장을 실었다. 장성욱(蔣星煜)의 <역사 진실과 예술 진실의 통일 — 조우의 신작 역사극 '왕소군'을 평해 봄(歷史眞實和藝術眞實的統一 — 試評曹禺新作歷史劇'王昭君'>, 진수죽

(陳瘦竹)·심울덕(沈蔚德)의 <'왕소군'을 이야기함(談'王昭君')>, 오
조광(吳祖光)의 <"능한 아내는 쌀이 없어도 밥을 지을 수 있다"—
조우의 신작 역사극 '왕소군'을 논해봄 ("巧婦能爲無米炊"—試談
曹禺新作歷史劇'王昭君'>, 왕계사(王季思)·소덕명(蕭德明)의 <'왕
소군'의 역사풍모와 시대정신('王昭君'的歷史風貌和時代精神)>, 곽
한성(郭漢城)의 <민족 단결의 노래(一曲民族團結的頌歌)>, 병옥희
(邴玉喜)의 <섬세하고 아름다운 시극(精美的詩劇)> 등이 바로 이
것이다. 같은 해 8월 17일에는 국가 민족 사무 위원회와 중국 희
곡이 협회가 연합하여 좌담회를 열고, <왕소군>의 창작과 공연에
대하여 전문적인 토론을 진행하였다. 양정인(楊靜仁)·강평(江平)·
장경(張庚)·조심(趙尋)·금산(金山)·호청파(胡靑波)·곽한성·서
강(舒强)·이지화(李之華)·이황(李恍) 등이 좌담회에 참가를 하여
발언을 하였고, 조우도 여기에 참가를 하였다. 회의에 참가한 인사
들은 이 새로운 작품에 대해 아주 높게 평가를 하였고, 조우가 중
화민족의 단결을 공고하게 하고 발전시키는데 공헌을 하였다는데
모두 입을 모았다. 민족 단결의 문제는 마땅히 중시되어야 할 부
분이다. <왕소군>은 민족의 단결을 노래하고 민족간의 생산과 문
화 교류를 찬양함으로써, 오늘날의 각 민족의 인민들이 일치 단결
하여 현대화 건설에 참여하게 하고 조국 변경의 안전을 지키게 한
점에서 아주 커다란 의의를 가진다. "왕소군이란 이 예술 형상의
소조는 기본적으로 성공했다고 볼 수 있다. 왕소군이 심궁(深宮)에
서의 생활이 편치 못해 멀리 이국(異國)으로 가기를 자원함으로써
한(漢)과 흉(匈)의 인민들로 하여금 서로 단결하고 화목하게 하는
데 공헌한 것은 역사 사실에 부합하는 바다. 역사적으로 왕소군이
이국으로 간 내용을 묘사한 일부 문예작품에서는 슬프게 묘사를

조우의 희곡창작의 길

하였는데, 여기에는 그 사회 원인과 역사 배경이 있었기 때문이었다. 조우의 필하에 묘사된 왕소군은 이전의 모습을 벗어나 창조성을 가진다." 많은 평론가들은 작품의 예술 성취에 대해 높이 평가를 하면서 <왕소군>이 "작자의 과거 풍모를 견지하고 발양하였을 뿐만 아니라 돌파성을 가지며", "서정을 희곡과 아주 훌륭하게 결합을 시켰다."고 인식하였다.

조우의 <왕소군>에서는 왕소군 얼굴에 흐르는 눈물을 닦아내 버리고, 흐느끼는 웃음의 왕소군으로 변화를 시킴으로써 그녀의 원래 모습으로 회복을 시켰다.

역사의 기록에 따르면 당시 한조(漢朝)와 흉노(匈奴) 간에는 늘 전쟁 상태에 있었으므로 두 족속 인민들은 늘 큰 재난에 허덕이고 있었다. 한 원제(元帝) 때 와서 한의 국력은 점차 강대해지고 흉노의 통치 집단 내부에는 분열이 생겨 역량이 점차 약화되었다. 이런 상황 하에서 흉노의 호한사선우(呼韓邪單于)가 한과 혼인관계를 맺음으로써 영원히 친하게 지냈으면 좋겠다는 의견을 제시하자 한 원제는 이에 동의를 하였다. 이에 대하여 ≪한서·흉노전(漢書·匈奴傳)≫에서는 명확하게 기록을 하고 있다.

경녕(竟寧) 원년에 선우(單于)가 다시 중국 조정으로 왔는데 …… 선우는 스스로 한(漢)의 사위가 되어서 친목을 도모하고자 하였다. 원제(元帝)는 후궁의 양가집 규수이자 자(字)가 소군(昭君)인 왕장(王嬙)을 선우에게 주었다. 선우는 아주 좋아하였다. 그는 글을 올려 새상곡(塞上谷) 서쪽의 돈황(敦煌)이 세세토록 안정토록 하고 변방의 모든 군비와 병사들을 풀어줌으로써 황제의 백성들로 하여금 휴식을 취하게 하겠다고 하였다.

역사적 사실로 보아 한과 흉노가 화친을 함에 따라 변방에는 안정이 되었다. 그래서 왕소군이 이국으로 간 것은 민족의 굴욕이 아니라 민족 우호의 상징이었다.

왕소군은 이국 흉노로 갔을 뿐만 아니라, 호한사선우와 결혼을 하여 부부가 되었고, 또 사내 아이 이도지아사(伊屠智牙師)를 낳았다. "호한사가 죽자 그의 전(前) 정실(正室) 아들이 대를 이어 왕위를 계승한 한편, 그는 왕소군을 아내로 맞이하고자 하였다. 소군은 글을 올려 다시 한으로 돌아가겠다고 요청을 하였다. 성제(成帝)는 흉노의 풍속을 따르도록 칙령을 내렸고, 이에 따라 다시 후 선우의 정실이 되었다."7) 이는 바로 흉노의 풍속에 따라 호한사선우가 죽은 후, 왕소군은 왕위를 계승한 호한사의 아들인 복주누선우(復株累單于)에게 반드시 시집을 가야만 했다. 당시 소군은 이런 풍속에 익숙하지 않아 한 성제에게 편지를 하여 한으로 돌아갈 것을 요청했던 것이다. 한 성제는 화친 정책이란 점을 고려하여 소군이 흉노의 풍속을 존중할 것을 종용하고 격려했다. 그래서 "복주누선우는 다시 왕소군을 처로 맞이하여 두 딸을 낳았는데, 장녀는 수복거차(須卜居次), 차녀는 당우거차(當于居次)였다."8)

소군이 이국으로 가고 나서부터 한과 흉노간에는 5, 60년 동안 전쟁이 일어나지 않았다. 그래서 한은 물론이고 흉노도 이 화친을 아주 중시하였다. 한 원제는 이 역사적 사건을 기념하기 위해 연호를 "경녕(竟寧)"이라 하였다. "경녕"이란 "국경의 안녕"이란 뜻이다. 흉노 호한사선우 역시 왕소군에게 영호(寧胡) 라는 이름을 내려 주었다. 이 영호란 "흉노가 이를 얻어 나라가 안녕을 찾았

---

7) 《後漢書·南匈奴傳》.

8) 《漢書·匈奴傳》.

조우의 희곡창작의 길

다.”는 뜻이다. 이로부터 사람들은 왕소군이 민족의 우호사에서 불후의 공적을 남겼다 하여 이를 기념하기 위해 흉노의 각 지방에서는 그녀를 위해 묘우(廟宇)와 분묘(墳墓)를 만들어 주었다. 몽고족은 당시 흉노는 아니었지만 지금의 포두(包頭)와 호화호특(呼和浩特)에서는 “청총(靑塚)”을 만들어 놓고 있는데, 이 “청총”의 존재는 바로 소군의 사적과 그녀의 형상이 아직도 형제 민족의 심리에 살아 있으면서 영원히 사라지지 않을 것임을 설명하고 있다.

그러나 구희(舊戲)의 무대에서 왕소군은 멀리 흉노에게 시집을 간 민족굴욕의 상징이었고, 그녀는 훌쩍거리는 아름다운 왕비 형상이었다.

조우 필하의 <왕소군>은 역사 진실과 예술 진실을 혼연일체시킨 예술의 결정품이다. 작품에서는 왕소군을 역사의 본래 모습대로 회복을 시켰고, 2천년 동안 사람들이 억지로 그녀의 얼굴을 적시게 한 눈물들을 닦아내고 하나의 대담하고 유식하며 민족단결을 위해 공헌하는데 용감하고, 또 웃음으로 가득한 왕소군의 예술형상으로 묘사를 한 것이다. 작품은 중화민족의 대 단결을 노래한 한 곡의 찬가이며, 색채 선염한 한 폭의 역사 그림이며, 칠순이 다 된 조우의 예술청춘이 아직도 살아 있음을 상징한 것이었다.

반 세기 이래 조우는 그의 극작으로 그가 처한 시대를 진실적으로 반영해 내고, 수많은 인민들을 위해 반봉건 반식민지 사회로부터 사회주의 사회의 역사 화면을 묘사해 내고, 이 시대의 사회적 갈등과 인간 관계, 그리고 각종 생활 장면을 예술적으로 재현해 내었다. 미국 국적의 중국인 교수 조호생(趙浩生)은 그의 극작을 칭찬하기를 “중국 근대사 과정 중에서 빛나는 불씨요, 빛나는 기념

비이다."라고 하였다. 우리가 자랑스럽게 말할 수 있는 것은, 그의 존재는 중국 희곡계의 영광이요, 중국 인민의 자랑이라는 점이다.

조우는 중국 문학의 우수한 전통을 계승하였고, 또 새롭게 발전을 시켜 선명한 민족성을 가지고 있었다. 그는 극작에서 제재나 인물, 장면들이 모두 중국적 맛을 가지게 했으며, 농후한 민족 특색을 담고 있다. 동시에 또 외국 희곡의 좋은 점들을 융화시켜 현대 독자와 관중들이 쉽게 접수할 수 있게 하였다. 그래서 외국에서도 많은 사람들의 입에 회자되고, "중국의 셰익스피어"라고 불리고 있는 것이다.

조우는 걸출한 극작가이면서 또 우수한 연극 교육가였다. 30년대 중기부터 그는 연극 교육에 종사하기 시작하여 해방 후의 50년대에 이르기까지 수많은 연극 종사자들을 배양해 냈다. 그는 또 광범한 사회 활동가로 활동하면서 중외 문화 교류를 촉진하는데 공헌을 하였다.

조우 극작의 길은 참으로 만장하였고, 그의 예술 청춘은 언제나 변함이 없었다. 지금 그는 비록 일흔 여섯이란 고령이 되었지만, 아직까지도 완강한 예술 활력을 유지하고 있다. "만가보(萬家寶)의 붓에는 천둥도 놀라게 하는 바가 있다." 우리는 그의 필하에서 다시 중국 대지를 진동시키는 번개가 번쩍일 수 있기를 기대하고 충심으로 원하는 바이다.

◎ 한상덕 (韓相德) 약력

경상대학교 중문학과 졸업
성균관대학교 중문학과에서 석사학위 취득
중국, 예술연구원 화극연구소 방문학자
중국, 무한대학 중문과에서 박사학위 취득
중국, 호북사범대학 중문과 강사 역임
중국, 호북대학 중문과 교수 역임
[현재] 중국, 호북민족학원 남방소수민족연구중심 겸임연구원
[현재] 경상대학교 중문과 강사

중국 현대희곡 연구 및 번역 총서 5
조우의 희곡창작의 길

• 초판 인쇄	2007년 11월 30일
• 초판 발행	2007년 11월 30일
• 지 은 이	양해근 저, 한상덕 역
• 펴 낸 이	채종준
• 펴 낸 곳	한국학술정보㈜ 경기도 파주시 교하읍 문발리 513-5 파주출판문화정보산업단지 전화 031) 908-3189(대표) · 팩스 031) 908-3189 홈페이지 http://www.kstudy.com e-mail(출판사업부) publish@kstudy.com
• 등 록	제일산-115호(2000. 6. 19)
• 가 격	16,000원

ISBN 978-89-534-7879-4 94820 (Paper Book)
 978-89-534-7880-0 98820 (e-Book)
 978-89-534-7865-7 94820 (Paper Book set)
 978-89-534-7866-4 98820 (e-Book set)